Rocco Luccisano

Peligro en La Habana

El virus al servicio del enemigo

Novela

Primera edición, junio 2019.

Imagen de portada de Rafael Omar Pérez Valdés

A Lory, Taily y a todos los familiares

PRÓLOGO

El sol filtraba ardiente entre las hojas de las palmas del jardín y pasaba a través de las persianas de la sala de reuniones. El director Pablo Rodríguez Ferrer, antes de iniciar la ceremonia, comenzó con un largo discurso de agradecimiento ante la presencia de su grupo de colaboradores. Algo pero lo perturbaba, él lo ocultaba pero bajo las lentes espesas se notaba. Algo que le parecía llegar desde afuera, desde lejos, pero también algo cercano, adentro de su laboratorio, de su equipo. Tal vez una inútil sensación debida a su estado de ansiedad, o tal vez un malo presentimiento; por cierto no era el virus asesino que había logrado vencer.

El doctor Rodríguez estaba celebrando junto a su equipo de científicos el resultado positivo de la última investigación médica y farmacéutica reconocida y avalada por la Organización Mundial de la Salud. El logro fue el descubrimiento de una vacuna antiviral realizada dos meses antes para combatir la que en pocos meses fue bautizada por los expertos como "la enfermedad del siglo XXI". Era la más grave epidemia de los últimos siglos, desde el final de la peste negra en el 1352 hasta hoy. Esta pandemia era provocada por el virus AN1 capaz de una virulencia y de una facilidad de contagio por vía aérea inigualables.

A partir de principios del año, o sea desde que se registró su aparición, el virus se mostró extraordinariamente resistente a todos los agentes exógenos que los más grandes científicos del mundo utilizaron para tratar de desvelarlo. Afectaba el cuerpo humano y de animales sin distinción. La enfermedad era impropiamente definida como "la enfermedad del vientre", pues comenzaba por la destrucción celular de los órganos interiores como estómago, hígado, páncreas etcétera hasta la epidermis causando muerte segura en pocos días.

Al compararla con la epidemia aviaria, la porcina, el prion de las vacas locas, el ébola y los varios coronavirus, estos eran cachorritos de gaticos frente a una manada de leones. En poco más de seis meses había provocado más de dos millones de decesos en el hemisferio septentrional y un por ciento aproximado en el meridional. La población mundial se había reducido drásticamente en pocos meses, el promedio de una persona sobre dos mil, con una curva de expansión incesante.

Investigadores científicos de todo el mundo habían volcado toda su atención sobre la alarma sanitaria provocada por el virus. Transcurrían días y noches enteras concentrados en analizar, estudiar, y experimentar fórmulas que pudieran atacar, combatir o por lo menos controlar la emergencia. La información era difundida por los medios, comparada por los expertos con las peores epidemias y pestes bubónicas de la Edad Media. El mundo estaba en el caos y la mayoría de la población mundial se movía en la calle con las mascaras.

Hasta ese momento la única certidumbre relacionada con el microscópico y temible invasor era el hecho de que había alarmado de forma impresionante a instituciones políticas, gobiernos, organizaciones médicas y sanitarias de todo el mundo. Intensas jornadas de investigación y discusión eran vividas por representantes del mundo científico y universidades en cada sector de la medicina, en cada latitud y longitud de los dos hemisferios. La población mundial aterrorizada sobrevivía bajo el terror en una paranoia generalizada.

En la región de la América central, entre la zona del Golfo de México y las Antillas francesas se vislumbraban algunas esperanzas de sobrevivencia al virus. Era como un resquicio de luz entre las tinieblas después del paso de un huracán. Aunque el virus era el más devastador y mortífero, no tenía nombre solo una fría sigla, AN1, y su contagio dejaba muy pocas esperanzas de vida.

Fuera de toda lógica económica y de cada esquema capitalista, la industria farmacéutica cubana estaba en su máximo esplendor: avanzaba en varios sectores y obtenía considerables resultados al margen de las poderosas multinacionales extranjeras.

Los progresos científicos alcanzados por los cubanos en la investigación médica eran notables. Avanzaron considerablemente en la lucha contra el cáncer. Lograron éxitos certificados en la cura del vitíligo, de la psoriasis y del pie diabético, evitando la amputación. Derrotaron definitivamente la transmisión de VIH de madre a hijo. Habían logrado el control y la reducción del ébola en Sierra León gracias a las intervenciones de brigadas de médicos y técnicos en sus misiones internacionalistas. Nuevos tratamientos y curas farmacológicos descubiertos en la isla caribeña ya habían sido registrados en el 80% de los países del mundo, superando las expectativas de los competidores extranjeros.

En menos de cinco años la isla fue reconocida y respetada por sus descubrimientos en el sector farmacéutico, la biotecnología y la ingeniería e inmunología genética. Sus productos farmacéuticos, tratamientos y servicios médicos eran muy requeridos sin distinción de bandera y de raza, incluso más que sus célebres rones y tabacos. Los cubanos ostentaban el mérito de acercar las distancias entre pueblos y andaban en la dirección de limitar los fenómenos de xenofobia y de tumbar muros ideológicos hasta ahora insuperables.

A sus veintitrés años el director Rodríguez se graduó primero en medicina y después prosiguió con los estudios universitarios consiguiendo la especialidad en ingeniería genética y biotecnología en la Universidad de La Habana. Durante su carrera profesional iniciada cuarenta años atrás, junto con la inauguración del laboratorio farmacéutico que ahora dirigía, había obtenido importantes reconocimientos y condecoraciones.

Prácticamente él y el laboratorio habían debutado al mismo tiempo: uno pertenecía al otro.

Sus laboratorios, eran un centro científico de alto nivel investigando y dando solución a problemas esenciales para el mundo entero había nacido desde un proyecto creado y deseado por el

Estado cubano con el fin de realizar experimentos de bioquímica y de ingeniería genética.

Rodríguez, jefe del centro logró potenciar su tecnología y variar las ramas de investigación y producción en el último decenio logrando importantes éxitos científicos y comerciales.

Se volvió un personaje relevante para el Ministerio de Salud pública cubano al cual pertenecía, y para su país. Un descubrimiento tras otro, en todos sus años de dura labor escaló el ápice del éxito. Era reconocido entre los expertos del sector y hasta apreciado fuera de las fronteras nacionales con numerosos reconocimientos. Desde hacía muchos años aspiraba, sin ya muchas esperanzas, solo a una última y única gratificación profesional, el merecido premio Nobel. En su inmensa humildad sabía que lo merecía pero sabía también que su estatus de funcionario cubano no lo facilitaba. Tenía bien claro en la mente que la certificación de la OMS de la vacuna contra el incontrastable AN1 era la última oportunidad que lo podría llevar a la candidatura al premio.

Con ese pensamiento recurrente que rebotaba continua y descontroladamente en su cabeza se dejó llevar en la fiesta organizada por sus colegas, a la cual no estaba acostumbrado. Durante su austera existencia evitó siempre cada tipo de fiesta y bebida alcohólica por lo que el primer trago de ron le hizo efecto. Una agradable sensación de relajamiento lo envolvió alejándole, al menos por un momento, los malos presagios que llevaba consigo.

PRIMERA PARTE

1. NOTICIAS EN EL ESTUDIO TELEVISIVO

En el lujoso penthouse, con su incomparable vista hacia el Coliseo, reinaba la tenue música indirecta de Chaikovski.

El chef Vladimir Popovic, galardonado con tres estrellas Michelin salió de la ducha con los ojos cerrados y tomó la primera toalla que encontró palpando la pared. Abrió los ojos y presumido se admiró en el espejo empañado.

Hijo de emigrantes rusos, en Alemania desde que tenía un año, a los siete se reveló como un *enfant prodige* entre ollas y sartenes.

Después de varias experiencias laborales en Berlín, Nueva York, Singapur, Casablanca, Saint Tropez y Monte Carlo, a sus veinticuatro años ya había conseguido su primera estrella Michelin, a los veintiséis la segunda y a los veintiocho la tercera. Sobre todo en el último quinquenio había logrado su fortuna y riqueza escalando posiciones en la clasificación de los mejores chefs del mundo llegando en el grupo de los mejores diez.

Era el cocinero más requerido y mejor pagado de Europa por su labor profesional en su restaurante, incluso por su presencia en la televisión italiana y publicidad.

No sentía la necesidad de formar una familia. Él no era solo un cocinero; Vladimir Popovic era considerado un artista en la cocina, su talento natural, sus obras culinarias y su elegancia y distinción lo demostraban.

Su restaurante en Roma, era considerado por los máximos críticos y expertos del sector entre los primeros cinco más cotizados del mundo. Obtuvo la segunda posición en las clasificaciones del 2021 redactadas por la revista *The World's 50 Best*

Restaurants y la mantuvo en el 2022. Aquel local era su vida, el mayor logro de su sueño de infancia. Las expectativas de los expertos y su ambición lo estaban dirigiendo rápidamente hacia la cima.

Su cara relajada por el calor de la ducha, lograron recuperarlo del estrés que las citas y encuentros de trabajo de los últimos días le habían procurado. Era alto un metro y noventa centímetros, calvo y, con casi cuarenta años, sin un mínimo de tejido adiposo a pesar de haber transcurrido cada día en los últimos veinticinco años en las cocinas de los mejores restaurantes del mundo.

Seleccionó de su vestidor de treinta metros cuadrados una elegante camisa blanca cosida a mano por uno de los mejores artesanos de la alta costura napolitana y uno de sus innumerables trajes creados a su medida.

Terminando de vestirse y perfumarse con su preferido Creed Limited Edition, se dio cuenta que iba retrasado. Entró en su Lamborghini Miura P400 del '67 y corrió con elevada velocidad entre las calles en mal estado de la capital italiana rumbo a los estudios televisivos de la RAI.

Al llegar a su destino frenó brusco en el estacionamiento reservado para él y parqueo. Justo las 15:00, a tiempo, entró en el estudio para la grabación del décimo capítulo del programa transmitido en la primera parte de la noche, dedicado a los desafíos gastronómicos donde Vladimir participaba como juez. Era la transmisión más seguida por los diferentes grupos de edad, la que tenía más éxito con picos de audiencias que lograban el 50% y que enriquecía los bolsillos del chef.

Todas las cámaras enfocaban su cara en primer plano. También los ojos azules de Marc, su fiel y disponible secretario personal y asesor de imagen, lo miraban, se abrieron exageradamente mientras escuchaba por teléfono lo que le estaban diciendo. No podía creer lo que acababa de oír: las piernas se le aflojaron.

Marc, de la misma edad de su empleador, conocido por su equilibrio emocional y una calma tal que a veces tenía el efecto contrario, alterar los nervios de Vladimir, quedó con la boca abierta por un minuto, incapaz de tomar una decisión sobre lo que debía hacer. Forzó la prohibición de no interrumpir y entró en el set corriendo y tropezando en medio de la grabación que iba a ser transmitida esa noche.

Extrañamente torpe, Marc no sabía que palabra usar para intentar darle una rápida explicación a Vladimir sobre la llamada que acababa de recibir. Para el secretario cada palabra parecía inapropiada y mucho menos tenía el valor de repetir lo que acababa de referirle el maître del mejor restaurante que Vladimir había creado en su importante carrera.

–Hubo un incidente en el Templo…

–¿Un incidente? ¿Qué clase de incidente?

–Hay un muerto en la sala privada… intoxicado dicen… Neuber…

El asesor de imagen no pudo terminar la frase Vladimir se estremeció al momento y con el rostro pálido abandonó corriendo el set sin dar explicación alguna a los presentes.

Se precipitó hacia su auto y en menos de un cuarto de hora – su récord personal – llegó ante lo que era El Templo para él, su lujoso restaurante.

La multitud de curiosos periodistas que se formó en la última media hora delante de la imponente verja de hierro forjada a mano del célebre restaurante ya invadía la amplia entrada del jardín, hasta ocupar la calle perimetral de acceso. Vladimir parqueó su coche a un metro de los reporteros. No se explicaba cómo podían llegar tan rápido como chacales cuando sienten el olor de una presa acabada de morir.

¿Cómo hacen los periodistas para tener canales de comunicación tan veloces como los de la policía?

–¡Señor Popovic! –gritó el comisario de policía, Alexander Keeric, al chef viéndolo intentar superar con dificultad la horda de gente y las barreras policiales puestas para impedir el acceso.

El detective fue hacia él e intervino.

–Buenas noches, síganos, necesitamos hacerle unas preguntas.

– ¿Qué pasó?

–Le informo que no hay acceso ni posibilidad alguna de que salga nadie de su restaurante. Un cliente suyo murió en la mesa mientras almorzaba.

Popovic lo había sabido ya por boca de su secretario que, vista la contingencia y conociendo a su jefe, trató de ponerlo al tanto usando la máxima delicadeza. Pero él no podía creerlo. Quiso oírlo de otra persona más competente. Así, simulando no saberlo preguntó: – ¿Y quién sería?

– La víctima es el presidente de la Neuber.

– ¡No es posible! –exclamó el propietario.

– Sí. Y desde las primeras verificaciones parece que la causa directa es un infarto o quizás una intoxicación alimenticia.

Las palabras "muerte", "intoxicación" y "Neuber", las que con extrema dificultad Marc comunicó al cocinero poco antes, retumbaron en los oídos de Vladimir como el ruido de un ómnibus en un túnel. No llegaba a concebirlas.

Los primeros pensamientos no fueron para la persona fallecida, presidente del más poderoso grupo industrial farmacéutico del mundo, víctima de la intoxicación. Su única preocupación era la imagen y el futuro de su templo, una mina de oro que le había hecho conseguir el imperio del cual hoy gozaba.

En ese monumento había puesto todas sus capacidades y las energías de una vida entera, se materializaban su ego y su inconmensurable orgullo.

Era uno de los días más desastrosos de su vida, algo que no sucedía desde hacía años. Después de contestar a las primeras preguntas de los de policías por ser el propietario del lugar cogió su auto y comenzó a vagar por la capital a alta velocidad por toda la noche.

"El Templo", es mi vida, continuaba repitiéndose.

Al final se introdujo en el primer bar que encontró a lo largo del Tíber y en su solitud empezó a ingerir bebidas alcohólicas(añadir). Beber en exceso era uno de sus muchos defectos.

Es mi pasado, presente y porvenir, reflexionó. Retomó su Lamborghini de época y llegó a su casa agotado por el alcohol.

El cliente fallecido, el tal Olivier Neuber, era un rico industrial de setenta años, dueño desde hacía más de veintiséis años del homónimo imperio industrial que heredó del padre. Fue siempre un hombre inteligente, carismático y amante sin frenos de poder. En muchos aspectos él y Vladimir se parecían. Solo en el último año y medio comenzó a manifestar las primeras señales de inestabilidad mental que sus médicos se limitaron a imputar a momentáneos excesos de estrés laboral.

La última vez que uno de ellos se atrevió a diagnosticarle un principio de senilidad por poco tiraba al doctor desde el quinto piso. Aquel día, ese médico y director suizo se salvó con una simple degradación de su empleo y el traslado a un hospital de periferia.

Como Vladimir por su restaurante, también Neuber Olivier vivía solo para su histórico coloso industrial, líder mundial en el sector farmacéutico, químico y biotecnológico, fundado por su abuelo paterno en el lejano 1887.

Como muchas veces sucedía, ese día se encontraba para el almuerzo con uno de sus colaboradores en el renombrado local. Iba para discutir asuntos de negocios y de trabajo, al mismo tiempo disfrutaba de los platos preparados por el cocinero.

Aquel día Popovic no estaba presente en el restaurante. Los programas televisivos en los cuales participaba y que conducía con éxito y notoriedad le absorbían cada vez más tiempo.

El responsable de la sala tenía la orden de reservar para Neuber la misma mesa de siempre en la salita exterior, una elegante área semicircular entornada de amplios ventanales que ofrecían una agradable luminosidad y vista hacia la opulenta fuente que ornamentaba un parque de más de mil metros cuadrados.

Al final del segundo plato, filete de Kobe japonés acompañado con un excelente Pomerol del 2008, una de las botellas de vino compradas exclusivamente para él y según su "sugerencia", el *tycoon* suizo empezó a sentir fuertes calambres en el estómago.

También la carne de Kobe sufrió los efectos de la devastación de la epidemia en las ganaderías de todas latitudes: su precio pasó de mil a cinco mil dólares el kilo.

A la tercera copa del preciado vino, en poco segundos un dolor intenso se expandió desde el estómago por todo el cuerpo hasta la cabeza. Se apropió de todos los órganos hasta volverse insoportable haciéndole caer de la mano la copa de cristal de

Murano colapsando su cuerpo sobre el plato.

Fueron inútiles las primeras intervenciones de los presentes, así como las del personal sanitario de emergencia, que en menos de diez minutos, comprobó el estado comatoso del hombre.

Los paramédicos de la ambulancia que lo transportaban hacia la clínica más cercana, presenciaron el deceso, que inicialmente imputaron a un común infarto cardiaco. Solo horas después los médicos emitieron el diagnóstico confirmando que la causa en realidad era una intoxicación alimenticia aguda, que le fue letal.

2. ALMUERZO PESADO, DELITO EPATANTE

ROMA, COMISARÍA CENTRAL DE LA POLICÍA DE INVESTIGACIONES, 5/10/2022, HORA 21:05

Después de seis horas la noticia de la muerte del CEO Olivier Neuber había llegado a las principales agencias de información y prensa del planeta dando la vuelta completa al mundo. Al unísono, en la cercana comisaría, el detective Alexander Keeric y Vladimir Popovic esperaban impacientes los resultados de la autopsia y especialmente los exámenes toxicológicos.

–No es posible –repetía el chef–. Es imposible un caso de intoxicación en mi restaurante, tiene que ser un error. Están equivocados, sin dudas debe haber una explicación.

Después de haberse ausentado algunos minutos, el comisario de Roma regresó junto a Popovic. Se había alejado por la molestia que le causaba la arrogancia del cocinero y sobre todo la cólera que le provocaba el hecho de que el chef solo estaba preocupado por el futuro de su negocio sin la mínima sensibilidad frente a la muerte de un hombre.

–Señor Popovic, tenemos los primeros resultados de la autopsia que esperaba con tanta impaciencia, igual que nosotros –le comunicó.

–Dígame entonces. ¿Por cuál motivo vino a morir en mi restaurante? –gritó sin desmentir su insensibilidad y mostrando una de las más amenazadoras miradas de su repertorio. Era una de aquellas expresiones faciales que solía enseñar cuando atacaba a sus colaboradores o a los participantes en su popular programa televisivo.

El oficial de la policía no pudo aguantar una cierta satisfacción cuando, mirándole fijo a los ojos, casi al ralentí y con una cínica pausa de suspense, le leyó el informe médico.

–Hasta ahora, con las primeras pruebas en el cuerpo de su "desafortunado" cliente, parece que la causa directa del fallecimiento sea una grave y aguda intoxicación alimenticia.

– ¿Intoxicación? ¿Y con qué? –no lograba concebirlo.

–Aún están investigando qué la causó –comunicó Keeric.

– Será alérgico a la carne de Kobe –intentó encontrar una justificación científica que no fuese imputable a su cocina.

–Nuestros peritos nos explicaron que las toxinas entraron en el torrente sanguíneo hasta llegar al cerebro y causar el deceso inmediato.

El chef se rindió cabizbajo.

–No es posible, en mi restaurante todo es perfecto, –repetía mecánicamente, incrédulo, en alta voz.

Olivier Neuber, único hombre, era el primero de tres hijos de una acomodada familia suiza que había depositado en él con toda confianza, el imperio patrimonial y económico-financiero, fundado un siglo antes y vuelto inmenso después de tres generaciones. El abuelo, químico y botánico de profesión, en 1887 había abierto en Zúrich un pequeño laboratorio en el cual inventó y desarrolló innovadores pesticidas que levantaron la economía agraria de los primeros años del nuevo siglo.

A los inventos en el campo químico, gracias al apoyo del gobierno suizo y de países como Italia, Francia y Holanda, donde la agricultura tenía un papel básico para la economía nacional, siguieron las primeras conquistas comerciales.

La pequeña empresa creció a nivel comercial hasta traspasar las fronteras europeas. La trayectoria recorrida y el éxito conseguido a corto plazo, no fueron sin sombras. Tales opacidades eran debidas a la complicidad y corrupción de algunos gobiernos. Estos, con inversiones y financiamientos ocultos y otorgados a través de universidades y otras entidades públicas, a menudo financiaban ilícitamente la investigación bioquímica de la familia Neuber con el fin último de inventar y producir nuevas armas biológicas masivas.

El final de la primera guerra mundial con la reducción de los arsenales de algunos países fue uno de los motivos que indujeron al abuelo y al padre de Olivier a enfocar, desarrollar y expandir el *core business* de la gran empresa en el sector médico y farmacéutico. Gracias a ello, después de tres generaciones y más de un siglo, se convirtió en la mayor potencia farmacéutica, entre las diez multinacionales más difundidas, capitalizadas y rentables del planeta.

Las actividades de la Neuber S.A. y de sus sociedades controladas iban de la investigación, a la producción y desarrollo hasta la comercialización directa e indirecta de productos farmacéuticos y químicos de cada género. También habían desarrollado la producción y venta de instrumentos de precisión para la biotecnología y la ingeniería genética. Los productos más vendidos y exportados eran de todos modos los insecticidas, los pesticidas y varios venenos.

Realmente este grupo empresarial fue siempre un paso adelante comparado con sus directos competidores gracias a la alta fecundidad de patentes que sacaban como el pan. En particular, en el sector de la industria farmacéutica era líder mundial y no estaba acostumbrado a tener rivales desde hacía casi un siglo.

Sin embargo en el último decenio empezó a registrar una ligera disminución de las ventas, de los ingresos y a temer las amenazas de adquisición de cuotas importantes de mercado por parte de los competidores "más pequeños". El primero y tal vez el único en advertir señales de debilidad real, de una fragilidad que no pertenecía al ADN de su imperio, fue el mismo Olivier, agudo observador, analista pragmático y hombre intelectualmente superior al promedio, como el abuelo y más que el padre. A su edad años asociaba experiencia y sabiduría inmensas a sus capacidades empresariales. Varias veces había presentado estas preocupaciones a sus propios asesores, como si percibiera que su imponente rascacielos de éxitos estuviera mostrando signos de fisuras y grietas en las paredes.

Estas preocupaciones se habían convertido en obsesión y en más de una ocasión en público su lucidez mental había empezado a manifestar señales de inestabilidad.

El último episodio fue el año anterior durante una conferencia en París que congregaba a los mejores investigadores y representantes de la industria farmacéutica.

El ambiente fuera del edificio donde tenía lugar el encuentro ya estaba ardiente a causa de cientos de manifestantes de los movimientos "No Vax", llegados a París desde varios países europeos y de América.

Al edificio llegaban las primeras noticias de enfrentamientos entre la policía francesa con equipos antidisturbios y los manifestantes. Estos habían designado aquella conferencia como el lugar ideal y más apropiados para manifestarse ruidosamente y oponerse a las obligadas administraciones de las vacunas que consideraban perjudicial para la salud del hombre. Dentro de la sala de conferencia el ambiente no estaba menos caliente. Los ánimos se habían alterado a causa de las provocaciones que Neuber dirigía al jefe de investigaciones cubano Pablo Rodríguez Ferrer y a otros dos científicos chinos.

En medio de la sesión el suizo había atacado verbalmente y de manera violenta al director cubano, representante de la industria farmacéutica estatal más importante de Cuba. Se habían levantado de su posición y se había precipitado hacia Rodríguez hasta buscar el enfrentamiento físico y amenazarlo públicamente de muerte. Habían sido cinco minutos muy tensos, que fueron necesarios para separarlos y alejarlos del aula.

A pesar de que la sede legal había sido trasladada de Zúrich a Luxemburgo y que el grupo societario de propiedad de la familia tuvieran numerosas sedes, filiales y sucursales en los cinco continentes, el dueño de la Neuber transcurría la mayoría del tiempo en la sede administrativa de Zúrich. El segundo lugar que más frecuentaba era el laboratorio *head quarter,* insertado entre las montañas suizas, donde eran oficializados los últimos descubrimientos científicos.

Luego, gracias a la cercanía de la sede en Italia, no se privaba de almorzar y cenar por lo menos una vez a la semana en los mejores restaurantes italianos.

Aquel jueves había pasado la jornada entera en Roma por motivos de trabajo y esa noche regresó a Suiza en su avión privado.

"El Templo" de Vladimir era su restaurante preferido y ese día no podía renunciar a ir.

Era cliente desde hacía años, el presidente de la Neuber S.A. era muy apreciado y respetado entre los empleados del local. Entre él y el propietario había una amistad y una empatía, aparte de la dependencia de Olivier a la gastronomía del otro, que le incitaba a hacer al menos una visita mensual, como si tuviera que ver a un hijo. Cuando las exigencias laborales no le permitían una visita a Roma, puntualmente lo invitaba a su residencia suiza, donde adoraba verlo exhibirse entre los fogones domésticos.

Varias veces tuvo la tentación de asumirlo en su residencia, pero la idea desaparecía visto el cariño hacia Vladimir, que lo veía como a un hijo y no dependiente. El suizo tenía solo un varón, el primogénito. Para él, no era un hombre suficientemente carismático como según la tradición familiar debía ser. Lo era en cambio el ruso, el cual representaba el arquetipo de hijo deseado. La esterilidad que afectó a la esposa del emprendedor después del nacimiento de la última hija le tronchó todas las esperanzas y posibilidades de tener un sucesor –a su gusto– "digno" de su envergadura. Vladimir tenía capacidades innatas, pero su frialdad no dejaba espacio a este tipo de sentimientos tan íntimos, ni siquiera hacia su verdadero padre. Pero Olivier jamás se dio cuenta de que nunca el cocinero lo había mirado con los ojos de un hijo.

Algo que Keeric no soportaba en las personas era la arrogancia y la insensibilidad hacia el prójimo y el chef no hacía ningún esfuerzo para ocultar estas características que le pertenecían. Leyendo el informe médico el comisario Keeric había voluntariamente destacado la palabra "intoxicación", sabiendo bien que esta era el arma más eficaz para molestar al arrogante e insensible cocinero multicondecorado. Gozaba con una punta de sadismo al ver que la imagen de un cliente fallecido intoxicado infligía heridas dolorosas en el ego del insensible Vladimir.

Cuando el chef pensó que el informe fuese terminado y que por lo menos la acusación era de homicidio culposo, y no doloso, fuese prácticamente confirmada, el dirigente de policía

Keeric decidió seguir en la lectura.

–El deceso del señor Neuber no ocurrió por causas naturales. La intoxicación, o mejor dicho el envenenamiento, fue provocado por una sustancia química que aún no ha sido identificada. Hasta ahora sabemos solo que no es de origen alimenticio.

El chef, agotado en la silla en la cual se abandonó sin más fuerzas, se levantó con una renovada energía que nadie podía imaginar. Y para no desmentirse empezó a gritar frases fuera de lugar.

–Lo sabía, ninguno de mis platos podía envenenarlo, mi restaurante es el mejor de mundo, ¡es único!

–Permanece de todos modos a su cargo la acusación por el crimen de homicidio culposo, señor Neuber Olivier –se apuró en precisar el detective tratando de calmar su inoportuna euforia.

A él no importaban las acusaciones que los jueces hubieran alzado contra él; resolvería los problemas judiciales con sus abogados y con mucho dinero. Tampoco le interesaba que un fiel cliente suyo y amigo de prestigio fuese muerto hacía pocas horas en su local.

Jamás hubiera tolerado una intoxicación alimenticia en su restaurante, aunque no fuese preparada por él mismo, mucho menos un deceso por tal causa.

Todo para Vladimir estaba ya resuelto, no le interesaba cómo y por qué el amigo había muerto o si se había suicidado.

Quizás ese viejo quiso suicidarse en mi restaurante para una última demostración de afecto hacia mí, hasta se atrevió a suponer. Con este pensamiento cerró el caso que según él ya no le afectaba.

Keeric en cambio no titubeó en precisar lo que ya le había comunicado sobre su posición en el caso.

–Eso no significa que sea inocente. Solo dije que la intoxicación, o mejor dicho el envenenamiento, no es de naturaleza alimentaria, pero como el señor Neuber, el pobre y desafortunado Olivier Neuber… –dijo haciendo una pausa marcada y enfatizando el uso de los dos adjetivos–, ha fallecido en pleno día en el local de su propiedad, usted queda entre las principales personas sospechosas de los hechos. No es una muerte por causas naturales, sino por un presunto homicidio –.

Vladimir estaba agotado después de todas aquellas horas de tensión psicológica. Esta vez sufrió el golpe del estrés acumulado y pidiendo el permiso del jefe de la policía abandonó la estación de Policía donde no podía resistir ni un minuto más.

Al contrario, para el detective italiano, honrado dirigente especializado de la Comisaría Central de Investigaciones de Roma con más de veinte años de carrera y experiencias a nivel internacional como colaborador de la Interpol, se preparaba un nuevo caso a resolver. La muerte repentina por envenenamiento del quinto hombre más rico del mundo según la clasificación de la revista *Luxury 2021,* en el restaurante del chef más famoso de Italia y entre los primeros del mundo, tal vez y un caso demasiado misterioso y complejo hasta para sus capacidades y sus experiencias.

Keeric, único hijo descendiente de una familia medio-burguesa multiétnica, era un hombre de cuarenta y cuatro años, de talento. Nacido de la unión pre-conyugal entre una joven italiana, en aquellos tiempos profesora de idiomas, y un oficial de la marina griega que la conoció durante una corta estancia por servicio en el puerto de Civitavecchia, Alexander fue un niño precoz, con notables capacidades intuitivas, y dotado de una inteligencia aguda.

Hoy era un hombre alto un metro y ochenta, moreno, cuerpo atlético y elegante. Era un observador y eso le facilitó encontrar trabajo de colaborador en una agencia de investigaciones para pagarse los estudios universitarios en la facultad de derecho.

Al instante el dinamismo de la actividad de investigaciones conquistó su interés con respecto a las materias puramente jurídicas que le parecieron demasiado aburridas. Así, que después de graduarse en derecho, decidió especializarse en los estudios de criminología en la Escuela de Policía de Roma imaginándose un futuro profesional más dinámico.

A la edad de poco más de veinticinco años tuvo la oportunidad de entrar en la más importante División de Investigaciones de la Policía de Roma y de Italia donde inició y continuó su carrera. Coleccionó después nuevas especialidades con elevado grado y operaciones con alto riesgo de peligrosidad en el campo, fuese en Italia o en el exterior, que requerían un perfil técnico y habilidades de nivel superior.

En apenas siete años se convirtió en uno de los funcionarios más estimados que podía beneficiar la Policía de Investigaciones italiana.

En su vida privada, como en la profesional, era una persona respetada por todos. Disfrutaba de una existencia reservada y sana. Cada mañana lo esperaban diez kilómetros de carrera rápida y después ejercicios de gimnasia libre antes de irse para el trabajo. No obstante, aunque conocía muchas personas, sus amigos eran pocos y no tenía ni tiempo ni deseos de mantener relaciones sentimentales estables y duraderas.

3. WALL STREET Y EL VIRUS LETAL

Nueva York, 6/10/2022, Wall Street, el día siguiente de la muerte de Neuber Olivier, hora 10:30

—El valor de las acciones de la Neuber hoy también siguen precipitándose sin parar... —dijo por teléfono un operador financiero de Wall Street a un importante industrial canadiense.

En las otras principales plazas financieras del mundo el año 2022 se estaba clausurando con un histórico signo negativo, de proporciones tales que ni las crisis del 1929 y del 2008 habían registrado. Estimulando el colapso de los mercados financieros, así como la economía real, fue en el invierno de 2022 la repentina difusión de la grave epidemia entre los animales que estaba diezmando indistintamente ganados vacunos y equinos atacados por el agente patógeno AN1. El pánico nacido desde el descubrimiento de los primeros casos que mostraban que el virus se transmitía también a los seres humanos con elevada eficacia de contagio, empeoró la situación.

La carne bovina, equina, ovina, avícola y sus derivados habían sido prohibidos por la mayoría de los países civilizados. Su intercambio comercial se había detenido en el plazo de un mes desde que se había difundido la noticia de que el virus mataba también a los seres humanos. Eso creó la caída en picada de economías de naciones como Argentina, Brasil, Uruguay y Nueva Zelanda, en cuya balanza comercial reinaba la exportación de carne. También castigó en diferentes medidas las exportaciones y el comercio interno de países como Estados Unidos, Francia, Alemania, etcétera.

En pocos meses la población mundial tuvo que transformar

sus propios hábitos alimenticios convirtiéndose en vegetarianos o veganos.

Al mismo tiempo, en lugar de disminuir, los precios de los productos de utilidad para vegetarianos, veganos y los varios tipos de vegetales sufrieron un crecimiento exponencial sin antecedentes históricos a causa de la escasez de la oferta en relación con el aumento de la demanda. En las tiendas los productos derivados del trigo eran casi imposibles de hallar, y peces y moluscos, cuyos precios se volvieron astronómicos, tuvieron que sufrir regulaciones a nivel nacional e internacional con acuerdos para satisfacer las necesidades alimentarias mundiales.

Jefes de Estados y ministros de economía, salud, comercio y agricultura procedentes de varias naciones y la Organización Mundial de la Salud en la ONU, se reunieron cada vez con más frecuencia en cumbres y conferencias para resolver la emergencia en curso causada por la difusión imparable de la "enfermedad de siglo XXI".

Al mismo tiempo las acciones de la Neuber S.A. seguían bajando en la Bolsa de Wall Street, la cual, como las otras principales bolsas mundiales, se hundía, marcando signos negativos.

Sin embargo, no era el valor accionario lo que preocupaba el magnate, sino los razonables temores para la tendencia comercial a cada rato más negativa por la primera vez en su historia del grupo farmacéutico.

Tampoco la crisis sanitaria lo preocupaban. Más bien, el mortal e invencible microorganismo daría nuevo oxígeno a los pulmones de su necesitado grupo industrial. Para él representaba la varita mágica que restituiría los esplendores de su familia porque él tenía la patente de la vacuna que según los planes comercializaría a finales de año cuando el virus se hubiera convertido en una amenaza mundial incontenible. Habría llenado de tal manera las cajas de sus sociedades como nunca.

Era el único en poseer el arma contra el virus causante fue ideado y producido por él, o mejor dicho, por dos investigadores de sus laboratorios. A ellos había dado orden secreta de aislar y reproducir un virus genéticamente potenciado y con efectos devastadores.

Uno era Martin Neuber, también primo suyo, y el otro era Mauro Motta, un joven italiano prometedor, jefe investigador, de la división de Zúrich.

Aparte de ellos dos, solo un muy reducido círculo que no superaba las dos unidades tenía conocimiento de aquel plan diabólico. El brazo derecho David Roth, su personal contable-tesorero y experto en estrategias empresariales y marketing, también socio del grupo Neuber. Y Nathane Shapira, su guardaespaldas y jefe de seguridad, también encargado de las operaciones poco legales, ex oficial de la marina militar israelí, él fue el organizador y autor material de la transmisión y difusión del letal virus de laboratorio.

Hasta el vicepresidente, su hijo mayor, fue excluido de la maquinación y actuación de aquel complot de envergadura planetaria. Pues no sabía nada.

Olivier estaba satisfecho y lleno de sí cuando miraba las noticias en Internet, en la televisión o las escuchaba a través de sus colaboradores sobre la difusión y evolución de la epidemia. Era la única satisfacción capaz de contrastar su más grande preocupación que lo apretaba desde hacía más de dos años: los avances del grupo farmacéutico franco-ruso Farprom, principal competidor comercial.

Con una tendencia incontenible la rival Farprom estaba ganando cuotas de mercado mejores que Neuber. Casi la superó cuando obtuvo por parte de los gobiernos de media Europa la exclusiva y el monopolio para el cultivo, la producción y la comercialización del cannabis, liberalizado para uso terapéutico y también recreativo. El coloso franco-ruso llegó hasta la cima cuando hasta los últimos baluartes donde eran fuertes las resistencias del mundo católico, como España, Portugal e Italia, tuvieron que abrirse a este mercado.

La Farprom volvió a ser su pesadilla recurrente; temía que el grupo franco-ruso conquistara el mercado cubierto por la Neuber convirtiéndose en el líder absoluto y llevando a la ruina a todas las industrias y a la familia Neuber.

Esta obsesión se convirtió en un tormento y al mismo tiempo una fobia que le estaba provocando trastornos mentales: una mente que siempre fue brillante, de un hombre, como sus predecesores, acostumbrado a mandar y a no ser segundo de nadie.

Por eso estaba impaciente por comunicar al mundo entero su descubrimiento, la vacuna contra el AN1 que salvaría el destino de sus empresas. Las vidas que podía salvar no le importaban. Habría hecho fortunas y riquezas que hubieran vuelto a su imperio el líder indiscutible y absoluto en el sector de la farmacéutica por lo menos otro siglo más.

La manía de grandeza constituía el "combustible" que había alimentado constantemente los motores del coloso industrial de marca Neuber S.A. desde el final del siglo XIX.

De visión larga y sin escrúpulos Olivier tenía en su mano el arma secreta para eliminar definitivamente cada adversario convirtiéndolo en el hombre más poderoso del mundo. De él dependía el estado de salud de todos los pueblos, ninguno excluido. Por su intromisión algunos de los Jefes de Estado más influyentes habrían sido excluidos frente al panorama mundial. La riqueza y el poder mundial estarían concentrados en sus manos, sería una de las pocas personas en condición de influir en la economía real y financiera global y solo él era consciente de eso.

El suizo Olivier Neuber habría finalizado en el sueño perteneciente a su ADN que día tras día se ponía más obsesivo: el dominio y el rol de líder absoluto.

Habría confirmado su liderazgo en las ventas, en los ingresos de sus fábricas y en el campo de la investigación médica.

Olivier Neuber quería que su nombre estuviese en boca de todos, hasta en los rincones más perdidos de la Tierra, recordado en los libros de historia y que el porvenir del planeta estuviera en sus manos. No le importaba que fuese considerado y recordado como un implacable calculador.

4. AMNESIA DE GRUPO

Mar adentro de las Islas Caimán, alrededor de cuarenta millas al sureste de George Town, estaba secretamente reunido Olivier con sus más cercanos colaboradores. Se encontraban todos en el salón del mega yate de dos pisos, propiedad de una de las tantas sociedades satélites pertenecientes al grupo Neuber.

Estaban David Roth, el brazo derecho de confianza de Olivier, Nathane Shapira, jefe de la seguridad del suizo; el joven italiano Mauro Motta, uno de los dos investigadores que tenía el poco envidiable mérito de haber realizado en uno de los laboratorios secretos de Olivier el potente virus AN1. Pero, sobre todo, había cobrado más de cuatro millones de víctimas humanas en pocos meses, el equivalente a más del 0,05% de la población del planeta.

Unos minutos antes del atardecer, Shapira, el ex oficial de la marina israelí, con un pretexto banal invitó a la cubierta al investigador italiano. Este, aparte de haber contribuido a aislar en el laboratorio el virus genéticamente modificado, había dado su aporte en la creación de la correspondiente vacuna. Por detrás, con un agarre de sus fuertes brazos en torno al cuello del delgado italiano el israelí cumplió la orden de su jefe rompiéndole el hueso y tirándolo en las aguas del mar poblado de tiburones.

El cadáver del investigador, convertido en un incómodo testigo del complot e invitado al yate para ser eliminado, desapareció en las profundidades del Mar Caribe, devorado en pocos minutos por los grandes escualos.

Como si nada, Olivier, en un delirio de omnipotencia, y sus dos colaboradores, también codiciosos y sedientos de poder y dinero, continuaron con el encuentro secreto. La reunión terminó a medianoche con la definición de los últimos detalles sobre la difusión a escala planetaria del virus elaborado y potenciado en laboratorio.

Ni el reciente asesinato del joven investigador, ni el panorama de sangre y muerte preocupaban la mente ni la conciencia de los tres reunidos en la mesa de madera maciza traída especialmente desde Angola para construir los muebles del barco de cincuenta metros de eslora.

Ahora todo estaba listo, el plan de conquista de poder y del mundo por parte de Neuber estaba concretamente plasmado. Entonces, como si nada hubiese pasado, los tres se prepararon a disfrutar la noche con la compañía de seis jóvenes chicas de diferentes nacionalidades que trajeron al yate con los ojos vendados, navegando en un *tender*. Todo había sido organizado tomando las máximas medidas de seguridad y confidencialidad.

Las seis escorts extra lujosas fueron contratadas el día anterior y procuradas en las Islas Bahamas, a las 20:00 horas del ocho de enero. A través de una preliminar llamada telefónica anónima recibieron la convocatoria, sin dato alguno, solo con el detalle de que dos horas después les serían entregado 100.000 dólares y un anillo de diamante valorado en más de 50.000 dólares. A eso se agregaba la promesa de que al final del "trabajo" recibirían regalos de igual valor a cambio de una absoluta confidencialidad.

Las seis jóvenes, enriquecidas económicamente con más de ciento cincuenta mil dólares entre dinero y piedras preciosas en los últimos dos días, estaban presentes en las Bahamas puntuales en el lugar establecido, dispuestas a hacer de todo para ganar mucho más.

De allí fueron trasladadas en un avión privado a Jamaica y alrededor de las 22:00 desde la ciudad de Bahía de Montego. En menos de dos horas de navegación veloz, las seis mujeres seleccionadas, procedentes de Francia, Brasil, Rusia, Japón, Suecia y República Sudafricana, se encontraron inconscientes en el me-

29

dio del mar a bordo del lujoso yate.

Poco después comenzó la fiesta acompañada de *strip tease,* y actos sexuales de todo tipo con drogas y alcohol lejos de la vista y de oídos indiscretos. La música, las voces y los ruidos serían percibidos a los lejos solo por los peces, las gaviotas y por pocos y seleccionados miembros de la tripulación veterana. Ninguno de la tripulación se percató de la ausencia del italiano testigo de aquel hórrido secreto que yacía en el fondo de las aguas del mar caribeño.

Las seis jóvenes mujeres sabían que no podían preguntar sobre los clientes y sus secretos, uno de los principales requisitos aplicados, cláusula *sine qua non,* para su selección. Para garantizar el máximo secreto impuesto a cambio de un prodigo botín, fueron de todos modos endrogadas. Les fue administrada la primera de dos dosis de la invención química nombrada "pérdida de memoria" creada en los laboratorios Neuber, mezclándola en uno de los últimos cocteles consumidos al final de aquella ardiente noche.

El compuesto químico era capaz de borrar especialmente la memoria episódica, provocando una amnesia de hasta al menos setenta y dos horas después en el 99% de los casos.

La noche anterior, además, el jefe de la seguridad Nathane Shapira ordenó a los cocineros en servicio preparar seis idénticos desayunos para la mañana siguiente, compuestos por frutas frescas y jugo de mango, que serían entregados a él, prohibiendo a los camareros servirlos a las seis huéspedes.

En la mañana el ex oficial se apresuró en atender a las seis mujeres sonrientes pese a los excesos de la noche, inconscientes de las intenciones de aquel hombre, fascinante y en excelente forma física. De hecho un rato antes el israelí había suministrado en los jugos un potente somnífero además de la segunda dosis de la poción inodora que habría garantizado que en pocas horas no se acordaran más de lo que habían visto, oído y vivido en las últimas setenta y dos horas.

El hombre, impecable ex oficial de la marina y siempre irreprochable en su conducta, en sus modos y en las operaciones realizadas, esta vez cometió un error imperdonable.

Desconocía que la sensual francesa de origen magrebí, Elodie Laurin, era alérgica a aquella fruta.

En una cafetería de la Guadalupe francesa donde estaba de vacaciones con su familia a la edad de siete años, la entonces pequeña Elodie tomó por primera vez un batido de mango que por poco le había costado la vida. Los médicos diagnosticaron alergia al mango que le provocó un fuerte shock anafiláctico que la puso en coma. Desde aquel día nunca más consumió esa deliciosa fruta.

Tampoco la profunda investigación sobre la vida y los hábitos de las mujeres, llevadas con extremo cuidado por Nathane, habían hecho emerger este pormenor.

La francesa fue la única que no bebió el jugo, se lo ofreció a la japonesa con quién compartía el camarote, que lo bebió con placer.

Las chicas, anestesiadas al mismo tiempo, se durmieron una tras otra, todas menos la cansada y somnolienta francesa que se mantuvo en un estado de duermevela a causa de las pocas horas de sueño de la noche antecedente.

Luego fueron colocadas en el *tender* utilizado a la ida para ser trasladadas a las costas de las Islas Caimán. Durmieron como angelitos durante el viaje que duró un par de horas.

Neuber había decidido no eliminarlas, no era conveniente atraer demasiadas sospechas, una amnistía por su innata e inigualable belleza.

Sería un derroche de la naturaleza sacrificarlas, pensó en un instante de semilucidez, así que las hizo simplemente sedar, administrar a ellas el potente fármaco "pérdida de memoria" y alejarlas lo más posible del lujoso yate.

Durante el traslado en el *tender,* Nathane Shapira y David Roth iban seguros de que no había seres humanos en un radio de varios kilómetros en el mar y que las mujeres sedadas dormían como niñas. Por eso aprovecharon para comentar de manera extremadamente profesional y fría la eliminación física del científico italiano en la noche antecedente y discutir los planes del jefe.

No se percataron de que Elodie en realidad estaba solo fingiendo estar anestesiada, escondiendo como podía la piel de gallina provocada por las palabras que estaba oyendo y el miedo de ser descubierta en el acto de captar todo lo que los dos estaban contando. Desde que vio a sus colegas misteriosamente dormidas entendió la peligrosidad del momento y la absoluta falta de escrúpulos de ambos hombres.

Durante todo el viaje permaneció en silencio con los ojos cerrados simulando dormir aterrorizada. Temía por su vida y la de las demás. Nunca tuvo tanto miedo en su existencia.

La espantaba el hecho de no saber qué cosa estaba sucediendo al verlas como muertas.

Mantuvo el control que pudo, tratando de permanecer inmóvil y de controlar la taquicardia incesante. La respiración comenzó a ser pesada. Después intentó controlar el temblor que sentía cuando los dos se acercaron a dos de ellas y abusaron físicamente en su estado de inconsciencia.

Ya en la costa las montaron en dos furgonetas que los esperaban en el muelle más reservado del puerto. Luego las acompañaron hasta el aeropuerto donde fueron embarcadas en un avión privado y anónimo que trasladaría a cada una a un aeropuerto diferente según el programa establecido.

5. SIN INVITACIÓN

Mientras en las Islas Caimán eran alrededor de las 13:15, en Zúrich ya era de noche. En su habitación oscura y silenciosa Martin Neuber estaba aún vestido acostado en su propia cama pensando en el enésimo duro golpe infligido por su pariente y empleador Olivier Neuber: la exclusión del encuentro en el Caribe con sus más fieles colaboradores.

El día antes Martin descubrió a través del colega Mauro Motta que Neuber, su primo mayor que podía tener la edad del padre que nunca tuvo, no quiso invitarlo al viaje de "trabajo" en el que discutirían los planes relacionados con el virus mortal AN1.

El primo y jefe Olivier lo liquidó con una simple excusa con la cual lo había obligado a quedarse supervisando el laboratorio central en su ausencia. Era solo suya la fundamental contribución aportada en el desarrollo del virus genéticamente corroborado AN1 y la realización de la vacuna que prometía convertirse en el producto más buscado y vendido en el mundo.

Entre aquellas cuatros paredes de su habitación por un momento pensó hasta en el suicidio.

El magnate suizo sabía perfectamente que el inventor y creador de aquel ser tan microscópico y mortal de nombre AN1 era Martin y que el colega italiano había dado su aporte solo en la fase final de la producción. El virus y la vacuna tenían que ser los medios para rescatar toda la estima de su primo mayor que siempre soñó tener como padre.

En cambio Olivier fue siempre muy frío con él, nunca le reconoció la estima y el afecto que Martin, siempre marginado por la familia, esperaba recibir del primo.

El primo más joven estaba al tanto de la impactante crisis que estaban viviendo las industrias Neuber. Por eso estaba convencido del éxito que conseguiría el líquido, el realce que tal descubrimiento restituiría a la imagen del grupo y los consecuentes flujos de dinero que confluirían en las cuentas bancarias, lo que provocaría un efecto positivo en su relación con Olivier. Según los pronósticos de Martin eso hubiera inducido al primo mayor a transformar la confianza, el respeto y la estima por él.

El científico Martin Neuber era el hijo de Sophie, una prima hermana de Olivier, perteneciente a la cepa de la familia paterna, la cual se murió apenas dos días después del parto cesáreo de Martin a causa de una imprevista e inexplicable complicación. Según declaró y denunció Sophie, el bebé, que nació precozmente, fue concebido a consecuencia de una violación sufrida en Alemania durante un viaje de trabajo junto con el primo Olivier Neuber por parte de un desconocido que nunca ha sido identificado.

Sophie decidió parir a toda costa contra la voluntad de la familia entera y por eso la alejó de la casa paterna. El abandono duró hasta que Olivier, el más íntimo de los primos, acudió a su residencia durante el embarazo a pesar de la contrariedad del resto de la familia.

A Sophie le dio justo el tiempo para atribuirle el nombre de Martin y el apellido de su familia, Neuber.

Para la conservadora familia el nacimiento del pequeño bastardo fue motivo de vergüenza y perjuicio para su imagen hacia el exterior.

Al momento de la muerte de la madre la familia unánimemente decidió dejarlo en una abadía en el sur de la Francia, pero Olivier, por el cariño que lo unía a la difunta prima y la promesa que le hizo a punto de morir, decidió contra la voluntad de los otros familiares encargarse del bebé, Martin.

Para no fomentar más descontento y divisiones en la familia, determinó confiarlo a la pareja de sirvienta y mayordomo que laboraban en la mansión principal de la familia Neuber desde toda una vida.

Desde su primer día de labor, cuando aún eran adolescentes, los dos sirvientes se mostraron extremadamente fieles, respetuosos y leales. En ellos Olivier Neuber, como supuesto padre del bastardo, puso la máxima confianza.

Martin creció viviendo con los padres adoptivos en la casa destinada al servicio doméstico en la parte trasera de la mansión de los Neuber. Aquel niño que desde su nacimiento fue recibido por la familia de mayordomos ahora tenía casi cuarenta años. Después de haberse licenciado en la facultad de farmacia con las máximas notas, debutó su carrera profesional en los laboratorios del primo. El día mismo que recibió su primer salario en la empresa de la "familia", se mudó a un pequeño apartamento alquilado. Luego se licenció en ingeniería genética y biotecnología trabajando siempre en la empresa de la "familia".

Desde pequeño comenzó a tomar conciencia que, a pesar de pertenecer a todos los efectos a la familia Neuber, no estaba reconocido y aceptado como un miembro efectivo de esta. Cada día que pasaba se daba cuenta que había vivido siempre en la sombra, eternamente apartado.

Quien más acentuó desde su primera adolescencia un evidente despego y alejamiento de él fue el mismo Olivier a diferencia de su esposa, el hijo y las hijas. Los inútiles intentos de acercamiento acrecentaban el rechazo.

Para Martin nunca fue un simple primo y empleador. Para él representaba mucho más: el joven soñaba con que fuera una figura paterna.

Continuó siendo un icono, el punto de referencia, lo que no representaba el padre adoptivo, simple mayordomo de su misma familia. Así que jamás desistió de sus intentos de establecer una relación más íntima con él. Martin vivió este rechazo como un trauma con el cual parecía que había aprendido a convivir y solo su madre adoptiva lograba percibir.

Sin embargo los dos, Olivier y Martin, aparte de la diferencia generacional, eran diversos entre ellos.

Olivier fue siempre una persona orgullosa, con mucha autoestima, acostumbrado a la opulencia y a estar en primera plana. Al contrario Martin fue siempre un joven muy humilde y acostumbrado a estar bajo la sombra de la familia Neuber, una persona reservada y con poca autoestima.

Desde niño Martin se había adaptado a sufrir las humillaciones de sus familiares y del primo mayor. Tampoco durante sus quince años de carrera de investigador en las filiales del grupo Neuber en varias partes del mundo recibió un reconocimiento o un gesto de estima.

Olivier trató siempre de no hacer notar afuera del ámbito familiar que la presencia de Martin en su vida siempre fue motivo de malestar, o mejor dicho un fastidio y un lío. El hecho que trabajara para él era debido a las relaciones con los padres adoptivos, a las insistencias de su esposa y sobre todo al hecho de que el joven tenía una inteligencia innata y enormes capacidades técnicas en el ámbito de la farmacéutica. Y eso era para él oportunamente muy útil.

A pesar de que Olivier no lo hubiese reconocido, fue gracias a Martin que hoy gozaba de la expectativa de levantar la suerte de su grupo empresarial.

En los días antecedentes solo por un brevísimo instante se interrogó sobre el problema de la participación o no de Martin en el encuentro en el yate. Con la mente fría de un sicario liquidó el problema, convencido de que no convocarlo sería el enésimo gran favor que le estaba brindando: le estaba salvando la vida evitando que se le acabara como la del colega italiano.

6. EL TEMPLO DE VLADIMIR

Al día siguiente del fallecimiento de Neuber, el detective de la policía italiana y otros siete colaboradores se presentaron en el lugar del presunto delito para efectuar las imprescindibles investigaciones. El célebre anfitrión del restaurante los estaba esperando, agotado; se notaba que había tenido una noche insomne. Había perdido todo el brillo y el carisma del gurú de la cocina internacional de los cuales solía presumir y a los que estaban habituados sus admiradores.

Vladimir Popovic estaba comenzando a somatizar las consecuencias de la muerte del magnate, y aquel día era increíblemente humilde, perturbado y sometido. Ya la apariencia de su imagen empezaba a sufrir los efectos negativos: muchos contratos de trabajo y de publicidad vigentes habían sido reevaluados por las contrapartes, algunos hasta rescindidos, otros de aquellos *in fieri* estaban amenazados de no ser llevados a efecto favorablemente y la mayoría de los interesados se retiró.

Aquella tragedia le estaba rebotando en contra y la situación le parecía irreparable. Todo lo que había construido le estaba cayendo arriba; le parecía que la tierra se le estaba desmoronando bajo sus pies y que las columnas de su templo estaban cayendo sobre él. Aquella historia era la peor publicidad que hubiera podido padecer. Con impaciencia estaba esperando al detective delante de la entrada del jardín de su restaurante donde las llamativas cintas puestas por los agentes de policía para señalar que el local estaba cerrado y bajo custodia, lo hacían estremecer.

Apenas lo vio aparecer fue hacía él y empezó hablando sin ni siquiera darle tiempo a que el otro pudiera saludar.

–Comisario Keeric estoy dispuesto a ayudarle en todo lo que necesite, le aseguro y le juro que yo no tengo nada que ver con el deceso de mi cliente –dijo casi postrándose y suplicándole.

–Está bien señor Popovic, hoy parece tener mejor ánimo y estar más motivado a cooperar–le respondió con un tono de sutil ironía.

–Comisario, estoy a su disposición, dígame todo lo que tengo que hacer y lo haré.

–Perfecto. Ante todo trate de reconstruir el listado de los clientes presentes en el fatídico momento y la lista del personal que ha trabajado aquí en el último mes.

–Lo haré comisario, espero que se resuelva todo lo más pronto posible –dijo el chef.

El registro policial en el interior del restaurante duró media jornada. A las 17:00 horas dio inició el crepúsculo, así que Keeric ordenó a sus colaboradores suspender las operaciones de búsqueda de evidencias, y posponerlas para el día después. No tuvieron tiempo de registrar toda la inmensa área exterior. Excluidas las grabaciones de las cámaras de videovigilancia interior y exterior, nada más considerable y útil fue encontrado para la investigación.

Alexander se fue. Oscar, el vice comisario, quedó encargado de dejar todo asegurado. El segundo de Keeric salía del amplio jardín bastante decepcionado por la falta de resultados en aquel día, Algunos colegas le pasaron delante con el coche patrulla haciéndole un gesto de saludo.

Mientras miraba hacia adelante, vislumbró a distancia un resplandor producido con las luces anteriores del auto. El haz hizo brillar por un momento algo escondido detrás de los contenedores de los residuos orgánicos, entre las ramas de las plantas del seto perimetral, específicamente colocado para la cobertura de la basura. Los contenedores ya deberían haber sido revisados y controlados por los subordinados de Keeric, pero por falta de tiempo no lo hicieron con la misma meticulosidad.

Oscar a primera vista no prestó atención en aquel detalle y

siguió caminando hacia la salida. Diez segundos después, tuvo la sensación de que algo se le estaba escapando.

Volvió sobre sus pasos y se agachó para ver lo que el auto había alumbrado en la cerca vegetal. Divisó una simple botella de vino abandonada, que se salía de un bolso de nylon escondido entre la espesa vegetación.

Fue solo un brillo, la edad comienza a darme problemas, tengo la vista borrosa y estoy empezando a cansarme demasiado después de una infructuosa jornada de trabajo, pensó. Estaba convencido de haberse ilusionado con la esperanza de hallar una evidencia o al menos un elemento que pudiera ayudarlo en la pesquisa. Entretanto llegó el chef insólitamente atento con las autoridades.

– ¿Agente, puedo ayudarlo?

–No gracias, pensaba haber notado algo extraño y en cambio me dejé ilusionar por una botella de vino.

– ¿Una botella de vino?

Vladimir cogió en la mano la botella, escondida detrás de los contenedores, entre las ramas y las hojas otoñales y confesó:

–Tiene razón. Eso es muy extraño.

– ¿Por qué extraño señor Popovic? –le cuestionó el otro.

–Es imposible que una botella de vino esté fuera de su lugar y que se encuentre botada aquí. Yo exijo que en mi restaurante haya una estricta limpieza, sea en las cocinas o en el jardín. El 99% de la basura es diferenciada con manía exagerada según mi voluntad. Esta botella debía estar junto a las otras en el específico contenedor para el vidrio en el área opuesta, a cincuenta metros de aquí, en la salida del patio trasero.

– ¡Pare con estas boberías, señor Popovic! Aquí no estamos hablando de orden y limpieza. Acá es cuestión de un cliente muerto en su restaurante –le respondió Oscar–. Eso no es un pormenor útil para la investigación. Prepárese para salir, voy a cerrar todas las salidas–. Y se alejó.

El chef multipremiado no le hizo caso y, más interesado en recoger la botella, que en escuchar al agente de policía, se agachó y estiró la mano entre las ramas chocando con otro objeto de vidrio que en principio no habían notado.

– ¡Y esto es más extraño todavía! –dijo ignorando al otro con el mismo tono de asombro.

–Dígame. ¿Qué hay raro ahora?

–Lo raro es que estas botellas vacías no tienen que estar aquí.

– ¿Es eso lo que considera tan extraño, señor chef? No me haga reír, por favor. Nosotros estamos trabajando en serio en un caso de presunto homicidio en el que usted podría estar involucrado. Entonces no obstaculice nuestras investigaciones si no quiere empeorar su posición –le dijo en modo perentorio.

Vladimir, curioso y atraído por lo que vislumbraba en la oscuridad en el medio de la vegetación, continuó sin cuidarse de las palabras de Oscar. Intentó observar mejor alargando las manos entre los arbustos de donde extrajo un pequeño frasco de cristal.

–Acá algún incompetente botó un saco de basura húmeda mezclándola con un montón de vidrio, no solamente una botella –irritado refunfuñó.

– ¡Agente! –llamó al otro que se estaba yendo. Oscar se giró y vio el cocinero hurgando entre el seto detrás de los contenedores de la basura.

–Venga –le dijo Vladimir.

Oscar se acercó y observó el objeto que el otro tenía entre los dedos.

–Tal vez esto le podrá interesar. Esta es una botella de Pomerol Petrus año 2008 que vendo en cinco mil euros la pieza, un monumento de la enología mundial, la puedo reconocer hasta con los ojos cerrados.

–Muy interesante saber que vende botellas en cinco mil euros. ¿Pero a mí que me importa? –se burló del dueño.

–El Pomerol lo bebía solo el señor Neuber. Era el que me mandaba a comprarlo.

–Diablo de cocinero. ¿Y por qué no me lo dijo antes?

–Yo estaba tratando de explicárselo, pero usted no me hacía caso–. Parece muy cansado.

–Sí, discúlpeme, de hecho estoy agotado. Ahora, no toque con sus manos la botella. Podría contaminarla –lo regañó el vice de Keeric con la vista realmente borrosa por el cansancio.

–Está bien. No la toco más. Pero intenté decírselo que había algo raro –dijo el cocinero mientras Oscar extraía de su bolsillo un pañuelo de tela para agarrar el objeto.

Popovic hurgando detrás de la cobertura vegetal abrió los ojos de manera exagerada.

– ¿Y esto qué cosa es?

El policía observó el objeto, un ámpula sin etiqueta alguna. La metió en un pequeño nylon para evidencias, pues debía llevárselo a Alexander para los sucesivos análisis de laboratorio. Después se percató de que había otra y otra más, esta vez con una etiqueta de papel media rasgada, mojada por la lluvia y tan deteriorada que las letras y los números impresos eran casi ilegibles.

Ambos quedaron sorprendidos por aquel descubrimiento que a lo mejor podía dar impulso a la investigación, que hasta aquel momento permanecía en el punto de partida.

En realidad ni Oscar ni Popovic esperaban descubrir semejante detalle.

–Era solo cuestión de tiempo. Mañana las hubiéramos encontrado.

–Bueno, espero que no lo ignorarán como hizo usted conmigo –lo provocó con ironía el cocinero animado por aquel descubrimiento, y esperanzado de resolver la cuestión.

–No me haga caso a mí –dijo serio–. No estoy muy en forma en estos días, pero mis colegas sí. Y verá que mañana yo también estaré mejor. De todos modos esto es muy interesante, señor Popovic.

El vice de Alexander se sintió en el deber de agradecer su cooperación al propietario. – ¿Y entonces como se explica que estos dos objetos de vidrio se encuentren fuera de su lugar y no en los específicos contenedores? –le preguntó enseguida.

– ¡Simple! Pereza e indiferencia del personal –le respondió el otro con prontitud sin tampoco darle tiempo de terminar la frase.

– Yo había dicho que el nuevo empleado que limpiar los patios exteriores y las cocinas no estaba a la altura de mi restaurante. Aquel maldito inútil y ablanda higos no lo soporté desde el primer día, no sé lo que se creía, se notaba que habría durado poco tiempo aquí –agregó.

– ¿Y sería también el encargado de botar la basura?

Popovic miró hacia el cielo. –Claro, era el único encargado de las limpiezas y de la basura, no tenía que hacer más nada, ese inútil… –hizo una pausa.

–Yo tenía la intención de despedirlo, pero esta mañana el responsable de cocina me dijo que tuvo por lo menos el buen gusto de desaparecer poco antes de que sucediera aquella desgracia y sin pedir el sueldo.

–Extraño –notó el detective.

– ¿Y se fue sin ningún aviso poco antes de la muerte de Neuber? –pidió enseguida confirmación.

–Afortunadamente sí. Se fue durante el servicio. Hoy en día en un local así de primera como el mío es cada vez más difícil encontrar personal serio y confiable. Por eso me ocupo de seleccionarlo yo personalmente.

–Estas pudieran ser las armas del presunto delito –supuso el representante de la policía de investigaciones observando nuevamente la botella y los objetos de vidrio. Después de aquel rato de distracción y conjeturas se dirigió otra vez hacía el chef:

– ¿Usted vio que ya está colaborando? Continúe así y lo tendremos en cuenta para el curso de la investigación.

Con aquellas palabras se despidió avisando a su jefe y permitiéndole un suspiro de alivio al desesperado y agotado chef.

7. PRIMEROS INDICIOS

Roma, Comisaría Central de la Policía de Investigaciones, 7/10/2022, hora 08:05

Alexander y Oscar llevaron las ámpulas y la botella al laboratorio de la Policía Científica para que las analizaran. El resto del día lo pasaron con otros dos colegas observando varias veces las grabaciones de las cámaras de videovigilancia del local. Las imágenes examinadas por los investigadores eran de las veinticuatro horas antecedentes a la muerte del CEO suizo. Alexander se percató enseguida de que las cámaras del interior, aquellas que apuntaban a la cocina y al lado de la sala donde Neuber había almorzado la última vez, estaban colocadas de manera inútil.

El presunto sabotaje del sistema de videovigilancia hizo dirigir la atención sobre los trabajadores y clientes habituales del restaurante en los días antecedentes al presunto asesinato. Muchas personas se habían acercado a la poco visible área destinada a la basura donde fue encontrada la botella y las ámpulas botadas, mientras en la cocina demasiado personal había metido las manos en los platos y en las botellas servidas a la mesa de Neuber.

A Keeric le interesaba ante todo comprender quién fue el dependiente que según el chef habría desechado el saco con la botella y los frascos; por eso había convocado a Popovic en persona.

Hasta aquel momento las imágenes de las grabaciones no dieron mucha ayuda. Observándolas, la única escena que destacó el detective fue una breve pero agitada discusión entre dos dependientes en apariencia sin particulares motivos.

Un detalle llamó la atención de Alexander. Pasó otra vez las imágenes antecedentes y siguientes al momento de la contienda. En ninguna de aquellas se veía plenamente la cara de uno de los dos empleados. Todo el tiempo el posible sospechoso fue grabado solo de espaldas y apenas se entreveía su perfil.

–No puede ser una coincidencia –dijo a sus colegas.

Estaba convencido de que tenía intención de no aparecer en cámara.

De todos modos Keeric decidió enfocar la atención sobre aquella disputa, atraído por el hecho de que el más corpulento sujetaba un saco de desechos húmedos. Al verlo en las cámaras de videovigilancia parecía una escena cómica donde los dos se disputaban la basura como si fuera un botín de oro.

Desde las imágenes se podía intuir que el más flaco había ordenado al otro dejar allá el saco y dedicarse a otra diligencia. El otro, amenazador, se fue atacándolo con gestos ofensivos y prorrumpiendo en invectivas.

Además desde las filmaciones se veía que el más delgado se alteró, agarró el saco codiciado con vestigios de humedad y se alejó rumbo a los contenedores. El ángulo visual de las cámaras de seguridad casi llegó a coger el espacio donde estaban colocados los contenedores objeto de atención. Fue enfocado el cocinero mientras botaba con irritación el bolso hacia los recipientes dejándolo caer entre los arbustos donde descuidadamente lo abandonó desgarrado.

En tanto otros dos agentes estaban interrogando, una tras otra, a las personas anotadas por la policía en la lista de los empleados y clientes presentes en el restaurante al momento del deceso de Neuber. Algunos de ellos ya habían sido sondeados el día mismo en el local, pero los primeros testimonios recolectados eran inútiles o por lo menos insuficientes. El comisario consideró entonces apropiado escuchar otra vez aquellos que para los fines de la investigación en curso evaluó más útiles.

Era ya entrada la tarde cuando el jefe de la policía, Keeric, y sus colegas terminaron de examinar las últimas imágenes de las filmaciones.

–No tenemos ninguna evidencia precisa que nos indique la vía a recorrer –remarcó el jefe a sus subordinados, decepcionado pero consciente que era demasiado temprano para sacar conclusiones.

–A lo mejor el bolso de escombros de vidrio que tiene en la mano ese dependiente podría contener la botella de vino que bebió Neuber y las tres ámpulas… –supuso uno de los agentes.

–Y además no hay que olvidar que algunas cámaras de seguridad resultan parcialmente saboteadas, entre esas las que "casualmente" apuntaban a la mesa donde estaba comiendo el suizo –añadió el otro.

–Sí, esto podría inclinarnos por un homicidio premeditado, pero aún es muy temprano para decirlo. Todavía no tenemos nada suficientemente relevante –notó con su enfoque pragmático.

Alexander convocó a Vladimir Popovic a su oficina al tercer piso de la Comisaría Central de Roma, a las 16:30 para que identificara en las imágenes cual era el dependiente que había abandonado el puesto de trabajo poco antes del envenenamiento. A las 16:22 Vladimir Popovic ya tocaba a la puerta.

Seguro que no era el que había cometido materialmente el delito, Keeric lo convocó en calidad de persona informada de los hechos pues su coartada estaba comprobada. Cuando sucedió el hecho se encontraba en el set del programa televisivo *Fuego y llamas en la cocina,* bajo los focos de iluminación, con las cámaras y los ojos de muchas personas fijos en él.

Sobre él, por el momento, había solamente algunas sospechas y la responsabilidad de ser el propietario de la instalación donde ocurrió el presunto homicidio. A su cargo pesaba solo una temporal obligación de mantenerse absolutamente localizable y de no alejarse de la capital.

Alexander, con la intención de intimidar al cocinero para convencerlo a colaborar, y aprovechándose de su vulnerabilidad inició la conversación con las siguientes palabras:

–Señor Popovic, su posición concerniente el acontecimiento aún no está aclarada y de todos modos permanece en la lista de las personas relevantes. Si el escenario no cambia podría volverse un sospechoso, no como autor pero puede haberlo orquestado, por eso le conviene y le aconsejo seguir colaborando.

El jefe de la Policía de Investigaciones logró su intención.

–Claro que sí comisario, no veo la hora que se resuelva el caso para salir definitivamente de esta maldita pesadilla –dijo el otro, trastornado por los acontecimientos.

Pero Popovic era plenamente consciente que si fuese inocente y declarado ajeno a los hechos, al final aquella historia lo beneficiaría con mayor visibilidad y publicidad para él y su Templo, si aún alguien no lo conociera.

Su mente adicta al protagonismo no podía evitar haber planificado, que su restaurante podría ser el set ideal para la trama de un *thriller,* ofreciendo al mismo tiempo un ulterior relieve a su restaurante y a él mismo.

– ¡Vamos directo al grano entonces! –dijo el jefe de la Policía de Investigaciones mostrando las imágenes de los dos que discutían por el bolso de basura.

–Dígame como se llaman estos dos empleados.

–Aquel –dijo indicando con el dedo la pantalla, –es uno de mis trabajadores más veteranos y de confianza. Confío ciegamente en él; nos conocemos desde hace más de diez años y trabaja en El Templo desde que lo fundé. Él es el responsable de los trabajadores en la cocina y todos están obligados a ejecutar sus órdenes como si las impartiera yo.

– ¿Y el otro?

–Bueno… a ver… de espalda – me permita ver mejor – parece el mismo del cual le hablé ayer: el encargado de la limpieza y de la basura que abandonó el trabajo. De todos modos era solo un torpe aprendiz a prueba desde hace pocos días. –Vaciló por un momento–. No pienso que esté involucrado en la muerte de Neuber.

Keeric se percató de la vacilación del interrogado mientras le mostraba las grabaciones de la discusión. Eran matices que sabía coger por intuición y experiencia. Hasta se percató que había evitado proporcionar más informaciones sobre el más corpulento. Decidió entonces profundizar en ello.

–Dígame la identidad del otro y explíqueme porqué estaban discutiendo. (Era lo que Popovic deseaba que el oficial de la policía no le preguntara.)

–No lo conozco. Como ya le dije estaba haciendo unas pruebas. Solo sé que se llama Igor–. El detective lo notó titubeante, en pleno contraste con su carácter determinado.

Alexander estaba convencido de haber llevado el interrogatorio en la dirección correcta.

–Dígame algo más. Usted dijo que ha seleccionado sus trabajadores personalmente –dijo Alexander simulando un temperamento deliberadamente impaciente.

– ¡Está bien! –se rindió el otro.

–Era un dependiente nuevo que trabajaba en mi restaurante desde hace menos de una semana, un sinvergüenza que enseguida se desveló arrogante, irritable e indisciplinado. Me estaba creando solo problemas porque nadie lo soportaba como pudo ver en las imágenes. Y –créame– yo estaba ya buscando su sustituto. Él debía ocuparse solo de la limpieza y ayudar los cocineros y a los ayudantes de cocineros recolectando los desechos de la cocina y de las mesas porque yo estoy acostumbrado a tener siempre ordenadas y limpias todas las áreas.

Seguidamente hizo un alegato sobre la gestión de los desechos de su local y el detective lo dejó hablar.

–Sinceramente no soporto ver en la cocina ni un saco de basura muy lleno. Por eso he dedicado hasta dos áreas separadas en los lados opuestos para la colecta de desechos, cercadas y específicamente cubiertas por la vegetación, como aquella donde encontramos las ámpulas.

–Vaya al grano y responda a mis preguntas, señor Popovic – le pidió Keeric en un tono pacífico. – ¿Como lo conoció? Hábleme de él y de todo lo que sabe sobre su referencia.

–Es eslovaco. ¿Y quiere saber una cosa? –hizo una breve pausa interrogativa mirando al jefe de la policía con una mirada sincera antes de seguir hablando.

–Imagínese que me lo recomendó el mismo Neuber pidiéndomelo como un favor personal; o mejor dicho, un hombre que se presentó por teléfono como secretario de la Neuber S.A. me pidió, a nombre de Olivier, si yo podía asumirlo como favor personal hacia Neuber.

– ¿Y quién era este hombre?

–No lo sé, no recuerdo. Solo me refirió que era por parte de Olivier y yo me confié, vistas las relaciones entre nosotros. No me cuestioné el dejarlo trabajar en mi restaurante, pero enseguida me arrepentí. Pero no me pregunte más sobre aquel chico porque juro que no me acuerdo ni de su apellido y de todos modos creo que no lo necesitará para sus investigaciones.

Eso lo veremos, pensó el italiano ignorando las opiniones del cocinero.

Keeric se dirigió hacia sus colaboradores más cercanos pidiéndoles verificar la identidad completa de aquel trabajador a través del registro de dependientes gastronómicos.

El cocinero ruso se puso tenso y se agitó sobre la silla. Keeric lo miraba fijo. El otro, por fin, no resistió más y dijo bruscamente: – ¡Está bien! No lo encontrarán en ese listado porque de la oficina de Neuber me habían expresado que preferían que trabajara en negro y yo acepté el acuerdo solo por Olivier. Y nunca he dejado trabajar un dependiente mío sin contrato de trabajo. Se lo puedo jurar y demostrar. Vladimir Popovic se sentía más vulnerable y Keeric era consciente de eso.

El comisario se percató que el nerviosismo del chef, hasta aquel momento, era simplemente el temor de revelar que tenía trabajando en su renombrado restaurante un trabajador sin contrato de trabajo. La acusación de evasión de la seguridad social hubiera sido otra piedra arriba de su Templo que habría perjudicado su imagen.

Vladimir era bien consciente que a esos niveles todos los que alcanzaban el tope como él podían en cualquier momento caerse con un ligero viento.

Así, con esa preocupación y después de una breve reflexión, Keeric pensó disfrutar aquel temor.

–Esta omisión suya no le favorece para nada. Explíquenos mejor el enlace entre Neuber y el eslovaco si no quiere que señale esta violación a los Inspectores de Trabajo.

–No sé nada de eso. Me parece haber entendido que me pidieron asumirlo como un favor personal, a lo mejor una cortesía que le había pedido a otra gente. No sé decirle nada más, se lo juro por la suerte de mi restaurante que es lo más preciado que tengo.

No estaba mintiendo, ni exagerando, para Popovic nada y

nadie eran más importantes que su restaurante, su sueño hecho realidad.

–Explíqueme ahora por qué los dos estaban discutiendo tanto –continuó el detective tratando de captar alguna eventual duda o señal de mentira.

–Yo no sé más nada, comisario –afirmó, sin duda, el personaje televisivo que en las últimas horas aparecía más en la pantalla por motivos de la crónica negra en la cual estaba involucrado que por los programas que conducía o participaba con un éxito enorme.

A Keeric le pareció sincero en los gestos y en la expresión. Observándolo le pareció que lo había "exprimido" lo suficiente ese día, así que le dijo que habían terminado, por el momento.

El cocinero no se lo dejó repetir dos veces. Se levantó de la butaca rápidamente para abandonar aquella oficina insoportable para él, más que la sala de un dentista. Pero mientras cruzaba la puerta para salir frenó repentinamente, giró y entró otra vez.

–Espere señor comisario. Si desea tener otras informaciones sobre aquel hombre, me vino a la mente que tal vez le convendría tener una copia de su pasaporte visado que le puedo facilitar. En la cuenta del correo electrónico que utilizo en mi oficina al lado del restaurante debo tener archivado el e-mail con el cual Neuber mismo, a petición mía, me envío una copia de los documentos del recomendado. Espero no haberla borrado, seguro la archivé.

–Gracias por la colaboración señor Popovic. Lo acompaño enseguida a recuperar el e-mail.

El cocinero respondió con una mueca repentina en su rostro que no pudo esconder. Se había arrepentido de haberle ofrecido aquella sugerencia que ahora lo obligaba a compartir más tiempo con el oficial, fuente del estrés que ya no lograba soportar.

Alexander sabía ser agradecido y a cambio de su colaboración trató de complacerlo: –Si me encuentra el e-mail le prometo que olvidaré que en su restaurante trabajaba una persona de forma irregular –le susurró en el oído con el objetivo de tranquilizarlo.

Vladimir lo miró y agradeció.

Sin embargo Keeric no podía negar que era la segunda vez que el chef realizaba un gol en el tiempo vencido: la primera vez cuando descubrió las ámpulas mientras Oscar, el vice comisario se estaba ya retirando, y ahora recordándose del e-mail recibido mientras se estaba yendo ya.

Una hora más tarde los dos, acompañados por dos ingenieros informáticos, los mejores del Departamento de Policía, encendieron la computadora del chef para la adquisición forense de los datos.

Popovic, con seguridad fue buscando el e-mail archivado en la carpeta que había creado y nombrada "trabajadores".

Quedó incrédulo cuando se dio cuenta de que había desaparecido.

8. LA IDENTIDAD

Ante la desaparición del e-mail los dos ingenieros se dedicaron profusamente a rastrear la computadora por más de cuatro horas. Confirmaron finalmente que la misma había sufrido una intrusión forzada e ilegal. Comprobaron además que había sido removida de forma irreversible y muy profesional parte de la memoria interna y el correo electrónico que estaban buscando.

Al cabo de estas operaciones los dos ingenieros se rindieron explicando a Keeric que la eliminación de los files y del e-mail que estaban buscando fue ejecutada de manera irreparable tras la infección de un virus.

–Este virus nos resulta desconocido. Es tan agresivo que solo es comparable con el AN1 –juzgó uno de los dos informáticos dirigiéndose al comisario.

Del correo que el ruso había prometido enseñar al comisario no había rastros. Se sintió nuevamente como si fuera perseguido por alguien, pero no desistió. Su precisión, su manía de perfección, le fue providencial. Por su actitud no hubiera archivado solamente en una computadora la copia del pasaporte de un trabajador suyo adjunta en un e-mail.

–Yo no confío en la tecnología –dijo el cocinero a los otros tres expresando su convencimiento que siempre repetía y que esta vez le daba la razón.

–Seré obsesivo, pero imprimo y archivo casi todo. Seguramente he impreso los documentos adjuntos al e-mail y sé dónde encontrarlos.

Keeric lo vio alejarse, bajar al sótano del restaurante en donde había destinado una parte como archivo, y apareció de nuevo después de menos de dos minutos.

– ¡Somos afortunados! –dijo el dueño de local que desde la carpeta de los documentos de los trabajadores sacó la copia del documento de identidad italiano y del pasaporte eslovaco. Ambos llevaban el nombre de Igor Danko e indicaban que había nacido el 5/03/1980 en Senec, una pequeña ciudad a una veintena de kilómetros de la capital Bratislava. Hizo una copia del papel que entregó inmediatamente al comisario.

– Inicien enseguida las búsquedas sobre este hombre y su identidad –dijo por teléfono el dirigente de policía a uno de los suyos a quién enseguida envió las fotos de los documentos con un mensaje WhatsApp de modo que comenzaran a explorar sus bases de datos, de las otras autoridades italianas, de la Interpol y de los Servicios de Seguridad italianos en contacto con autoridades y aparatos de inteligencia extranjeros.

No obstante era ya de noche Alexander volvió a su oficina. Estaba rodeado de cuatro paredes tapizadas de cuadros que enmarcaban condecoraciones por haberse distinguido por sus actividades de coordinación y en el terreno.

Estaba ansioso por conocer el informe médico completo de la autopsia y especialmente los resultados de los análisis de las tres ámpulas encontradas en el seto del restaurante. Quería saber cómo clasificar la inesperada muerte del *tycoon* y de saber si el Fiscal General había hecho abrir la pesquisa por homicidio. La División Científica, siempre rápida y puntual, en este caso resultaba con retraso en comunicar los resultados y aquel silencio lo preocupaba.

La que parecía una muerte por grave intoxicación resultó un caso de envenenamiento más complicado de lo que imaginaba.

Viendo que aún ninguno de ellos lo había contactado decidió llamarlos.

–Luca, te estaba extrañando –dijo jugando al dirigente del núcleo de la Policía Científica.

–Discúlpame, yo también estaba pensando en ti, pero no he tenido ni cinco minutos para poderte llamar. Estamos tratando de identificar las toxinas y el contenido de las ámpulas.

–Entonces aún no se sabe nada. ¿Es eso lo que quieres decir? –le preguntó Keeric.

–Estamos trabajando en eso. Aún tenemos que identificar la composición química, operación que parece más difícil de lo normal, aunque suponemos que se trate de un nuevo fármaco – dijo el colega.

–Pero en realidad algo ya hemos descubierto. La sustancia encontrada en el cuerpo fue consumida durante su último almuerzo de carne de Kobe y vino rojo, tan caro que le costó la vida.

–No tenía dudas que fuera caro –notó Keeric respondiendo a la álgida ironía de su colaborador que enseguida continuó informándole el desarrollo de los estudios químicos.

–Rastros de esa sustancia se han encontrado en los frascos y en el vino que degustó.

No se demoró más de medio segundo para intuir la conexión entre el vino rojo y la botella descubierta al lado de los frascos.

– ¿El querido Pomerol?

–Exacto.

Keeric cogió de prisa su abrigo y corriendo se precipitó con su vehículo personal al restaurante.

–Tenía que haberlo pensado antes.

Le vino a la mente verificar si había otras botellas de Pomerol, vino del cual hasta pocas horas antes ignoraba la existencia y que ahora le era tan familiar.

Una vez llegado al sitio, Keeric superó con un gesto atlético, la cerca del jardín. Justo en el momento en que pisó el otro lado escuchó, un ruido de vidrios quebrados: era solo un gato huyendo. Fueron necesarios pocos segundos, para percatarse que el felino no estaba solo. Resuelta a escabullirse y eclipsarse por el otro lado de la propiedad había una persona robusta pero atlética, con un traje de gimnasio oscuro y capucha que le tapaba la cabeza.

Keeric, sorprendido, no le dio tiempo a correr tras del hombre que había violado las medidas de seguridad puestas por las cintas blancas y rojas de la policía y la relativa prohibición de acceso. Intuyó enseguida que no se trataba de un ladrón cualquiera y no tuvo dudas de que su fin era eliminar eventuales rastros, evidencias y pruebas.

El desconocido había ido allá contraviniendo sus mismas reglas operativas. Desde el principio de su larga carrera de delincuente y sicario se había impuesto no regresar nunca a los lugares del delito en los días siguientes al acto. Esta vez fue obligado. Tenía la esperanza, el intento y la obligación de hallar y recuperar las ámpulas y la botella de vino envenenado de los cuales no pudo deshacerse. Como se notaba también en las imágenes grabadas por las cámaras de vigilancia, el responsable de la cocina le había quitado de las manos el saco que las contenía impidiéndole deshacerse de ellas de manera segura.

El hombre había perdido diez minutos registrando entre los desechos de vidrio en busca del saco que contenía las "armas" del delito antes de ser interrumpido por la inesperada llegada del comisario que lo obligó a desistir.

Keeric atravesó corriendo todo el jardín siguiendo al intruso y tuvo que rendirse cuando lo vio superar como un atleta el muro de la cerca.

–Maldición ¡se escapó!

¿Será el asesino? se cuestionó. Quién otro podía ser, se respondió solo en el medio del jardín del restaurante.

Keeric fue a registrar entre la basura, pero de improviso, detrás del seto, un movimiento de hojas repentino lo alertó. De nuevo, el gato vagabundo, ahora más descarado y fuerte por la presencia del hermano que lo acompañaba, atraídos por los malos olores de la basura abandonada desde hacía dos días. Del bolso con las ámpulas y la botella ningún rastro para el intruso.

En pocas horas las tinieblas de la noche habrían cedido su lugar a la luz del día. Alexander casi no durmió, atormentado por el hecho de que por unos segundos y pocos metros podía haber capturado a aquel hombre.

Reflexionó sobre el hecho de que los técnicos de laboratorio aún no habían logrado identificar la sustancia que había envenenado al multimillonario suizo.

¿Qué maldito veneno será que los técnicos no han podido reconocer todavía? Es la primera vez que encuentran tan difícil y complicado analizar una sustancia.

Una sombra de misterio lo acompañó toda la noche dado los pocos elementos que había logrado descifrar en este caso, por lo que no logró dormir bien.

En su mente rebotaba una idea, si se trataba de una ejecución, tenía "un no sé qué" excepcionalmente emblemático.

Aquella muerte tenía un extraño "sabor", pensó utilizando inconscientemente uno de los términos más pronunciados de la esfera sensorial en el ámbito culinario. *Nos encontramos frente a una personalidad pública del "calibre" de Olivier Neuber, envenenado de una manera teatral, en pleno día y en un lugar público súper exclusivo, ante los ojos de otras personas de su rango.*

Las cuentas no daban y muchas cosas no lo convencían.

Un simple enemigo de negocios habría usado otros modos y no se atrevería a enfrentar un riesgo tan grande e inútil para una ejecución similar. Había muchos otros métodos para matarlo de forma menos aparatosa y sin tantas dificultades. Podían haberle disparado con un arma de fuego, usar un coche-bomba o atacarlo de otras muchas maneras, reflexionó.

Era imposible pensar en un suicidio, conjetura descartada a priori. Aquella muerte tenía algo que parecía ser una eliminación simbólica, ejemplar, castigadora. ¿Pero para cuál o cuáles culpas si así fuera?

9. BAJO INTERROGATORIO

A la mañana siguiente Alexander pasó por el laboratorio químico de la policía. Hasta aquel momento la División Científica no había conseguido muchos progresos en la identificación de la sustancia que había envenenado al magnate. Además confirmaron que quedaban rastros de ese "veneno" en el cuerpo de Neuber ingerido con el vino que consumió durante su último almuerzo. Consideraban que esa sustancia, por su composición química, podría ser de la familia de los fármacos.

¿Pero cuál? Aún se preguntaban los técnicos a punto de identificarlo.

–Buenos días Luca. ¿Qué novedades tenemos? –saludó Keeric entrando.

–No muchas todavía. Por el tipo de composición química encontrada en los residuos detectados en las tres ámpulas y en la botella de vino, la sustancia que suponemos sea la causa directa del envenenamiento debería ser clasificable y asociable a un producto farmacéutico nuevo.

– ¿Un producto farmacéutico nuevo? Es el colmo. ¿El rey de los medicamentos habría sido envenenado por un fármaco?

–Aún es solo una hipótesis, pero estamos trabajando y te lo confirmaremos lo más pronto posible.

–Ok, nos veremos después, entonces, si no tienes otra cosa que comunicarme… –dijo mientras se acercaba a la salida.

–Espera, hay algo más.

Alexander lo escuchó con la esperanza de que el colega le

diera una evidencia por dónde empezar las investigaciones. Hasta aquel momento de hecho no se habían producido grandes progresos.

–En el exterior de las ámpulas hemos encontrado huellas dactilares de una sola persona...

–Las de Vladimir Popovic –dijo Keeric que esperaba una información más útil.

Sin embargo la posición del chef no mejoraba, pero tampoco empeoraba porque Oscar había referido a su jefe haber visto con sus propios ojos que el cocinero había tomado con las manos desnudas los tres frascos.

Las pesquisas aún estaban en las primeras fases, pero demasiadas eran las preguntas a las cuales dar una respuesta. Debía primeramente descubrir cómo, por qué y quién había introducido las tres ámpulas en el renombrado restaurante. Y quién estaba detrás de esta historia. Encargó al colega buscar la procedencia de aquellas a través de la etiqueta, media desgarrada y mojada con caracteres poco legibles, que solo una de las tres poseía.

Dejó el laboratorio y se dirigió a su oficina cinco plantas más arriba. En la puerta, sus hombres lo esperaban.

–El documento de identidad italiana y el pasaporte eslovaco que ese hombre exhibió al empleador Popovic resultan falsos así como varios datos. Sea para las autoridades eslovacas sea para la Interpol el nombre de Igor Danko nacido a Senec, Eslovaquia, en el 5/03/1980, resulta desconocido del todo –le comunicó Oscar, su vice.

A pesar de los atentos controles en las fronteras y las búsquedas extendidas en todo el territorio nacional a partir de las fotos de aquellos documentos, parecía un fantasma. Las cámaras de seguridad no habían ni siquiera captado su rostro completo. Pasaban las horas y las probabilidades de identificarlo no aumentaban. Por inercia, continuaron llamándolo "Igor el eslovaco" o simplemente "Igor", a pesar de que sabían que ese no era su verdadero nombre. Alexander hizo llamar de nuevo al chef para que se presentara en su oficina. Después de haber protestado tímidamente afirmó que llegaría en una hora.

Cuarenta y cinco minutos después la secretaria de Keeric le

comunicó que estaba ya en la comisaría. No siendo el chef famoso por su puntualidad el oficial no entendía aún si su rapidez era debida al miedo de empeorar su posición o al apuro de demostrar su inocencia.

—Le confieso que este acontecimiento me está devorando el cerebro, comisario. No veo la hora de salir de esto rápido —dijo el cocinero apenas cruzó la puerta de la oficina. Aquellas palabras en teoría daban razón a la segunda hipótesis del detective: la prisa y el ansia de volver a su cómoda y lujosa vida cotidiana.

— ¿En qué más puedo ayudarlo, señor comisario?

—Siéntese por favor y hábleme de los otros presentes. ¿Quiénes eran los otros comensales? ¿Quién era el que estaba en la mesa de Neuber? —le preguntó Keeric mostrándole las imágenes del sistema de vigilancia que pasaban en la pantalla frente a ellos.

—Ese día había pocos clientes, todos habituales, aquellos que hemos indicado en la lista que me pidieron. Todas personas de buenas maneras. El comensal que estaba en la mesa de Neuber no lo conozco en persona, sé que era uno de sus colaboradores, muy educado, pero raramente lo vi en compañía de Olivier.

—Haga un esfuerzo, señor Popovic.

—Puedo preguntar ahora mismo a mi responsable de sala que conoce los nombres de todos los clientes. A él no se le escapa nadie.

Vladimir lo llamó y después de ni siquiera un minuto tuvo el nombre. —Un tal Martin, el apellido no se lo sabe.

—Gracias señor Popovic. Puede irse, manténgase en la zona y localizable —le recordó el detective.

Apenas el chef salió de la oficina, maravillado de haberse demorado poco tiempo, Keeric alzó el teléfono y llamó a uno de sus colaboradores.

—Busca "un tal Martin" que debe estar en el listado de los testigos que llenamos después del deceso de Neuber y trata de convocarlo lo más pronto posible.

Le impartió la orden de investigar sobre su cuenta con la intervención de los colegas de la gendarmería helvética y de su amigo suizo de la Interpol, Arthur Weiss.

—Explícale que es urgente obtener informaciones y oírlo, ha sido el último en ver con vida al suizo.

Una hora después le tocó el turno del interrogatorio al responsable de la cocina que tuvo la encendida discusión con el auxiliar de limpieza desaparecido. Estaba visiblemente agitado, movía los pies rítmicamente y la camisa empezaba a llenársele de manchas de sudor pese a que en la oficina no había más de dieciocho grados. Sin embargo respondió a las preguntas del dirigente de policía sin limitarse.

– ¿Usted conocía bien a la víctima y a su acompañante?

–El señor Neuber era un cliente habitual; cada mes venía. Al otro no lo conozco. Lo habré visto –pienso– no más de tres o cuatro veces. Nunca habría imaginado tener que asistir a la muerte en vivo de un comensal en nuestro restaurante y de ese modo tan atroz. Discúlpeme señor comisario, pero aún estoy turbado.

–No se preocupe. Explíqueme que pasó con el nuevo colega, un tal Igor.

Suspiró alterado al pensar otra vez en aquel episodio con el ex colega.

–Sé que se llamaba Igor y tenía el apodo de "el eslovaco" y tuvimos una discusión porque yo no soportaba más su arrogancia. No había cumplido ni cinco días de trabajo con nosotros y ya no obedecía y pretendía mandarnos a todos, hasta a mí que trabajo para el señor Vladimir desde que inauguró el restaurante de Roma –contó con desprecio hacía el empleado más joven.

–No aguanté más la enésima vez que se le permitió no cumplir con un simple mandato de su superior, aduciendo que no era un esclavo. Amenazó que podía deshacerse de ellos cuando le dieran las ganas y que no tenía necesidad de su sucio dinero. A pesar de todo soy una persona reservada, mis colegas se lo podrán confirmar, pero ese día después de haber escuchado sus palabras, no pude detenerme más.

– ¿Y qué pasó? –le dijo el detective.

–Por despecho le mandé con fuerza ir a ayudar a uno de sus superiores pidiéndole disculpas por las ofensas que le había dirigido minutos antes.

–Parecía un hombre sin reglas. Le ordené dejar todo allí y alejarse hasta que no se hubiese calmado, porque si no le comunicaría todo al señor Popovic. Entonces empezó a ofenderme a mí también y por poco nos vamos a los puños.

– ¿Qué cosa contenía el saco que tenía en las manos? –le cuestionó el comisario mostrándole las imágenes de las filmaciones.

–Ese es un bolso específico para los desechos de vidrio y estaba medio vacío – dijo señalándolo en la pantalla.

–Por eso le dije que debía dejarlo en la cocina, que yo lo desechaba, y que debía apurarse en ayudar al colega que acababa de ofender. No sé lo que contenía. Yo había notado que era vidrio y eso me fue suficiente. Tiene que saber que nuestro jefe nos exige estar atentos y precisos en la diferenciación de los deshechos. Y fui a botarlo en el área para los desechos de vidrio.

– ¿No notó nada extraño dentro del bolso? –preguntó Keeric tratando de obtener más detalles de quién fue uno de los últimos en ver y tocar el saco que parecía haber contenido las inusuales armas del delito y las pruebas del homicidio.

–Señor comisario, recuerdo que el saco era medio vacío, por eso di un vistazo adentro.

– ¿Y qué vio?

–Un par de botellas de vino y agua, no más de tres o cuatro, mezcladas con los desechos de la cocina que hay que poner por separado en la basura húmeda y otros dos o tres objetos de vidrio.

– ¿Objetos? ¿Cómo estos? –le acercó las fotos de las tres ámpulas encontradas entre los arbustos atrás de los contenedores para el vidrio.

–Exacto, no recuerdo bien todo lo que estaba en el saco, pero esas sí. Era la primera vez que las veía en el restaurante.

– ¿Me confirma entonces que las vio en el bolso?

–Claro, me acuerdo bien que estaban en ese bolso. Aunque no sabía para que servían.

–Bueno, a lo mejor ahora lo sabemos –dijo seco el comisario.

– ¿Y no se hizo ninguna pregunta a propósito de estas? –le cuestionó comenzando a apuntar algo en su agenda de bolsillo.

–En la confusión y apuro para atender mi trabajo, y molesto por causa de ese chico, no tuve ni el tiempo de preguntarme para qué servían y tampoco me hice la pregunta de qué eran ni qué hacían ahí.

– ¿Sabe si alguien más las había notado?

–No sé, creo que no. Pero me imagino que alguien las haya utilizado… –dijo intentando seguir un hilo lógico.

– ¿Y usted se lo hizo notar a alguien?

–No. Estaba tan ofuscado por la cólera a causa de la reacción de ese chico que con un gesto de ira boté el bolso de nylon aún abierto de lejos hacia el contenedor.

– ¿Y en cual contenedor lo botó?

–Sinceramente, cayó detrás de los contenedores, en el seto, y admito que me fui tirando imprecaciones sin recogerlo –dijo como para confesar sus culpas por el gesto poco responsable.

Después trató de disculparse: –Ha sido la primera y última vez. Nunca he desechado un saco de esa manera, pero él me sacó de quicio. Créame… –yo soy una persona muy paciente y escrupulosa en mi trabajo y en mi vida privada. Créame –repitió – pregunte a mis colegas y verá lo que le dirán.

A Keeric no importaba el lado rudo de aquel gesto. Pero comprobó que el responsable de cocina estaba sinceramente más ocupado en defender la calidad de su labor que tutelar su posición en el ámbito de la investigación por el delito de homicidio.

El interrogado mostraba preocupación por su propia falta de profesionalidad al tirar el saco, pero no por eventuales acusaciones de asesinato a su cargo y Alexander se percató de tal sinceridad en eso. Se inclinaba en considerar que era ajeno al envenenamiento, inocente. Por su experiencia y preparación, sabía también que no debía creer en las apariencias y a lo que las personas quisieran hacer creer. Por eso no excluía ninguna hipótesis hasta tener una prueba contraria.

Luego, para terminar quiso solo comprobar que su interlocutor no fuese un hábil actor capaz de alejar la atención sobre él y despistarlo. Keeric quería aclarar que no hubiese desvergonzadamente simulado la imagen de trabajador honesto para ocultar la de culpable.

– ¿Entonces me dijo que nadie, después de ustedes, tocó el contenido de ese saco o lo recogió?

–Que yo sepa nadie tuvo tiempo de acercarse a los contenedores, incluido yo. Admito que el mío fue un gesto poco profesional y que absolutamente no me pertenece. No es mi forma de trabajar pero estaba totalmente ciego por la rabia que ni siquiera tuve la fuerza y el ánimo de agacharme detrás de los contenedores de basura para recoger los desechos.

–Está bien, nadie se murió si botó el saco. O mejor, me rectifico: alguien se murió, pero no por la manera con que lo botó –dijo casi molesto por el exceso de precisión y de autocrítica del hombre.

–Discúlpeme –dijo el interrogado mortificado, con la mirada fija hacia abajo y la cara enrojecida por la vergüenza.

–Está bien, no se preocupe, a todos nos puede pasar el perder el control al menos una vez en la vida.

Keeric minimizó su excesiva preocupación por aquel gesto poco profesional pero inofensivo e irrelevante ante un caso de homicidio, como estaba casi seguro de que fuera.

–Sabe, esa era la persona más arrogante, prepotente y maleducada que haya conocido, y estoy feliz de que se haya ido por sus pies y se haya desaparecido sin tampoco pedir el salario que le "tocaba" …espero no encontrarlo nunca más –añadió y concluyó con la voz estremecida.

El día había sido intenso para el incansable detective, que se había dado cuenta que el misterio de la muerte de Neuber se estaba complicando día tras día con un ritmo demasiado acelerado.

Antes de ultimar las operaciones programadas para aquel día se puso a mirar las últimas grabaciones adquiridas y traídas por los colegas en la mañana. Las imágenes grabaron el local después del asesinato hasta aquel momento. Se veía a un hombre encapuchado introducirse la noche anterior eludiendo las medidas de seguridad puestas con las cintas de la policía. Se veía apenas al hombre hurgar en los varios contenedores de basura hasta que fue interrumpido por la llegada de Keeric y obligado a alejarse huyendo hacia el otro lado del parque. La robustez y estatura del intruso eran compatibles con las características físicas de "Igor el eslovaco".

Parece que estaba buscando lo que quedaba de las armas del delito, concluyó el detective.

10. IGOR "EL ESLOVACO"

ROMA, COMISARÍA CENTRAL DE LA POLICÍA DE INVESTIGACIONES, 8/10/2022, HORA 17.45

La pésima calidad de las imágenes del sistema de vigilancia no ayudaban tampoco, el presunto asesino fue hábil en no dejarse captar, siempre se vio de espalda y nunca la cara completa. Resultaba un perfecto desconocido. Gracias a las fotos de los falsos documentos el hombre fue reconocido e identificado como "Igor el eslovaco", o más certeramente, Igor Militov.

Las autoridades italianas y extranjeras no conocían precisamente ni sus orígenes, ni su historia.

No sabían con certeza si era de origen ruso u ucraniano; se suponía que su nacimiento se remontaba a cuarenta años atrás, pero jamás se había aclarado si había nacido en Kiev o en los campos de Siberia poco antes de la disolución de la Unión Soviética.

Pocas personas sabían que Igor Militov fue concebido después de una relación sentimental entre una estudiante cubana seleccionada para estudiar en Moscú y un prominente estudiante. Este era descendiente de dos influyentes familias patriarcales y ortodoxas; una ucraniana, enlazada con una importante compañía productora de aeronaves y proveedora de servicios aeronáuticos fundada en 1946; la otra rusa, compuesta por altos funcionarios políticos y militares.

El padre pertenecía a los altos rangos de la aeronáutica soviética. Los dos se habían conocido durante los cursos de física que ambos frecuentaban.

Existía una sombra de misterio relacionada con el parto del cual había nacido Igor; se decía que la madre había parido a dos

hermanos gemelos homocigotos y que, a causa de una complicación sufrida durante el parto solo uno de los dos había sobre-
vivido, traumatizado al punto que ni lloró cuando vino a la luz
como la naturaleza requiere. Terminados los estudios los dos
padres se habían separados y la chica había vuelto a Cuba con el
niño, ambos rechazados por la familia paterna. El niño se había
acostumbrado desde pequeño a vivir entre un pueblito de campo
cubano y Moscú alternando cada seis meses. Había abandonado
los estudios de joven y se había enrolado en la milicia soviética
para después embarcarse trabajando por agencias de seguridad
en defensa de barcos comerciales contra la piratería en el Golfo
de Adén y en los mares vecinos. Después había entrado en la
Legión extranjera francesa desapareciendo por cinco años, limi-
tándose en advertir a su madre que lo haría por bastante tiempo.

Desde aquel día el hijo se había perdido para siempre y la
madre, se había trastornado y enfermado al no recibir más noticias de él.

Por asociaciones de ideas, pensando en él, a Keeric le vino a
la mente el homónimo homicida múltiple "Igor, el ruso", en
realidad un ex militar serbio de nombre Norbert Feher, desaparecido entre los campos de la Llanura Padana. Su clandestinidad
duró meses, iniciada en Italia y terminada en España, donde, reconocido en un normal punto de control, fue capturado después
de un sangriento tiroteo. De la misma manera ahora "Igor, el eslovaco" resultaba prófugo.

–Hay demasiadas sombras y rarezas en ese envenenamiento,
in primis el *modus operandi* –dijo su vice apenas llegó a ver a
Alexander, el cual aprobó con la cabeza.

–Y mientras pasa el tiempo, le veo una extraña simbología en
los pormenores entrañados en esa muerte. Es como si un conjunto de elementos formara un dibujo que no llego a extrapolar
–dijo el jefe.

–Ahora se agregó también la implicación de este peligroso…
misterioso Igor Militov.

Las imágenes y las declaraciones a su cargo estaban dirigidas
hacía la confirmación de su culpabilidad en el homicidio del
multimillonario helvético.

Solo en su oficina, Alexander se concentró sobre las palabras del cocinero, cuando le comunicó que Igor fue recomendado a trabajar con él a nombre de Neuber y que le pareció que había intercedido en esa recomendación a favor de otra persona más.

– ¿Pero quién? Trató en vano de encontrar una solución que no le llegaba a la mente, oscura como el cuarto de su oficina.

Con estos pensamientos y dudas que le rebotaban en la cabeza como una bolita mágica se durmió arriba de su escritorio.

Media hora después el timbre del teléfono de la oficina lo hizo sacudir. Antes de responder miró la pantalla y respondió.

–Dime Luca.

–Quería saber si estabas en la oficina. Paso dentro de un rato, espérame. Colgó, sin darle derecho a réplica a Alexander que conocía muy bien a su colega, sabía que cuando tenía prisa por verlo, algo interesante había de comunicarle.

Después de cinco minutos Luca tocó a su puerta y entró con la excitación típica de que había descubierto algo.

Después de siete años de trabajo juntos los dos eran casi complementarios gracias a su reciproca armonía y a la experiencia en los respectivos campos de competencia. El detective aprendió algunas fundamentales nociones médicas y de necropsia gracias al colega. El otro en cambio aprendió las pocas técnicas de investigación que antes le eran desconocidas. La relación de colaboración entre ellos se había convertida en una amistad indisoluble y en una confianza insustituible.

–Alexander, ya tenemos la respuesta –dijo el técnico.

Le entregó el informe que tenía entre las manos agregando solo un único comentario.

– ¡Alexander, no lo creerás! La suerte nos permitió identificar ya el agente que causó el envenenamiento, si no hubiéramos necesitado más tiempo.

Curioso e impaciente Alexander le quitó de la mano el informe al colega sin proferir palabra y leyó el relato:

Deceso por envenenamiento provocado por la ingestión durante su última comida de dosis macizas del nuevo fármaco CONTRAAN1, la vacuna contra el AN1 acabada de experimen-

65

tar, certificada por el OMS, todavía no aprobada en Italia y no comercializada en el mundo, creación de un laboratorio cubano... omisas.

Tuvo que leerlo tres veces para entender el entero significado y eso no era debido al lenguaje técnico y al léxico médico que a veces los dominaba sin problemas. Estaba ya tratando de descifrar el mensaje intrínseco del informe y de trazar los lineamientos por dónde comenzar a trabajar. Su mente más rápida e instantánea con respecto al promedio ya estaba viajando en un plan racional superior. Así tuvo la primera intuición; tres palabras le llamaron su atención: *fármaco, vacuna, laboratorio cubano.*

Después de la tercera lectura el técnico lo interrumpió.

–Alexander, si no me hubieran convocado esta mañana en la Comisión del Ministerio de la Salud pública para discutir en una mesa técnica otra vez de la vacuna contra el AN1, todavía nos hubiéramos tardado muchas horas, tal vez días, en descubrir la causa directa del envenenamiento.

– ¿Qué significa eso, Luca? –dijo mirando al colega jefe de la División de la Policía Científica.

–En el cuerpo de Neuber se encontraron tres dosis importantes de vacuna contra el virus AN1, propio de una sobredosis de este potentísimo fármaco que en forma líquida extirpó su vida en pocos segundos.

– ¿Tres ámpulas lograron matar a una persona? –lo interrogó Keeric.

–Esto es una vacuna muy potente, tan potente que si es tomada en dosis excesivas, por ejemplo tres, el cuerpo de un hombre de setenta años no es capaz de absorberlo... convirtiéndose en un potente y eficaz veneno. Imagino que después de unos minutos que entró en circulación se volvió letal.

– ¿Y qué más puedes decirme sobre este medicamento? –le preguntó el dirigente de policía.

–Aún no sé mucho porque la experimentación fue muy reciente, sobre todo en la práctica, porque aquí en Italia todavía no ha sido usado ni vendido. Solo después de la conferencia de presentación de este invento hemos podido identificar la fórmula química del veneno, sino aún estaríamos intentando de entender…

– ¿Entonces me confirmas que bastaron solo tres dosis ingeridas durante el almuerzo para matarlo? ¿Por ejemplo introducidas en el vino que tomó? –cuestionó Keeric construyendo ya sus conjeturas.

–Exacto amigo.

– ¿Y sabes decirme algo más sobre este fármaco? Por ejemplo. ¿Cómo se puede conseguir? O si también las fábricas de Neuber lo producen…

–Ahora te explico… –hizo una pausa antes de tomar aliento y recoger las ideas para tratar de ser lo más claro y exhaustivo posible en su explicación.

–Vista la dimensión mundial de la epidemia difundida por este virus mortal, y sobre todo la peligrosidad y gravedad de la enfermedad como tú sabes, esta vacuna representa el más grande descubrimiento médico por lo menos en el último siglo por su importancia.

–Esto lo sé –trató de abreviar el comisario sabiendo que el amigo podía ser prolijo en sus explicaciones.

–Ok, entendí, voy al grano.

–Bien, veo que entendiste –sonrió Alexander.

–Entonces hablamos de su eficacia. Esta vacuna es tan potente como el virus para poderlo prevenir. Y por eso no tuvo dificultades en envenenar y matar a Neuber en tan poco tiempo. Pero, es un fármaco que acaba de terminar la experimentación y aún no está en venta, así que aún es casi desconocido hasta para los expertos del sector.

– ¿Entonces quién se lo –como decir–"inoculó" o quién ordenó inoculárselo podría ser técnico en productos farmacéuticos? –preguntó en busca de una pista a recorrer.

–Te voy a explicar. Este medicamento ha sido desarrollado por un equipo de investigadores cubanos que hace poco tiempo ha terminado la fase experimental y ha sido certificado por la Organización Mundial de la Salud. Hasta ahora es producido solo en Cuba, único país que tiene las patentes, y todavía no ha sido exportado.

–Interesante, gracias Luca, eficiente y exhaustivo como

siempre. –Y lo saludó con una palmadita en el hombro.

Después que el colega se fue, el comisario permaneció en silencio en su butaca inmerso en los pensamientos: *sobredosis de vacuna, una vacuna que aún no está en venta. De hecho, un preciado remedio para contrarrestar la epidemia letal que estaba aniquilando la raza humana debía ser un tratamiento médico tan fuerte como la misma enfermedad. Las dosis tenían que ser minuciosamente medidas porque bastaban pocas gotas de más del fármaco para convertirlo en mortal.*

Para Keeric la causa del fallecimiento comunicada por el técnico de la Policía Científica era el elemento más extraño de todo el caso, pero no que los otros lo fueran menos.

Si se trata de homicidio, la técnica utilizada era muy particular y fuera de lo normal, casi extravagante. Más que un plan homicida parecía una burla del destino, el colmo para un productor farmacéutico. Sería como si un pescador fuese matado por sus peces, un leñador por sus árboles, un granjero por su ganado, un agricultor por sus mismos cultivos, un pastelero por sus mismos pasteles, reflexionó como para cuestionarse a sí mismo.

A lo mejor no es tan raro, tal vez se trata de un simple suicidio y mañana el caso será resuelto y cerrado.

El comisario ignoraba la existencia de casos de muerte similares y trataba de auto convencerse pero sin éxito. El cansancio empezó a ganarle y a fatigarlo en la construcción de probabilidades.

Sin embargo Neuber era un productor de vacunas y medicamentos y para él no sería difícil procurar tal arma, pensó sin el mínimo convencimiento. Después reflexionó y se cuestionó.

¿Pero qué sentido tendría suicidarse en el restaurante de su amigo durante un almuerzo? Su último almuerzo.

Su incertidumbre duró pocos instantes y enseguida la razón prevalió no obstante la fatiga mental.

No, el suicidio no tiene sentido, razonó y se respondió solo en la oficina mientras entraba su secretaria.

– Comisario, es mejor que se vaya a su casa, lo veo agotado.

El jefe asintió con el pulgar de la mano izquierda y abandonó la oficina. Se podía ir, ahora tenía una certeza, y estaba convencido de eso.

La muerte de Neuber no era una pura y simple eliminación física. Aquel modus operandi representaba un gesto simbólico.

Esto era un primer paso adelante en la investigación; ahora necesitaba descubrir la procedencia de las ámpulas que contenían el líquido que había matado el magnate Olivier Neuber de sobredosis.

Ese envenenamiento le parecía un acto bien elaborado y animado por alguna motivación profunda, una clase de venganza "estilísticamente" perfecta.

11. EL PRESAGIO QUE SE MATERIALIZA

LA HABANA, LABORATORIO FARMACÉUTICO MUNDOFAM, 10/10/2022, HORA 16.45

Nunca se había visto en el laboratorio del austero doctor Rodríguez el repetirse dos fiestas de agradecimiento en pocos meses. Para la segunda permitió derogar la prohibición impuesta por el, de consumir bebidas alcohólicas dentro de su estructura.

También en esa ocasión, como en la de la celebración de la oficialización del descubrimiento de la vacuna contra el AN1 a través de la certificación del OMS, la sala de reuniones estaba llena de colegas. Esta vez había también algunos amigos, más curiosos por disfrutar la fiesta que concentrados en su discurso de agradecimiento.

–Bien, esta vez no podían no seleccionarme para el Nobel y eso para mí ya es un premio y un reconocimiento grandísimo. Este es el resultado de la labor de todos los presentes y se lo agradezco a uno por uno. A ti doctora María, a ti Manuel, a ti… –y continuó nombrando a sus científicos.

El director del laboratorio que había logrado encontrar la cura a la amenaza sanitaria mundial más peligrosa de los últimos doscientos años fue añadido *in extremis* en el grupo de los investigadores candidatos al Premio Nobel 2022. Hacía pocos días había recibido la noticia oficial que era uno de los candidatos ganadores.

Después de los agradecimientos a los varios presentes se relajó saboreando en su mente el más alto galardón deseado que a corto plazo recibiría, y por segunda vez en su vida se permitía un trago de ron.

En la sala reinaba una atmósfera de fiesta; la ebriedad del alcohol empezaba a tener efecto en la mente y en el cuerpo del científico y se notaba. La secretaria interrumpió el feliz momento llamándolo en privado.

–Hay una llamada urgente, de parte de un amigo, pero no me dijo el nombre.

– ¿Oigo? –dijo por teléfono visiblemente nervioso.

Un minuto después el doctor Rodríguez, con las manos temblorosas y la cara pálida, volvió a la sala y en voz alta interrumpió el aire de fiesta. El mal presagio que lo tenía atormentado en ocasión de las precedentes celebraciones se había materializado inexorable.

–La fiesta se acabó. Lamentablemente hubo un grave problema en Europa, una desgracia –dijo tras las miradas atónita de los presentes que no habían entendido el enlace entre él y Europa. La noticia de la muerte del magnate llegó tan inesperada como preocupante y acabó con su momento de alegría.

La vacuna que me hubiera hecho ganar el premio Nobel y conseguir un puesto de primado en la literatura médica y farmacéutica y en la historia ya había hecho la primera víctima, no una víctima cualquiera... Neuber... lo sabía.

Este fue el primer pensamiento que lo flechó.

Pasó de la euforia a la depresión en menos de un minuto. Tuvo apenas la fuerza de explicar con pocas y tímidas palabras lo que le habían comunicado fuentes más que atendibles. No podía todavía metabolizar un hecho tan grave, para él la fiesta se había acabado como terminado era el sueño de ganar el anhelado premio Nobel. Ese sueño que estaba por tocar con las manos estaba desvaneciéndose, perjudicado para siempre y una vez más por la mano de su peor adversario.

Para todos los presentes era aún fresco el recuerdo de la encendida riña entre él y Olivier Neuber en ocasión de la conferencia de París. En esa circunstancia el suizo llegó a amenazar de muerte el cubano ante el público. También llegó al choque físico por suerte rápidamente sedado por los encargados de la seguridad.

Además del contacto físico, como paradójicamente ocurre entre dos personas que no se soportan, los dos tuvieron que compartir y ser involucrados en una complicidad emotiva obligada, un íntimo sentimiento que ambos simplemente detestaban, llamado *odio*.

La noticia fue dada por Eduardo Machado Ortega, su viejo amigo desde el colegio.

Pablo seguía trabajando para el Estado cubano recolectando éxitos y satisfacciones profesionales; el otro disfrutaba de su retiro y los placeres familiares alternando su vida entre su casa de mar en la provincia de La Habana y la capital francesa donde vivía la hija con los nietos.

Después del colegio Pablo había elegido la carrera de medicina antes y farmacia después, consiguiendo varias especialidades, entre ellas las en biotecnología e ingeniería genética; la suya era una vida dedicada a los estudios, a la investigación científica y al trabajo.

Eduardo había emprendido primero la carrera militar y después con los años se especializó dentro de la Policía de Investigaciones cubana. Jefe del DTI, Departamento Técnico de Investigaciones, había colaborado con los servicios de seguridad cubanos hasta lograr una formidable aceleración de su carrera gracias a la resolución de casos complicados.

Se habían encontrados también en París en ocasión de la conferencia a la cual participaron "muy activamente", y en la que Neuber y el doctor Pablo Rodríguez, fueron expulsados del plenario a causa de los desórdenes que el primero había provocado.

El director Rodríguez se había convertido para el industrial suizo en el enemigo número uno. La psicosis de París no era un caso aislado. Neuber en los días siguientes había seguido provocando, ofendiendo y amenazando ante el público y los periodistas al cubano y sus teorías.

El cubano había preferido dedicarse a su actividad profesional sin dar seguimiento, ni legal ni de otro tipo, a las invectivas y amenazas que el otro le mandaba. Era consciente que no podía hacer nada con su solo salario de director de laboratorio farmacéutico frente al magnate suizo. Pero sobre todo no le gustaba y no estaba acostumbrado a ningún tipo de batalla que no fuera la lucha a las enfermedades.

Vuelto a la realidad en un instante después de la muy mala

noticia del envenenamiento de Neuber, intuyó que pronto le tocaba ser objeto de investigaciones policiales.

Hasta en su muerte Neuber es capaz de arruinarme la vida.

Esta frase le retumbó en la mente también en los días sucesivos en los cuales no pudo evitar de rumiar sobre el acontecimiento.

Del otro lado del Atlántico, los ánimos en la Neuber S.A. no eran mejores. Habían pasado apenas nueve meses desde que el virus había sido creado por primera vez en los laboratorios. De los tres padres inventores, Olivier, el científico italiano Mauro Motta y el joven primo Martin, solo este había quedado vivo. En un modo o en el otro aquel microscópico organismo estaba destruyendo las mismas industrias Neuber; ya parecía una maldición.

Para Neuber el descubrimiento en tiempos récord de la vacuna al virus AN1 por parte de su peor adversario aún antes que él pudiera organizar la comercialización y gozar de los beneficios, había sido una doble derrota.

La noticia de la invención procedente de Cuba le había provocado de improviso un desmayo y fueron necesarios más de dos horas de atención para que se recuperara.

Desde que recibió la noticia de su derrota fue invadido por una decepción inmensa que no lo dejaba dormir en la noche, le alteraba la presión, el latido cardiaco y su general estado de salud. Enseguida le había imputado la culpa del fracaso a Martin.

Cuando supo del descubrimiento de los cubanos lo hizo llamar al momento a su oficina.

—Eres un inútil, te dejaste superar por aquel pobre cubano —le gritó en la cara mientras el otro se quedaba callado ya acostumbrado a sus severos maltratos.

Por una semana no le dirigió la palabra, culpable según Olivier de haber inventado y realizado un antivirus demasiado fácil de concebir. Lo acusó de haber sido una total decepción y de no haber sabido crear un arma de destrucción de masa invencible. Lo culpó por haber sido superado y humillado por los cubanos.

Desde entonces hasta al día de su muerte, Olivier hizo aún más insoportable el vínculo con el primo menor.

En el mundo abstracto en que Martin se había clausurado desde hacía muchos años, la investigación científica se sobreponía a la búsqueda de la felicidad a través de la conquista del afecto y del amor familiar del insensible y duro primo que para él representaba un icono al cual aspiraba, un héroe a imitar.

Después de la inesperada noticia desde el Caribe, el virus AN1 tuvo el efecto contrario: en lugar de hacer florecer y madurar un reciproco orgullo, creó un rechazo definitivo y explícito del primo mayor hacia el menor.

Olivier ya no estaba, ni su colega italiano. A Martin aquella pérdida lo dejó, de todos modos, con un vacío que no podía colmar: no había logrado el objetivo de conquistar el amor y la estima del primo mayor.

Ahora el arma mortal era un secreto que solo él y los socios colaboradores del difunto conocían.

12. TESTIGO CLAVE

ROMA, COMISARÍA CENTRAL DE LA POLICÍA DE INVESTIGACIONES, 10/10/2022

Keeric se encerró a solas toda la mañana en su oficina analizando los datos telefónicos del industrial suizo que al amanecer le habían entregado. Examinó la lista de los presentes en el restaurante el día del deceso cruzándola una última vez con las imágenes de las cámaras del sistema de vigilancia. Quería verificar que no se había descuidado de ningún detalle.

Luego pasó a leer el informe completo que le envió Arthur, un colega suizo de la Interpol, sobre el perfil del último testigo que estaba citado por las 15:00 de aquel mismo día:

...Martin Neuber, nacido en Zúrich el 15 de marzo 1982... Colaborador y primo de Olivier Neuber, unido en un vínculo parental a través de una prima hermana de nombre Sophie Neuber fallecida unos días después del parto de Martin. Ningún padre lo había reconocido como hijo. El nacimiento de Martin creó un fuerte embarazo, deshonor y daño para la familia Neuber y su imagen...

Olivier acudió desde los primeros días haciéndose cargo del recién nacido, a pesar del desacuerdo de la familia. Encomendó el cuidado y la custodia a una histórica pareja de sirvienta y mayordomo de confianza que trabajaban en la vivienda principal de la familia desde hacía décadas. Martin se crió y vivió con los padres adoptivos en la casa-dependencia dentro de la propiedad de los Neuber. Después de haberse li-

cenciado en farmacia empezó a trabajar como subordinado de Olivier…

Ningún antecedente penal…

No era tratado como pariente por parte de los otros miembros de la familia de Olivier Neuber…

Se trataba de un testigo clave porque era la única persona que estaba en la mesa con Neuber el día del deceso, una de las últimas personas que lo vio vivo y que le habló antes del envenenamiento.

Parece que el pobre Ceniciento fue marginado por la prestigiosa y "respetable" familia Neuber, meditó el dirigente de policía.

Pocos minutos después de haber terminado la lectura del informe, Keeric recibió a Martin Neuber en su oficina.

El hombre era un tipo reservado, pero respondió con serenidad a todas las preguntas que le hizo el detective. No se contradijo, jamás se lamentó ni mostró que había vivido en un segundo plano y a la sombra de la familia como lo enfocaba el informe helvético.

– ¿Cómo era su relación con Olivier primo y como empleador? –preguntó de improviso Keeric.

–Mi primo Olivier me estimaba como investigador pero más todavía como primo… –dijo el testigo mintiéndose él mismo y al comisario.

–Aunque fuera del trabajo no teníamos gustos ni intereses comunes y no compartíamos muchos momentos juntos. En pocas palabras no salíamos de noche, ni íbamos de vacaciones juntos.

El hombre que Alexander Keeric tenía delante se mostró bastante cauteloso en las respuestas, entre la mentira y la realidad distorsionada en varios puntos.

– ¿Entonces nunca bebían juntos una cerveza o una copa de vino? –cuestionó provocativamente enlazándose a la respuesta del testigo interrogado.

El otro respondió con un "no" seco. –Además yo no consumo bebidas alcohólicas, siempre he sido abstemio –añadió, anticipando la respuesta a la pregunta que se esperaba.

–Imagino que entonces no tomó vino con su primo el día que murió.

–Exacto, si es eso lo que quiere saber.

–No, no es solo eso lo que quería saber. Esto las cámaras del restaurante lo pueden comprobar.

Keeric concluyó el interrogatorio con esta mentira escondiendo que las cámaras que apuntaban a la mesa resultaban parcialmente forzadas y de todos modos no útiles para la pesquisa.

13. CEMENTERIO SHILFELD

En la mañana, temprano Keeric tomó un vuelo en Roma directo a Zúrich para acompañar el cuerpo del suizo. Había decidido asistir a la ceremonia fúnebre con la intención de observar a familiares y amigos en una búsqueda –quizás infructuosa– de cualquier detalle que pudiera apoyarlo en las investigaciones. Pero era consciente que las probabilidades de conseguir alguna información importante para el desarrollo de la investigación eran pocas o nulas.

Eran aproximadamente las 18:30 cuando Keeric salió de la ducha acalorado por la exagerada temperatura del vapor. Se quedó en calzoncillos y camiseta observando la ciudad y su tráfico urbano a través de las ventanas de la habitación en la tercera planta del hotelito de tres estrellas donde se alojaba. Los vehículos transitaban en filas perfectas y lentamente entre las luces de las calles del centro urbano mientras los peatones apresurados trataban de huir del frío exterior que contrastaba con el calor asfixiante de su habitación.

Un instante antes de partir, para evitar miradas indiscretas, optó por este modesto hotel a diferencia del que le había reservado su secretaria en la orilla del lago.

Mientras él se encontraba en Suiza buscando una improbable línea de investigación, los colegas en Roma habían casi terminado de interrogar y recolectar las declaraciones y testimonios de los presentes en el restaurante el día del asesinato. Eran diecisiete clientes para el almuerzo y trece trabajadores: del maître a los camareros, de los ayudantes de cocina al responsable de la cocina. En las últimas cuarenta y ocho horas habían sido escuchados como potenciales testigos o personas informadas de los hechos, todos menos uno: el que había agarrado el bolso de los desechos de vidrio alrededor de un cuarto de hora antes de que Neuber fuese envenenado.

De Igor Militov se sabía poco o nada. Ahora era fugitivo, había desaparecido sin dejar huellas desde aquel cinco de octubre cuando el veneno en el cuerpo de Olivier Neuber le arrancó la vida. Era buscado por la policía italiana que aún no poseía pruebas suficientes para acusarlo y emitir una orden de captura internacional.

Ningún testimonio o declaración de los presentes interrogados aportó una efectiva contribución a los investigadores para el desarrollo de las pesquisas, ninguna excepto una. Era una declaración espontánea terminada pocos minutos antes, motivo por el cual el colega ya estaba llamando a su jefe.

–Hola Alexander, tenemos noticias interesantes que estamos evaluando.

– ¿Qué pasó? –le cuestionó enseguida el otro quitando la mirada de la elegante ciudad que estaba observando distraídamente desde lo alto.

–El responsable de la cocina que ya habíamos interrogado sin éxito, se presentó espontáneamente con un colega para dejar declaraciones que consideramos importantes, creíbles y sobre todo atendibles.

– ¿Qué contó? ¡Dime! –atento a las palabras de su interlocutor, Keeric lo apuró ya con el bolígrafo en la mano, listo para tomar notas.

–Declaró haber visto a Igor aquella mañana en el guardarropa, con aire sospechoso, colocar en su taquilla unos objetos envueltos en una chaqueta –hizo una pausa y después continuó– que escondió en un pequeño *beauty case*... llamando su atención.

–Además nos dijo que cuando Igor fue mandado contra su voluntad a comprar algunos productos para la limpieza, un poco por curiosidad, un poco por "vicio", él, el interrogado, aprovechó su ausencia para forzar el armario del "eslovaco". Muy asustado nos confesó padecer de cleptomanía desde que era niño.

– ¿Asustado? –dijo el comisario sin distraerse del *smartphone*.

–Sí, no sabe cómo "el eslovaco" descubrió que acababa de haber robado en su armario. Además agregó que cuando volvió al restaurante lo llamó en el guardarropa, lo miró amenazante y lo cogió con una mano por el cuello levantándolo y tirándolo contra la pared con una fuerza y una facilidad que no era natural para un simple lavaplatos. Nos dijo que parecía un bisonte y que a la escena asistió otro camarero, igualmente asustado, y lo confirmó diciendo textualmente que había levantado al colega como un como un *wrestler* en el ring.

– ¿Hay algo más? –cuestionó el jefe esta vez ligeramente distraído por un movimiento en el pasillo fuera de su habitación al que no le dio importancia.

–Nos describió que al abrir el *beauty case* vio tres frascos como los que usan los médicos, un par de pasaportes, uno en idioma cirílico con su foto de cuando era más joven. Lamentablemente no recordaba el apellido. Dijo que se parecía a algo como Mintonov o Militon, pero se acuerda el nombre, Igor, y confirmó que las ámpulas que vio son como aquellas halladas en el jardín del restaurante.

–Perfecto, es Militov. Continúen en la búsqueda del sospechoso y llámenme a cualquier hora si hay novedades.

Cirílico, se paró a reflexionar Keeric.

No sabemos quién sea en realidad Igor Militov, si ruso o ucraniano, pero ahora tenemos elementos correspondientes y concordantes que ha sido el autor material del asesinato de Neuber.

¿Pero para quién y por qué ha actuado?

Con estas preguntas terminó su día de trabajo.

Se acostó en la cama para descansar y se durmió. Poco después sintió que trasteaban en la cerradura y el sonido lo despertó. Agarró la pistola y se acercó a la puerta, miró con cuidado por la mirilla y abrió de improviso. Le pareció ver la sombra de una persona corpulenta desvanecerse detrás de la esquina en el lado derecho del pasillo. Pocos segundos después vio llegar del mismo lado a un colega y amigo suizo de la Interpol, el único que sabía que se alojaba en ese hotel.

– ¡Qué sorpresa Arthur! ¿Qué haces acá? Habíamos quedado en que nos veríamos mañana en la gendarmería –dijo el italiano mientras los dos se saludaban con un afectuoso abrazo y entraban en la habitación.

–Quería darte una sorpresa.

–Y lo lograste –dijo Keeric sincero.

–Ah sí. ¿Y qué tu hacías entonces en el pasillo esperándome? –dijo el suizo.

–No es cierto. Solo salí porque me pareció haber oído ruidos sospechosos en la puerta.

–Habrá sido el ruido del camarero con el carrito de la cena.

– ¿Cuál camarero?

–El fuerte con acento de Europa del Este a quién le pedí que nos trajera en la habitación una botella de Whisky Black Label, como en los viejos tiempos.

–Qué raro, yo no he visto a nadie ni he pedido nada al servicio de habitaciones.

–Tranquilo, ya está pagada –dijo el amigo jugando.

Se acomodaron en las dos butacas de la habitación y conversaron por más de media hora. Hablaron principalmente de la muerte del magnate suizo y del luto ciudadano en toda Zúrich. Mientras Keeric le ilustraba con palabras el método del presunto homicidio, el otro se acordó de la botella que había ordenado al camarero. El whisky nunca llegó.

–Fue un placer haberte encontrado otra vez, Alexander –se estaba despidiendo el agente de la Interpol.

–Te acompaño afuera así camino un poquito.

Los dos bajaron hasta la salida. Antes de despedirse fueron a la recepción y el agente de la Interpol preguntó al único empleado si podía llamar a los camareros en servicio.

–He pagado una botella de whisky pero nunca ha llegado.

Quería verificar si la botella de whisky no llegó por un simple olvido del corpulento camarero o si debía sospechar otra cosa.

–Hay solo dos camareros en servicio esta noche, un hombre y una mujer. ¿A cuál busca?

–A ambos –respondieron al mismo tiempo.

En menos de tres minutos los camareros estaban en el medio

del lobby. La muchacha era joven y delgada. El otro tenía aproximadamente sesenta años, próximo a la jubilación, pequeñito, y no llegaba ni siquiera a los cincuenta kilos de peso.

– ¿Había otros trabajadores esta noche? –preguntó el suizo mientras intercambiaba la mirada con Keeric, asombrado al igual que el otro.

–Esta noche somos solo nosotros tres y hemos empezado el turno a las 18:00 –dijo el recepcionista igualmente sorprendido por la cuestión, mirando a sus colegas que lo afirmaron.

– ¿No hay un colega alto, corpulento, con probables orígenes de Europa del este o de todos modos con un marcado acento del este? –preguntó escamado el agente de la Interpol.

–No señor, nadie que responda a su descripción.

– ¿Y no vieron a ninguna persona con esas señas vestido con un traje oscuro parecido a un uniforme de camarero?

–No señor, lo siento.

–Nosotros también lo sentimos, no quisiéramos que también en Suiza llegara la moda de suministrar comida con el CONTRAAN1 –dijo Alexander al amigo colega.

–Mañana profundizaremos este episodio. Por ahora ten cuidado, Alexander –le recomendó el suizo saludando al amigo italiano.

–Tranquilo, estoy vacunado.

Sonrieron y se saludaron.

14. TRAS LOS RASTROS DE IGOR

Era un día frío de otoño, la temperatura era inferior al promedio, el cielo estaba despejado, de un azul intenso, el sol brillaba y aún lograba calentar un poco la piel de los presentes frente a la Catedral Grossmünster de Zúrich.

Keeric se había despertado en excelente forma física y mental, y había podido hacer todos los ejercicios diarios de entrenamiento en horas tempranas. Se duchó con calma, se puso un traje negro y bajó a desayunar. Cogió un taxi y se encontró frente a la majestuosa catedral, entre los primeros donde, con rito católico y en forma semiprivada, se iba a celebrar dentro de poco tiempo, la solemne ceremonia fúnebre a Olivier Neuber.

Acabado el rito una procesión de autos oscuros arrancó hacía el cementerio Friedhof Shilfeld en el oeste de la ciudad.

Llegado entre los primeros, Alexander miró a su alrededor preguntándose si era un parque o un cementerio.

Diseñado por el arquitecto Arnold Geisser en 1877 según la imagen del cementerio central de Viena, realmente la flora y la fauna eran exuberantes. Raramente había visto un lugar tan cuidado en los detalles con sus callejones que convergían hacía el primer horno crematorio erigido en Suiza.

Si Zúrich es una de las ciudades más vivibles en el mundo, el cementerio Shilfeld no lo es menos reflexionó olvidándose por un momento de lo que lo llevaba allí.

Despertó con rapidez de aquel marco idílico y casi a la una del día se estaba convenciendo de estar perdiendo el tiempo desde que había salido de Roma el día anterior. Concluyó que habría podido emplearlo mejor ayudando a sus agentes.

Pero se encontraba allá y debía tratar de conseguir hasta el más insignificante pormenor, se propuso. No obstante la notoria posición neutral de Suiza en política internacional, las medidas de seguridad aplicadas por las autoridades helvéticas eran imponentes.

Estoy en buena compañía ironizó el italiano.

Más allá del espeso cordón de los gendarmes que rodeaban la multitud de personas llegadas para las últimas exequias, gracias a su experiencia no pudo dejar de notar que entre el ordenado grupo de los presentes se confundían, de civil, numerosos agentes de los servicios de seguridad. Además de los suizos en la protección del reducido grupo de familiares de Olivier, reconoció agentes de al menos otros cuatro gobiernos extranjeros. Su presencia estaba justificada por la alta concentración de personalidades llegadas desde varias partes del mundo, la mayoría con guardaespaldas. No faltaban representantes de los aparatos de la seguridad nacional francesa, americana, británica, israelí, que conoció personalmente en el pasado.

Entre los amigos de Olivier presentes había colegas, industriales, políticos, religiosos, militares, artistas y representantes del mundo de la cultura procedentes de los diferentes continentes. Estaba presente un amplio espectro de personalidades poderosas e influyentes de todo el mundo que solo con la suma algebraica de sus patrimonios podían ser la envidia del producto interno bruto de algunas naciones desarrolladas. Y no podían faltar periodistas y video-reporteros.

Había muchas personas presentes en la ceremonia fúnebre. Observó los rostros de todos los familiares para ver si podía detectar alguna conducta o gesto sospechoso o cualquier tipo de anomalía. Destacó la cara de una persona que enseguida reconoció, la de Martin Neuber.

Nada extraño, pensó viéndolo apartado del resto de la familia.

Tal como le fue descrito, parecía ser la oveja negra, solo el apellido le pertenecía. Confirmó sin asombrarse que era el "Ceniciento" de los Neuber. *No se entiende si es un pariente lejano o un íntimo colega, no parece ni lo uno ni lo otro,* pensó.

Mientras la ceremonia de inhumación presidida por el obispo de la sede de Zúrich, íntimo amigo de Olivier, se estaba acabando, el *smartphone* de Keeric vibró.

–Dime Oscar –dijo a su colaborador apartándose de la multitud de privilegiados.

–Hola Alexander, ¿Cómo anda la ceremonia? –le preguntó el colega desde las oficinas de la División de Investigaciones de Roma que lo llamó para actualizarlo sobre el curso de la pesquisa.

–Todo bajo control –dijo el jefe de policía aludiendo al macizo despliegue de representantes de los órganos de seguridad y de defensa nacional de varios países. Del otro lado del grupo de personas, más allá de las barreras, un hombre con la cara cubierta por amplias y anónimas gafas de sol negras lo observaba con el pase al cuello y una pequeña cámara en el hombro.

–Tengo algo importante que comunicarte –dijo el colega al comisario que lo escuchaba concentrado.

– ¿Qué cosa? Dime –preguntó el detective.

–Acaban de comunicarnos que el testigo que había declarado haber visto las tres ámpulas en el armario de Igor fue encontrado muerto anoche en el apartamento donde estaba alquilado. Lo encontró la novia.

–Diablo! Lo hemos subestimado.

–Sí. Este no es un simple lavaplatos, es un sujeto preparado física y tácticamente.

–Y tal vez también militarmente –dijo Keeric.

–Sí. Parece muy peligroso, un sicario de profesión.

–Tenemos que descubrir el móvil cuanto antes. Debemos poner bajo protección a todos los que nos han dado testimonios importantes para la investigación. Con remordimiento pensó que fue una negligencia suya el no haber previsto protección a sus testigos.

Mientras el detective italiano aún estaba al teléfono con el colega, escondido entre la multitud y los periodistas, a pocas decenas de metros de él, el hombre con las gafas de sol, alto y robusto seguía los movimientos de los presentes en las honras fúnebres, especialmente de uno, Alexander Keeric. Era el que le interesaba y quería eliminar para limpiar sus huellas y desaparecer definitivamente.

Esa era su última tarea. Había decidido retirarse del mundo criminal, no porque no le gustara sino que no hubiera tenido el tiempo de disfrutar de todo el dinero ganado en este último encargo.

Estaba por colgar cuando Arthur, el amigo agente de la Interpol, fue hacia él y de manera discreta le susurró.

–Lo vi, está aquí.

– ¿Quién? –preguntó el italiano.

–El falso camarero de ayer, lo reconocí. Tú continúa hablando por teléfono como si nada y mira a la derecha a las tres en punto, entre los periodistas.

Igor se había camuflado entre los periodistas que estaban del otro lado del ataúd, la parte opuesta a la del italiano. Estaba de video-repórter con pase y cámara, que contenía en su interior una pistola semiautomática calibre nueve con silenciador. La había introducido en el cementerio la noche anterior para eludir eventuales controles escondiéndola en una tumba más apartada y abandonada de un desconocido de nombre Eduard Wagner.

El "eslovaco" era un artista del camuflaje, muy hábil en transformar su imagen en pocos minutos. Esta vez, pero, no podía imaginarse de la presencia inesperada del amigo de Keeric, como no se lo esperó en el hotel.

Tenía la pistola a punto de dispararle a Keeric. Después le esperaba una vida de millonario.

La noche anterior lo tuvo a su alcance, casi de frente en los pasillos del hotel. Solo la llegada del amigo le arruinó su plan homicida.

El "eslovaco" lo tenía en la mira, veinte metros de distancia los separaban, pero entre ellos había una horda de personas en silencio.

Keeric tiró una imperceptible ojeada hacía los periodistas que tenía al frente.

–Está aquí –susurró al colega de Roma aún al teléfono a más

de ochocientos kilómetros de distancia ocultando su boca con la mano.

– ¿Quién? –preguntó el otro a Alexander.

–Igor. Igor está aquí… – le dijo Keeric al cual no le dio tiempo de terminar la frase cuando sintió un silbido pasar a su lado.

– ¡Alexander! ¡Alexander! –gritó el otro que solo sentía diversos ruidos indistinguibles.

El eslavo se percató que había sido reconocido cuando el agente suizo se había acercado al italiano y mecánicamente se había puesto la mano delante su boca para que no le leyera los labios. No perdió tiempo, decidió arriesgarse. Disparó un solo tiro directo hacía el detective mientras delante de él se puso Arthur que recibió el disparo en el hombro izquierdo.

Nadie entendió lo que había sucedido. El disparo dejó sorprendido a todos, los gendarmes suizos y los agentes de los servicios secretos de medio mundo, infiltrados entre los presentes para proteger a las personalidades.

El hombre armado comenzó a confundirse entre la multitud avanzando hacia la salida.

Keeric intentó socorrer al amigo caído y proteger a los presentes.

– ¡Agáchense! ¡Tírense al piso! –gritó.

Después se echó a correr en la dirección del delincuente entre los largos callejones arbolados.

No puedo perder la ocasión de capturarlo, me llegó demasiado cerca por tercera vez y hasta intentó matarme.

A pesar de su tamaño, "el eslovaco" corría con agilidad y facilidad entre los callejones como si hubiera estudiado previamente el mapa del cementerio.

Recorrieron corriendo más de quinientos metros. El seguimiento duró solo pocos minutos y finalizó cuando el homicida llegó a un viejo coche robado, estacionado en el exterior del cementerio, con el cual pudo alejarse.

Keeric había sido sorprendido por aquel hombre todavía no identificado que se le escapó; solo en el fondo del callejón del cementerio, de pie, miraba desconsolado el perfil del auto dentro el cual viajaba el francotirador en su fuga.

15. LA FUGA

ZÚRICH, GENDARMERÍA CENTRAL, 14/10/2022, HORA 07.52

Antes de dirigirse a la gendarmería central de Zúrich, Alexander pasó de nuevo por la clínica adonde su amigo Arthur había sido trasladado con emergencia después del disparo del día anterior en el cementerio. Se encontraba internado en terapia intensiva a causa de la grave herida de arma de fuego bajo el hombro izquierdo.

A primera vista Keeric no pensó ser una herida tan grave. Una bala calibre nueve había penetrado en su cuerpo entre la aorta y el corazón por lo que ahora se encontraba entre la vida y la muerte.

Le permitieron verlo solo un par de minutos.

El estado de salud del paciente es demasiado crítico, le comunicaron los médicos.

El ánimo de Alexander estaba en el piso. Tenía un fuerte remordimiento de conciencia imaginando que aquel proyectil era dirigido a él. El amigo en cambio se encontraba con pronóstico reservado luchando entre la vida y la muerte. No se lo perdonaba.

—Te prometo que lo cogeré pronto a ese bastardo —dijo en baja mirando a través de los ventanales al amigo entubado y en coma farmacológico en la cama del hospital.

Entonces cogió el taxi que lo esperaba en el parqueo y le ordenó dirigirse hacia la Gendarmería Central de Zúrich.

En esos días Keeric estaba ya colaborando con los colegas suizos y ahora todavía más. Se estaba dedicando al máximo para conocer la verdad, descubrir y capturar aquel asesino, y ahora tenía un motivo más. Lo hacía primero por su amigo, por la promesa que le hizo.

Contó a los colegas lo sucedido la primera noche en el hotel, el encuentro en el pasillo entre el sicario y Arthur, y que este lo había reconocido poco antes que el otro le disparara. Explicó también que el hombre, posible asesino de Neuber y conocido como el "eslovaco", no era nuevo en los camuflajes y que en el hotel estaba disfrazado de camarero.

Le fue suficiente permanecer una mañana en la gendarmería para obtener las primeras informaciones importantes para el caso Neuber y sobre el tiroteo que afectó a Arthur.

En pocas horas, la frontera con Alemania por donde la gendarmería helvética suponía que había huido, con gran eficiencia encontró el auto robado por el delincuente.

Si se confirmaba que ese hombre era "Igor, el eslovaco", como estaba convencido Keeric, además de ser investigado por las autoridades italianas por homicidio, ahora sería buscado también por los suizos, con la acusación, por el momento, de intento de homicidio de un oficial en servicio.

Gracias a las indicaciones del detective italiano, los investigadores suizos se pusieron en la búsqueda de evidencias en el hotel donde Arthur tuvo un contacto cercano con el fugitivo.

En un contenedor de basura a pocas decenas de metros del hotel donde se alojó Keeric la noche antecedente, los gendarmes hallaron el uniforme de camarero utilizado por aquel hombre aún no identificado. Empezaron entonces las búsquedas para descubrir y localizar de dónde lo había sido extraído, con el fin de reconstruir los movimientos del sospechoso en los últimos días.

En poco tiempo un hotel ubicado en los parajes del aeropuerto dio un resultado positivo. Respondiendo a las preguntas de los detectives el responsable del personal confirmó el robo de un uniforme de color negro, del cual no se habían dado cuenta, que correspondía al encontrado en la basura. El jefe de la policía de investigaciones y los agentes suizos aclararon que aún no había una identidad precisa, se alojó la noche anterior al tiroteo en ese mismo hotel bajo un nombre falso. Esta vez con un pasaporte ucraniano.

–Con las pocas evidencias que hemos podido recoger hasta hoy se supone que se trate de un profesional del crimen –explicó con un fluyente acento francés Alexander a Frank, el jefe de la Dirección de Investigaciones que estaba trabajando en el caso.

–Lo hago ante todo por Arthur –dijo el suizo.

–Gracias, te lo agradeceré infinitamente –dijo el italiano apenado por la salud del amigo.

Igor ya se había fugado y en menos de veinticuatro horas había recorrido más de dos mil kilómetros a bordo de un cómodo Mercedes CLA alquilado y pagado en efectivo. Ya había cruzado sin ningún obstáculo, varias fronteras con diferentes pasaportes falsos: Alemania, República Checa, Polonia, Ucrania, evitando Austria, Eslovaquia y Hungría donde ya estaba fichado y buscado. Ahora iba en dirección a la frontera rusa donde estaba su protectorado.

Era de noche cuando Igor se paró en una pequeña cafetería de la periferia, donde había solo pocos jóvenes procedentes de una noche de discoteca más ebrios que sobrios y un barman de turno. Igor estaba tomando su café caliente cuando en la pantalla de la televisión colgada a la pared salió la noticia del tiroteo en el cual quedó gravemente herido el agente especial de la Interpol, Arthur Weiss.

Esta vez te salvaste, comisario Keeric, pero volveré y no me equivocaré, sentenció el sicario. Sabía bien que los investigadores se habían acercado mucho a él, no por su imprudencia, sino por los riesgos que amaba vivir y enfrentar.

Esos peligros lo excitaban.

El barman que estaba siguiendo la noticia lo reconoció. No le dio tiempo a girarse hacia Igor cuando este ya había desaparecido dejando el dinero del café y una pródiga propina. Pocos minutos después, cuando la cafetería se quedó vacía, el barman fue a la parte de atrás del local para llamar y avisar a la policía. Marcó el número con las luces apagadas, el cuarto medio oscuro, pero no le dio tiempo a hablar. Igor emergió de la oscuridad y lejos de miradas indiscretas agarró la cabeza del desafortunado barman y con un solo movimiento le rompió el cuello.

Antes de marcharse, de prisa, intentó dañar el sistema de videovigilancia del local, pero a través de los ventanales vislumbró una patrulla de la policía local estacionándose. Salió rápidamente impactando con uno de los dos agentes de guardia, que se viró imprecando hacia el hombre por no haberse disculpado.

En el plazo de tiempo en que estos se tardaron en notar la ausencia de personal en el bar y en descubrir el cuerpo sin vida y caliente del barman, el homicida múltiple salió a bordo del Mercedes y siguió su camino a más de ciento ochenta kilómetros por hora.

16. PROMESA DE JUSTICIA

Los ojos de Keeric estaban enrojecidos y los párpados pesados por la mala noche. Al llegar a la clínica recibió la noticia de que el amigo había fallecido en la noche.

La muerte de Arthur fue traumática para Alexander, no solo por la fuerte unión amistosa entre ellos, sino por su conciencia, atormentada por el hecho de que creía que el proyectil era para él.

No supo resistir al dolor, apagó el móvil y quiso estar solo, en silencio. Se aisló todo el día, hasta que fue reconocido por Frank, el colega suizo, mientras paseaba a lo largo del río Limago, no lejos del hotel donde se alojaba. Revivió todos los momentos compartidos con el amigo, de los más agradables a los más difíciles, recorriendo los recuerdos de los primeros tiempos en que se conocieron hasta los eventos del día anterior.

–Ese bastardo asesino tendrá que enfrentarme. Por nada de este mundo se lo perdonaré.

Sus palabras gritaban venganza. Estaba casi seguro de que el criminal de Arthur fue el mismo que eliminó a Neuber; esperaba solo la confirmación científica y definitiva.

Las sombras oscurecieron la ciudad. Para Alexander fue un día angustioso, pero se reanimó al conversar con el colega y arrancó con él hacia la cercana gendarmería impulsado únicamente por el anhelo y la obligación moral, de capturar al asesino y otorgarle justicia a su amigo.

Los colegas suizos comunicaron a los dos que la habitación donde había pasado la noche el homicida estaba estéril como una sala operatoria, perfectamente limpia sin rastro alguno. No había dejado ni una huella digital ni material orgánico: una labor de verdadero profesional del crimen, lo definieron los técnicos de la Policía Científica.

Keeric cambió el vuelo de regreso a Italia que era para el día después del funeral de Neuber postergando su dolorosa estancia en Suiza para participar en las exequias de su querido amigo Arthur previsto para los días siguientes.

A pesar de ser un hombre fuerte, Alexander pasó esos dos días con el humor en el piso entre la habitación del hotel y la gendarmería en espera de noticias del fugitivo, que no aparecían.

Era el día del entierro del amigo. A mitad de la mañana de aquel gris diecisiete de octubre, la ceremonia fúnebre iniciada en el Grossmünster continuó en el cementerio Shilfeld. A la misma hora, mismo sitio, misma ambientación, mismo guion de dos días antes, pero diversos protagonistas.

Esta vez las exequias eran fuertemente sentidas por el italiano. Dentro del ataúd no solo estaba una víctima de un homicidio en el cual trabajaba. Estaba un querido amigo de años. Keeric estaba ya seguro de que Neuber y Arthur habían sido asesinados por las manos de la misma persona.

En el funeral estaban presentes todos los más altos cargos institucionales del país, representantes de policía, Interpol, militares y más. Por los demás se estaba honrando a un alto funcionario de policía fallecido en el cumplimiento del deber. Para Alexander era el adiós a un amigo y mentor que aunque no se veían con frecuencia, cuando se encontraban era como si se hubiesen visto el día anterior. Para Keeric esta actitud era un auténtico signo de una amistad verdadera y sin intereses, no como aquellos que encontraba casi a diario y que le decían: "¿Dónde estabas metido?" "¿Te has perdido?".

Arthur le había enseñado mucho en la vida y lo había apoyado moralmente en los momentos más difíciles. Por eso el amigo y colega italiano, acariciando el frío ataúd, le prometió que le estaría eternamente agradecido.

En la tarde volvió a la gendarmería donde otras noticias acerca del perfil del misterioso asesino lo esperaban.

Las imágenes de varias cámaras de seguridad grabadas antes de la ceremonia fúnebre de Neuber confirmaban que el asesino de Arthur coincidía con el sospechoso de la muerte de Neuber. Según las cámaras del aeropuerto de Zúrich, las imágenes menos nítidas del cementerio, así como las parcialmente saboteadas del hotel donde se hospedaba Keeric y del restaurante en Roma coincidían con "Igor el eslovaco". Las únicas diferencias en el aspecto entre las imágenes de Roma y aquellas de Zúrich eran que en Suiza llevaban el cabello largo, pero eso podría justificarse con el uso de una peluca, pese a que parecía muy natural. Además en las imágenes de Roma se destacaba una cicatriz de arma blanca en el cuello, no así en las de Zúrich, y eso podría ser el resultado de un buen maquillaje. Sin embargo eran notas sus dotes para disfrazarse y cambiar su apariencia.

Huellas de ADN habían sido encontradas en el uniforme que el supuesto camarero tuvo que botar. Las pruebas demostraron que el ADN revelado era compatible con el de Igor Militov.

El físico y el rostro del hombre que aparecía en las imágenes grabadas correspondían a las fotos de reconocimiento de Igor Militov en posesión de la Interpol. Basándose en el reconocimiento facial realizado con potentes medios tecnológicos en dotación a la Interpol, uno de los expertos subrayó a Keeric que la cara no resultaba completamente compatible.

–Puede ser… –dijo Frank –estas fotos son un poco viejas. Fueron tomadas cinco años antes de perderle el rastro a Militov.

Los investigadores no excluyeron la posibilidad que en ese lapso de tiempo se podía haber hecho una o más intervenciones de cirugía plástica facial para mutar los rasgos de su cara. Después de profundizados estudios de las imágenes con las últimas tecnologías a disposición de ellos, se comprobó que la tal hipótesis era real. No obstante el trabajo invasivo de cirugía, pudieron comprobar que los rasgos somáticos actuales no correspondían totalmente con aquellos de las fotos de su expediente policial.

Una pregunta de los investigadores quedó sin respuesta: *¿por* *qué un hombre tan experto y profesional había cometido el error de viajar en avión?*

En realidad no podían saber que el homicidio de Keeric le había sido encargado apenas dos días antes y que el tiempo ya era demasiado limitado para viajar en auto o con otro medio diferente al avión. Era el único transporte que le garantizaría al menos unas horas para organizar su sucio "trabajo" hasta en los mínimos detalles y sin errores como era su costumbre.

Para Keeric la estancia en Suiza fue inesperadamente traumática y por suerte se estaba acabando porque ya no aguantaba ni un minuto más en aquel país.

El día siguiente hizo una última visita al cementerio para acompañar el amigo difunto y después partió con destino a Roma.

17. LA VACUNA

ROMA, COMISARÍA CENTRAL DE LA POLICÍA DE INVESTIGACIONES, 18/10/2022, CINCO DÍAS DESPUÉS DE LAS EXEQUIAS DE OLIVIER NEUBER

Durante la ausencia de su jefe, la División de Investigaciones y la de Crímenes Internacionales siguió trabajando en el caso. Investigaban sobre la historia, los orígenes y la procedencia del fármaco y sobre los potenciales sujetos o instituciones que podían tener acceso a él.

Keeric no tuvo tiempo de sentarse y organizar su oficina, puesto que llegó el técnico científico Luca con nuevas noticias.

–Alexander, tengo un par de informaciones importantes para ti.

–No tenía dudas, cuéntame.

–Hemos buscado dondequiera.

– ¿Y qué han descubierto?

–Primero: las ámpulas de CONTRAAN1 proceden al 100% de un laboratorio cubano de nombre Mundofam, o mejor dicho, no existen otros productores, incluyendo la Neuber S.A.

El comisario lo escuchaba con atención.

–La patente está en mano de los cubanos, pero el producto aún no está comercializado ni mucho menos exportado fuera del país. Aprobó las fases de experimentación, el registro de Cuba y la certificación de la OMS. Solo en algunos países, ninguno europeo, su registro está en fase de definición.

–Podemos entonces restringir el campo de búsqueda y de investigaciones –dijo el ítalo-griego satisfecho del trabajo desarrollado por el colega.

–Hay que verificar la procedencia en su lugar de origen, entender cómo pudo llegar hasta Roma y las implicaciones de los cubanos con "el uso inapropiado" que se hizo en el cuerpo de Neuber.

De hecho, Mundofam era el único laboratorio en el mundo que producía ese fármaco y su producción se hacía bajo el directo control del Estado en la persona del responsable, doctor Pablo Rodríguez Ferrer.

Había sido administrado en pacientes nacionales solo de forma experimental hasta el 9 de agosto del mismo año, día en que esta vacuna fue oficialmente certificada por la Organización Mundial de la Salud. Desde allí empezó a ser suministrado gratuitamente en los hospitales cubanos y ahora estaba a punto de ser comercializado fuera de la isla.

– Por tanto la posición de los cubanos está empeorando. ¿Y la segunda noticia cual sería? –cuestionó el atento Keeric.

–Te recuerdo ante todo que el fármaco que envenenó a Neuber por sobredosis es probablemente el mayor descubrimiento farmacológico de los últimos tiempos, capaz de combatir la más mortífera pandemia de los últimos siglos. Imagínate el impacto no solo sobre la salud humana, sino también el efecto económico que tendrá cuando sea producido y comercializado. Y acuérdate quién era: el más grande productor farmacéutico. ¿Qué te parece todo eso? ¿Crees que los cubanos sean tan necios de comprometer un descubrimiento tan importante y de alcance universal?

–Exacto. Debemos poner atención en otras pistas, tanto políticas como económicas. Primero pediré ayuda al Departamento de Policía Económica para evaluar eventuales motivos monetarios y a los colegas de la Tributaria para verificar el estado de salud del grupo corporativo Neuber S.A. –comunicó el comisario de acuerdo con las teorías que estaba previendo el colega.

El motivo financiero es plausible, admitió Keeric en su mente sin expresarlo en voz alta. No estaba convencido que fuera el real o único móvil tras el asesinato del multimillonario.

–Ahora te diré algo más –el colega lo desvió de sus razonamientos en que estaba concentrado cómodamente sentado, casi acostado, en su butaca.

–La noticia es de primera mano de cuando ocurrieron los hechos –me parece–, aproximadamente un año y medio atrás. ¿Sabes quién es el investigador del laboratorio que ha inventado la vacuna? Tampoco yo lo había relacionado con Neuber – dijo tras una breve pausa.

– ¿Relacionar con quién? –preguntó con bastante urgencia Keeric que no apreciaba mucho las pausas del colega amigo.

–El doctor Pablo Rodríguez…

– ¿Y qué quieres decir con eso? ¿Quién es este Rodríguez? – Alexander se volvió con una mirada interrogativa hacia el colega.

–El doctor Rodríguez, o sea el director de la Mundofam productora de la vacuna CONTRAAN1.

–Continúa Luca que la situación se está poniendo interesante. ¿Sabes algo más?

– ¡Claro que sí! Rodríguez fue uno de los principales enemigos de Neuber, uno de aquellos que él más odiaba. El suizo declaró públicamente su odio por el colega cubano e hizo notar el antagonismo que había entre los dos en el sector de la investigación médica, farmacéutica, genética, etcétera.

Luca le hablaba como si Keeric fuese un experto del sector y este lo escuchaba bastante confundido pero a cada palabra más atento al discurso.

–Estaba presente en la conferencia de París el año pasado, cuando el suizo provocó al cubano en el momento en que este tomó la palabra para su intervención. Fui testigo como muchos otros de la repugnante escena; todos concordaron que parecía una crisis nerviosa. Neuber bloqueó enseguida su exposición, fomentando una discusión encendida que degeneró en un altercado.

– ¿Una crisis nerviosa y un altercado?

–Cierto. Le gritó y se alborotó con ofensas gratuitas y por fin no resistió más. Saltó como un loco y se subió en la tarima intentando agredirlo. El cubano sorprendido trató de defenderse, cayendo en el piso con la chaqueta rasgada por el otro, y el ataque físico duró hasta que intervinieron los hombres de la seguridad también asombrados por la gestualidad delirante de Neuber.

Antes de alejarse con los ojos extraviados como un enloquecido, Neuber se dirijo al cubano chillándole, jurando destruirlo y amenazándolo públicamente de muerte.

–Interesante. ¿Pero por qué no me habías hablado de eso antes?

–No me había recordado de este episodio y además pensaba que todo había terminado aquel día, aunque los comentarios del sector dicen que desde siempre Neuber tuvo un rencor atávico y aparentemente inexplicable hacia Rodríguez.

–Menos mal que te acordaste. Esto es un elemento importante para nuestra investigación.

–No es un misterio que el suizo no soportaba, peor, despreciaba a los cubanos, dado que su Ministerio de la Salud pública y su gobierno socialista aplicaron siempre políticas de financiamiento de investigaciones científicas sin fines de lucro.

– ¿Entonces un laboratorio como aquel dirigido por Rodríguez, que desarrolla curas y tratamientos para la población nacional e internacional, no es tolerado por Neuber? –Keeric pidió aclaraciones y apoyo.

–Exacto, y Neuber siempre anheló ocupar el primer lugar. No lo mantenía escondido. Ya en la escuela primaria pretendía ser el número uno en todo.

–Sí, he leído algo de eso en el perfil que prepararon los psicólogos.

–Y no nos olvidemos que él era un multimillonario avieso y arribista; es inexplicable su contrariedad y oposición a las políticas cubanas –remarcó el colega.

–Exacto, y este invento podría ser potencialmente devastador para sus economías ya que será vendido en todo el mundo. Se trata de un fármaco de exclusiva producción cubana. Imagínate si los cubanos decidieran mantener los precios fuera de las lógicas lucrativas y competitivas del libre comercio.

A Keeric se le estaban abriendo nuevas vías de investigación para recorrer.

–Por cierto, perdería una inmensa cuota de ganancia demasiado apetecible para uno como él –añadió el otro.

– Claro, para una persona como Neuber perder la oportunidad de ser el primero en descubrir un fármaco como ese debe ser un golpe brutal. Menores ganancias significarían un daño incalculable para su patrimonio.

–Una similar reacción como la de la conferencia podría ser explicable por el suizo que quería defenderse de una amenaza económica tan grande.

Realmente detrás del homicidio de Neuber podía haber motivos de naturaleza económica. No hay que excluir un contraste entre el gobierno cubano, que a lo mejor sufrió presiones exteriores o que quisiera imponer a su propio sistema en el mercado libre, y el coloso industrial de Neuber que al contrario preferiría defender su primacía en las ventas de medicamentos a nivel mundial. Seguramente intentaba todo para mantener la posición de líder mundial en el sector farmacéutico y en el campo de la investigación médica, reflexionó el jefe de la policía.

Reunió a todos los otros colaboradores ilustrando la tesis apenas elaborada. Todos estuvieron de acuerdo en opinar que los motivos económico-comerciales y la fuerte fricción entre Cuba y la Neuber S.A. podrían ser los motivos más valorados y convincentes hasta aquel momento.

–Tendré que ir a Cuba, pero antes debemos organizarnos de manera que las investigaciones sigan en varias direcciones cuando yo no esté aquí. Sepan que no quiero excluir ninguna teoría.

–El caso aún está demasiado retorcido. Hay demasiadas sombras desde el modus operandi hasta la organización cuidadosa del homicidio.

–Los Departamentos de Policía Económica y Tributaria trabajarán este caso con nosotros con el fin de descubrir eventuales implicaciones de carácter económico –los colegas asintieron.

Keeric les advirtió antes de partir hacia Cuba: –No descuiden de todos modos las cuestiones hereditarias y familiares, las relaciones interpersonales y pasionales. Tampoco excluimos la posibilidad de algún adversario o víctima de sus productos o de algún fanático de cualquier movimiento opositor o de grupos de ecologistas, etcétera, que se les puede haber ido la mano. Nunca se olviden que muchas veces las apariencias engañan. Cuento con vuestras capacidades –trató de estimularlos.

Keeric no tenía dudas en abrazar la tesis de que Igor Militov, conocido como Igor el eslovaco, pagado por alguien que le quería infligir una muerte ejemplar, simbólica: una sobredosis de un fármaco en pleno día en un lugar público.

No puede ser una coincidencia este modus operandi así de excéntrico, casi dantesco, pensó convencido de sus teorías.

De inicio, el arma utilizada no es la adecuada para un asesinato en un sitio público, delante de tantos testigos; parecería algo hecho por alguien sin experiencia. Aquel fármaco prácticamente imposible de hallar, podría perjudicar la economía del suizo. Todo eso parece una contradicción. Y finalmente el lugar del delito, un restaurante prestigioso y súper cotizado donde el escándalo por la muerte de un magnate, es mayor. Si ese era el objetivo, fue logrado.

Alexander concluyó su razonamiento y decidió que poco antes de partir a Cuba explicaría a sus colegas cómo proceder con la investigación para no condicionarlos.

Para terminar la jornada el detective no perdió tiempo en contactar la Interpol para la cual había trabajado en el pasado y con la que todavía colaboraba, sobre todo con los preciosos contactos que aún mantenía.

La misma Interpol se encargó con suma urgencia de ponerse en contacto con las autoridades cubanas. Después Alexander obtuvo la autorización para interrogar al director, a los investigadores y trabajadores del laboratorio. A inspeccionar a los mismos que habían inventado la importantísima vacuna que había matado a Neuber y que podían informarle de hechos relevantes para la pesquisa o hasta ser sospechosos de homicidio.

18. ACUSACIONES FUERTES

Roma, Comisaría Central de la Policía de Investigaciones, 21/10/2022

Desde que Keeric contactó con la Interpol pasaron casi tres días para que las autoridades cubanas dieran una respuesta. Por fin dieron el consentimiento, no sin condiciones y limitaciones, para que el conocido comisario italiano pudiera interrogar el jefe investigador Rodríguez en el ámbito de las investigaciones sobre la muerte del multimillonario suizo.

Las autoridades del país pusieron en claro que las operaciones de investigación podían ser realizadas en su territorio solo bajo la presencia constante, y la imprescindible supervisión de los cubanos.

Según su versión "para una mayor eficacia y transparencia en las investigaciones exigieron que las operaciones fueran realizadas con su 'estrecha' participación". Prácticamente impusieron participar activamente en la investigación en su territorio.

Puestas estas condiciones, la policía italiana y Keeric en persona debieron solo tomar nota y organizar el viaje hacia la isla.

En esos tres días el italiano estaba desesperado por recibir el permiso de las autoridades cubanas, y la investigación no avanzó según los ritmos esperados.

Poco antes de partir hacia Cuba, después de haber organizado con los colegas las operaciones a efectuar en los días de su ausencia, convocó al último *briefing* para hacer un balance de la situación en las cuatro líneas de búsqueda en que estaban divididas y articuladas las investigaciones.

La primera era referente al ámbito familiar relacionada con

eventuales intereses de carácter hereditario. Hasta aquel momento en este frente los investigadores no habían detectado ninguna ventaja particular económico-patrimonial con la muerte del pariente Olivier Neuber en favor de ningún familiar. Con su fallecimiento ninguno de ellos conseguiría beneficios. Al contrario todo dependían de él y su ausencia hubiera podido perjudicarlos económicamente. Se sabía, que entre ellos aún no había ningún digno sustituto capaz de tomar las riendas de aquel coloso y administrarlo.

De hecho, el único sucesor que podía ser designado al frente de aquel imperio económico era el hijo mayor, seguidor del padre y siempre a su lado – menos el día de su muerte– aún demasiado inexperto y sin la malicia y sagacidad del padre.

El primogénito no escondía su satisfacción y respeto en su papel de segundo en el orden jerárquico del grupo. Había declarado públicamente años atrás que tenía que aprender mucho de su padre, que tal vez nunca lo alcanzaría y mucho menos superaría. Por eso era fiel y estaba muy orgulloso de estar a su lado. Prácticamente, según los análisis de los psicólogos de la policía, resultaba que lo idolatraba. Para protegerlo el padre siempre lo mantuvo al margen del complot de la "enfermedad del siglo". El hijo ignoraba que en los laboratorios del cual era el segundo jefe se había creado el virus AN1 y su correspondiente vacuna con el fin de convertir el coloso Neuber en el más poderoso grupo industrial de todos los tiempos.

La segunda línea era la que suponía el gesto individual de algún fanático. Esta era la hipótesis menos probable y que Keeric estaba a punto de descartar definitivamente en vista de la ausencia de evidencias y reivindicaciones en tal sentido.

La tercera línea estaba dirigida al ámbito laboral e interpersonal. Keeric y sus colaboradores llegaron a la conclusión, según las investigaciones realizadas, que hasta aquel momento no había surgido ningún aparente beneficio con su muerte. Al contrario, para los familiares, todos de una manera u otra dependían de él.

Los investigadores constataron que la única nota que desafinaba analizando el pasado de los trabajadores era la inexplicable desaparición del joven italiano de nombre Mauro Motta, jefe investigador de la división de Zúrich. Como ya había declarado a las autoridades suizas meses atrás en ocasión de la denuncia de su desaparición, su esposa explicó a los investigadores que era un hombre dedicado al trabajo. También que antes de desaparecer le había dicho que iría unos días a México por motivos profesionales, como muchos otros viajes de trabajo a los cuales estaba acostumbrado. La gendarmería suiza había comprobado que el italiano nunca cogió el vuelo de Europa directo a México. Ninguno de los colaboradores más próximos a él supo dar explicaciones o testimonios, tampoco su jefe que dijo ignorar de cualquier viaje de trabajo a México planificado para él. Faltando elementos seguros la gendarmería helvética archivó el caso, como irresuelto.

El comisario y sus colegas no podían entender el nexo entre la desaparición del italiano y la muerte de su jefe Neuber. Keeric no estaba convencido de descartar a priori de su investigación tal detalle clasificado como ajeno al caso.

Por fin, analizaron la cuarta y última hipótesis de la lista: los motivos económicos.

En tal frente los peritos del Departamento de Policía Económica y los de la Tributaria notificaron que hasta el momento solo tenían un sumario análisis de los balances económico-patrimoniales de los últimos diez años presentados por las numerosas sociedades pertenecientes al grupo Neuber S.A.

Primero a través del análisis histórico de los balances constataron la cierta e incontenible caída económica en que vivía el grupo societario desde hacía más de cinco años. Se trataba de una inusual fase negativa, una crisis y una serie estadística negativa que registró por primera vez en su historia y que no pertenecía al ADN del grupo y tampoco de Olivier.

Desde 1887, año en que fue fundado el grupo hasta cinco años antes, nunca sufrió pérdidas económicas tan considerables con importantes repercusiones en el plan financiero, con el valor de sus acciones al mínimo histórico.

Los colegas de la Policía Económica destacaron que en los últimos cinco años los ingresos de las ventas se redujeron a la mitad en Europa, su más importante mercado, y que disminuyeron considerablemente también en el resto del mundo. Además, a partir de un examen de *benchmarking,* verificaron que grupos competidores estaban avanzando y la Neuber retrocediendo, un vértigo de contra tendencia en el cual estaba atrapado.

Constataron que la Farprom, grupo farmacéutico franco-ruso igualmente poderoso, segundo tras la Neuber S.A. y su principal competidor, estaba ganando importantes cuotas de mercado a expensas de las empresas suizas.

En los últimos dos años los ingresos económicos de la Farprom tuvieron una fuerte alza, gracias a la exclusiva por el cultivo y comercialización liberada de cannabis para uso recreativo y terapéutico, conseguida en varios países europeos. Los dos grupos habían mantenido una guerra económica a golpes también incorrectos en el marco estratégico, de marketing, etcétera. Los técnicos de la policía económica y tributaria relataron que la declinación económica estaba incidiendo, desde hacía un bienio, también en la imagen del grupo produciendo así un círculo vicioso de alcance histórico. En pocas palabras la solidez del coloso Neuber comenzaba a vacilar. Aquel imperio se destruía por causas exógenas: los ataques comerciales por parte de la facción de los potentes competidores encabezados por los franco-rusos.

Keeric y los otros investigadores llegaron a la conclusión que los intereses económicos entre colosos no podían ser un móvil a excluir. Intereses de esa envergadura podían inducir a la eliminación física de un adversario como Olivier Neuber y en este caso los franco-rusos de la Farprom estarían entre los principales sospechosos. Esta no era una tesis improbable, fortalecida también por el método no convencional del envenenamiento con el fármaco inventado por cubanos. Eran notorios, sin embargo, los estrechos enlaces y colaboraciones de naturaleza económica, comercial y sanitaria entre rusos y cubanos.

Sobre otros posibles móviles, nadie destacó elementos dignos de tomar en cuenta, Keeric incluido.

Decidió entonces que era necesario más que nunca llegar lo más pronto posible a Cuba donde tenía origen la vacuna asesina, el lugar donde encontrar las verdades a sus dudas y las respuestas a sus preguntas.

Aunque sea inimaginable, en esa isla lejos del lugar del delito, comenzará una nueva línea de investigaciones, sentenció Alexander.

En aquellos días la noticia de que el suizo murió por causa de la invención cubana y que las autoridades italianas abrieron un dosier por homicidio dio la vuelta al mundo provocando las primeras reacciones de varios gobiernos además de aquellos directamente interesados.

Aparte de los antecedentes entre el suizo y el director Rodríguez, todas las evidencias y sospechas conducían al gobierno socialista, el cual tenía gran interés en aclarar la cuestión.

La confirmación de que el arma mortal había sido el potente fármaco "revolucionario" CONTRAAN1, experimentado, producido y procedente de la isla empeoró la posición de los cubanos. La noticia de que el autor material del asesinato que usó inapropiadamente la vacuna fue un ex militar ruso hijo de madre cubana, y no un eslovaco como inicialmente se había dicho, agravó ulteriormente su delicada y embarazosa posición.

Los medios de comunicación difundieron la sospecha de la complicidad de Rusia, la cual habría tendido su fraternal mano a la hermana menor con su respaldo o su directa intervención.

Lo que agravó la situación fueron los rumores que comenzaron a circular en la prensa y en Internet de presuntas conexiones entre Olivier Neuber y los servicios de espionaje británicos y quizás también estadounidenses. Según estas voces los ingleses financiaron sus actividades de investigación farmacéutica y genética a cambio de su control y vigilancia sobre la producción de armas biológicas por parte de estados hostiles, cuya lista contemplaba también a Cuba.

Según estos rumores, el poderoso Neuber había sido un colaborador y agente de los servicios secretos británicos.

Tales informaciones llegaron también a La Habana donde el gobierno sabía muy bien que si no se hubiese demostrado ajeno a estos acontecimientos, a corto plazo Cuba y Rusia habrían tenido que preocuparse de enfrentar una potente línea enemiga encabezada por Reino Unido, Estados Unidos y una compacta formación de gobiernos occidentales.

La perspectiva de una conspiración cubana se estaba convirtiendo realmente en una sospecha difundida, comprometiendo su posición en el tablero de damas internacional. Incluso estaba avanzando la hipótesis de una maquinación de un nuevo frente comunista constituido por el eje Cuba-Rusia.

Los medios de comunicación occidentales alimentaron en esos días tales sospechas rozando una crisis diplomática entre Cuba, Suiza e Italia, con estas últimas dos apoyadas por la mayoría de los estados europeos, por el británico y el estadounidense.

Los cubanos declararon su completo desconocimiento de los hechos y declararon ser ellos mismos víctimas de un complot. El gobierno suizo convocó con urgencia al embajador cubano a Berna para obtener declaraciones oficiales sobre lo sucedido en Roma. A Suiza se asociaron Francia, Inglaterra y España.

Italia en cambio desde el principio había decidido optar por la vía de la colaboración. Pidió y obtuvo del gobierno cubano la autorización del envío a Cuba de una delegación encabezada por el embajador italiano bajo la guía técnica de Keeric. El objetivo era continuar las investigaciones en territorio cubano, en constante contacto con el Fiscal General de Roma que seguía el curso de la pesquisa desde Italia y el Ministerio del Exterior italiano.

Los cubanos predecían que el evento de Roma podía estar asociado a un acto de escarnio contra la isla utilizado como pretexto para un ataque bélico con una intervención militar en su territorio.

El clima de hostilidad en el marco internacional se ponía día tras día más tenso, así como el temor de los cubanos de que se concretara un escenario de aislamiento hacia ellos.

Las posibilidades de que la situación fluyera y degenerara en una crisis diplomática en varios frentes eran reales. Los cubanos temían sobre todo perjudicar los equilibrios con los estados miembros de la Unión Europea que en los últimos años había mostrado señales de acercamiento y de colaboración económica con el estado caribeño. Temían también el impacto negativo que se podía crear en el turismo de la isla, importante fuente de ingresos para su economía nacional. Todo eso indujo el gobierno comunista a aceptar las condiciones de las autoridades italianas de realizar sus investigaciones en la isla. Así, para evitar que aquel homicidio despertara ulteriores sospechas y que provocara acusaciones sobre su complicidad, el gobierno cubano aceleró el otorgamiento de las autorizaciones a las autoridades italianas para proceder con la investigación. En este caso fue aún más rápido, lo que no hizo con el FBI cuando fue acusado por el gobierno estadounidense de ataques acústicos, según el cual habría afectado y lesionado diplomáticos estadounidenses y canadienses en misión en la isla entre 2016 y 2017. En aquella ocasión el gobierno norteamericano denunció lesiones cerebrales y auditivas en veintiséis funcionarios.

Por su parte, Rusia respondió con sarcasmo a las primeras acusaciones y declaró su propia ignorancia de los actos cometidos por Igor Militov que lo definieron como un "lobo solitario". Devolvieron al remitente las acusaciones así como hicieron con el caso londinense del envenenamiento del ex espía ruso Serguéi Skripal, sin titubeo y sin temer un eventual ataque diplomático, económico y militar con naciones como los Estados Unidos de América. Ahora en el plan internacional se estaba repitiendo el mismo escenario.

19. LISTO PARA VOLAR

Roma-Fiumicino, Aeropuerto Leonardo Da Vinci, 22/10/2022, hora 11:50

Conseguidas las debidas autorizaciones de parte del gobierno cubano, pasaron otras setenta y dos horas antes de que el detective italiano, estimado también a nivel internacional y en la isla caribeña, despegara de Roma-Fiumicino con un Boeing 767 de la compañía aérea de bandera italiana, Alitalia.

Dos días antes de partir hacia Cuba se dedicó *full time* a coordinar cada detalle relacionado con las labores de investigación para que no se redujeran a causa de su ausencia. Así se apresuró para reunir a los jefes de las divisiones que decidió involucrar en las búsquedas y comprobaciones del caso, y de dar a cada uno las indicaciones sobre el trabajo que tenían que ejecutar.

Primero encargó al Departamento de Policía Tributaria seguir redactando en su ausencia un marco general y detallado de patrimonios de los herederos. Entre sus órdenes estaba controlar cada detalle sospechoso o cualquiera anomalía que pudiera encontrarse en las cuentas bancarias personales, familiares y societarias. Además los funcionarios tenían que hacer controles a competidores, proveedores, clientes, acreedores y deudores.

El dirigente de policía estaba consciente de que por enfrentar toda esa cantidad de trabajo, vista la vastedad de aquel imperio económico-financiero, necesitaban semanas, quizás meses. Y probablemente no bastaba un solo núcleo de ocho funcionarios a tiempo completo.

Además encargó a sus colaboradores y subalternos profundizar la verificación de la existencia de eventuales seguros de vida en favor de terceros beneficiarios. Tal verificación sobre los herederos hasta aquel momento había dado un resultado negativo.

Por último solicitó a la División de la Policía Científica hacer un perfil completo del marco psicológico y psiquiátrico de los estrechos colaboradores de Neuber.

Todos los equipos estaban listos, organizados y cada uno sabía la tarea específica que debía llevar a cabo. Keeric no dejó nada a la casualidad. Había impartido a las divisiones las órdenes necesarias para que las investigaciones siguieran de manera organizada y que no decayeran. Consciente del nivel de dificultades del caso, recomendó varias veces no soslayar ni siquiera el detalle más insignificante. El descuido de hasta un solo detalle podía comprometer el éxito de la búsqueda o hasta frustrar toda la operación.

Ultimada la fase preparatoria, pudo partir hacia el Caribe un poco más tranquilo y esperanzado de regresar por lo menos con informaciones útiles para progresar en la resolución de ese misterio. En Europa era el caso de homicidio más comentado, definido por los medios de comunicación como uno de los más misteriosos de los últimos años.

SEGUNDA PARTE

20. ESPERADOS EN LA HABANA

La Habana, Aeropuerto Internacional José Martí, 22/10/2022, hora 16:34, catorce días después de la muerte de Olivier

Mientras en todo el mundo se cerraban y se abrían las zonas de cuarentena, se imponían y se eliminaban obligaciones de protección personal y social como el uso de máscaras y más en vista de la derrota del virus, Alexander continuaba trabajando sin parar, excepto unos pocos descansos y horas de sueño. Se propuso descansar algunas horas durante el vuelo y así hizo no obstante la ininterrumpida charla de Luca, el jefe de División de la Policía Científica, y de Oscar, el vice de Keeric, excitados por el hecho de ir hacia la isla que siempre habían soñado conocer. Los dos lo acompañaban en misión oficial.

Para Keeric hoy empezaba la segunda fase de la pesquisa. A las 16:34, después de poco más de diez horas de vuelo, el avión aterrizó en la isla caribeña y Alexander se sintió ya más fresco de la mente y del cuerpo. *Para recuperarme del todo ahora necesito de una buena ducha fría,* pensó.

En la sala frente a las taquillas para el control de los pasaportes, además del embajador italiano en Cuba, estaban las autoridades locales, entre ellas el ministro de la Salud cubano, agentes del DTI, Departamento Técnico de Investigaciones, homólogo cubano de la Policía de Investigaciones italiana, y dos oficiales de los órganos de la seguridad cubana.

Después de las presentaciones rituales, evitando las colas de pasajeros que se habían formado para chequear los pasaportes, los condujeron a través de una puerta preferencial para que fueran rápidamente tramitados los procedimientos esenciales de control según las medidas de seguridad del país. En menos de diez minutos se encontraron en el exterior del aeropuerto, inmersos en el calor que contrastaba con el frío del otoño romano.

Desde allá fueron trasladados en un carro antiguo de producción rusa hasta el Hotel Tryp Habana Libre, en el corazón del Vedado, el céntrico e inigualable barrio urbano animado de día y de noche.

El embajador italiano, un hombre jovial, invitó a cenar en la noche a todos los presentes, pero los cubanos declinaron la invitación probablemente para evitar mezclar las relaciones personales y las laborales. Antes de despedirse los cubanos citaron a los tres para las nueve de la mañana siguiente en el lobby del hotel.

Sin perder tiempo los tres italianos con sus pequeños equipajes de mano subieron hasta la vigésima primera planta donde los esperaban tres habitaciones contiguas asignadas para toda la estancia de ellos en la isla.

Oscar y Luca se quedaron asombrados de la vista de la ciudad que ofrecían las habitaciones, unos pisos más arriba tenían el elegante *roof* cabaret "El Turquino", que estaban curiosos por conocer. El jefe había descrito la amplia sala de baile, donde cada noche eran presentados espectáculos de música y baile, conocido por los ventanales panorámicos y el techo que alrededor de la medianoche abrían en su totalidad para dar espacio al cielo y las estrellas.

Una hora después, aproximadamente a las diecinueve y treinta, después de una ducha fresca y de haberse puesto ropa más ligera, Keeric, Luca y Oscar ya se encontraban en el amplio lobby del hotel donde el embajador se había quedado disfrutando de un par de mojitos a la espera de que los viajeros se prepararan.

Los cuatros italianos montaron en el Toyota Land Cruiser negro en dotación al cuerpo diplomático italiano, recorrieron el malecón y se dirigieron al paladar San Cristóbal, uno de los más renombrados restaurantes de La Habana.

Esa noche en el local había pocos clientes y sobre todo no estaban programadas visitas como aquellas de vip, actores, artistas del calibre de Mick Jagger o personalidades como Barack Obama, que en los últimos años habían contribuido a volver aún más celebre el restaurante. Por lo que pudieron conversar con tranquilidad. Durante casi toda la cena fueron tocadas cuestiones concernientes al caso. Por eso decidieron abandonar el tema y relajarse continuando la noche en el panorámico jardín del Hotel Nacional que por sus dimensiones se parecía un poco a los jardines del Templo de Vladimir Popovic. En plena noche Keeric decidió dejar a los tres ocupados en charlar, beber daiquiri y ron seleccionado entre las mejores etiquetas y fumar un puro cubano Cohíba. Para "sacar del baúl" algunos agradables y antiguos recuerdos de aquel lugar quiso darse un nostálgico paseo solo a lo largo del panorámico pero deteriorado Malecón habanero.

En realidad Keeric no amaba mucho La Habana. No obstante los pocos vehículos que circulaban con respecto a las otras capitales, la encontraba caótica. El ruido atronador de los potentes motores de los automóviles americanos de los años 50 se confundía con la confusión creada por la multitud de peatones cubanos, igualmente ruidosos. A estos se unía la presencia de los numerosos turistas rodeados y excitados por la música y el baile a los cuales no estaban acostumbrados. Tampoco las casas y las calles de llamativos colores y fiestas como el característico Callejón de Hamel –cargado de contenido artístico–, lo atraían. Más bien prefería las playas y el campo de la isla.

Concentrado en los recuerdos de las tres estancias transcurridas en Cuba hacía ya cuatro, cinco y seis años atrás, paseaba justo por donde había conocido a Yadira, una sensual mulata con poco más de veinte años, y ojos verdes con un corte oriental. Era una de las pocas mujeres que con su pasión supo rasguñar las barreras sentimentales de las que se rodeaba Alexander como un blindaje. De hecho los objetivos que se había trazado en su carrera le permitían solamente tener relaciones efímeras y sin compromiso. Y él estaba satisfecho así, la vida de *latin lover* le gustaba y su trayectoria profesional resultaba con satisfacción como él quería.

A lo mejor tendrá una familia y lindos niños. Mejor así, concluyó entre si. *De todos modos no habría tenido ni el tiempo ni las condiciones de vida para poderse dedicar a ella. Nuestras vidas son demasiado diferentes, por eso no la volví a llamar más,* se justificó.

De improviso una sensación extraña lo envolvió y se dio cuenta que estaba demasiado inmerso en sus recuerdos. Una sensación de amenaza. En aquel preciso momento una mano le agarró el hombro por detrás.

Alexander rápido se viró y vio delante de él a un hombre de su mismo tamaño, con una gorra en la cabeza, camisa de mangas cortas apretadas y pantalones largos.

– ¿Hermano, cómo vas? –le dijo el hombre sonriendo.

– ¡Eduardo! –

Keeric quedó sorprendido.

–Me alegra verte, mujeriego.

Los dos se saludaron abrazándose cariñosamente.

– ¿Qué pasa? Ya no te reconozco. ¿Estás envejeciendo o me equivoco? En otros tiempos no te habría podido perseguir y sorprender así tan fácilmente.

–Estaba pensando en algunos viejos recuerdos.

Se sentaron arriba del inconfundible muro del Malecón. Keeric hablaba el español perfectamente y también otros cinco idiomas: inglés, italiano, francés, portugués, alemán además de conocer el ruso. Paradójicamente conocía apenas el griego.

–Entendí. ¿Aún no te olvidaste de aquella chica, verdad? – dijo el hombre.

–En realidad no había pensado más en Yadira, pero el lugar me ha ayudado a volver al pasado por un momento, por eso no había notado tu presencia. ¿Y tú qué haces aquí?

– ¿Y tú qué haces acá en Cuba? –el otro fingió no saber.

–Estoy aquí por trabajo, esta vez –dijo Keeric.

–Lo sé, compadre, estoy al tanto de todo.

Keeric lo escuchaba siempre con admiración, sabiendo que tenía enfrente un experto y un maestro de las investigaciones.

Eduardo Machado Ortega, así se llamaba ese hombre, era un ex colega que había colaborado durante meses con Keeric años atrás, cuando aún el italiano trabajaba bajo cobertura por la Interpol. Se conocieron en ocasión de una misión cumplida entre República Dominicana, Colombia y Cuba para descubrir una red de narcotráfico. Con el paso de los meses entre ellos creció el respeto y la confianza recíprocos hasta madurar una fuerte y sincera relación de amistad extralaboral.

Habían pasado ya tres años desde la última vez que se habían encontrado. Fue un día de primavera en París donde ahora vivían la hija, el yerno y los nietos de Eduardo. Era un ex oficial del DTI y de los aparatos de seguridad cubanos. Él también había trabajado en casos internacionales. Tenía más de sesenta años, bien llevados, cuerpo atlético, mente sana y disponible con amigos, familiares y colegas, pero con el defecto de ser testarudo. Sus orígenes europeos eran fácilmente perceptibles por sus rasgos somáticos; sus abuelos, procedentes de las Islas Canarias, habían emigrado a Cuba en los años 20 en búsqueda de mejor fortuna.

–Estás súper informado como siempre. ¿Pero no estás retirado?

–Sí, pero sabes que aquí no se puede tirar la toalla –dijo Eduardo.

– ¿Hace cuánto tiempo me estás siguiendo, viejo? –cuestionó Keeric curioso.

–Desde las 16:34 aproximadamente, cuando el avión en que tú viajabas tocó mi tierra.

La respuesta fue casi banal para el cubano.

Después de haber recordado juntos algunas anécdotas de las que fueron protagonistas y haber contado uno al otro los principales eventos y la propia vida de los últimos años, Eduardo pasó al tema que más le interesaba.

–Fui yo el primero en llamar y comunicar a Pablo la muerte de Neuber, y que la causa del envenenamiento había sido la última vacuna descubierta por él.

– ¿El doctor Pablo Rodríguez?

–Exacto. Le expliqué que casi seguramente habría sido objeto de investigación como persona sospechosa o por lo menos informada de los hechos, y tu llegada esta tarde lo confirmó.

– ¿Pero tú lo conoces bien, a este doctor Rodríguez?

–Como mis bolsillos. Pablo es un viejo amigo mío, uno de mis mejores amigos desde niños, cuando éramos vecinos. No podía esconderle un hecho tan grave. Menos mal que llegaste tú.

Keeric atendía y confiaba en su amigo cubano.

–Ya lo encontré y he hablado con él en persona para tranquilizarlo. Él no sería capaz de meterse en una historia tan turbia.

– ¿No percibiste nada diferente en él? –preguntó el italiano.

–No. Estoy seguro de que no duerme de noche por el hecho de ser involucrado de alguna manera. Él es opuesto a los tipos como Neuber; ha sido siempre una persona pacifica e incorruptible. Es un tipo leal, tal vez demasiado escrupuloso.

–Espero que no te equivoques porque creo en tu palabra.

–Puedo poner la mano en el fuego y dejarla ahí porque él no tiene absolutamente nada que ver con esta historia; no haría daño ni siquiera a su peor enemigo.

– ¿Tú también sabes de la rivalidad entre ellos?

Con una calma caribeña, Eduardo comenzó a relatarle toda la evolución de las relaciones interpersonales y profesionales entre Pablo y Olivier.

Empezó a contarle de las primeras fricciones, contrastes y diferencias de visiones en su campo profesional sobre temas técnicos y comerciales en materia de farmacéutica y de ingeniería genética. Después le describió la crisis histérica durante la conferencia de París, tal y como se lo había contado el colega Luca.

Le ilustró cómo el amigo tuvo que sufrir las provocaciones, las ofensas, el ataque físico y las amenazas públicas por parte del magnate suizo.

Eduardo se acercó a Alexander, le puso una mano sobre el hombro y lo miró a los ojos antes de decirle algo personal.

–Hermano, esta vez necesito de verdad tu ayuda. Quiero ayudar a mi amigo y sacarlo de esta historia lo más pronto posible porque no sé si sabrá resistir al dolor que está viviendo.

El doctor Rodríguez era una persona tan aguda e inteligente cuanto frágil psicológicamente, respetuoso en extremo de las reglas y de los principios morales. Para él esta historia era un duro golpe a su corazón, a su ética y a su honor. Alexander lo miró y en un momento, sin titubear, tomó una decisión.

– ¡Oye! Quizás me has convencido. Yo también te necesito. Si crees que tu amigo es inocente y ajeno a los hechos como tú dices, necesito tu colaboración para demostrarlo en el más corto tiempo.

El entendimiento entre los dos era fuerte y el discurso se acabó con un apretón de manos en signo de acuerdo, no haciendo falta más aclaraciones.

–Me estoy ya muriendo de las ganas de empezar... –dijo eufórico el ex colega cubano el cual no ejercía actividades de investigaciones desde que lo habían obligado a jubilarse por límites de edad.

Nostálgico de los viejos tiempos, la misma inactividad, aquella abstinencia, le hicieron subir la adrenalina. El solo pensar en que había comenzado a colaborar en las investigaciones de aquel caso, que mucho le interesaba a causa de su amigo, con un profesional de la envergadura del estimado detective italiano, lo excitaba.

Era ya la una y media de la mañana, y las personas comenzaban a disminuir en el transitado Malecón de la capital.

En la oscuridad de la noche, el Malecón estaba alumbrado solo por los faroles que se encontraban del otro lado de la amplia calzada. Keeric, mentalmente catapultado a otro mundo por vía de los viejos recuerdos, no se percató desde el momento en que habría iniciado su paseo de que un hombre a pie, con un traje negro lo estaba siguiendo de lejos.

Mientras los dos amigos se saludaron y se iban en direcciones opuestas, aquel hombre continuaba observándolos a una centena de metros. Después entró en el coche negro estacionado en el área de la gasolinera en la esquina entre el Malecón y Calle 23, mejor conocida como La Rampa y se alejó para evitar sospechas.

21. ESPÍA NUEVA Y ESPÍA VETERANA

La Habana, Aeropuerto Internacional José Martí, 22/10/2022, hora 14:21, la tarde anterior

El hombre, de piel clara pero bronceada, de aproximadamente unos cincuenta años de edad, pero con un físico atlético de treinta, vestido con un traje negro, lo estaba velando desde la tarde anterior, en que salieron del aeropuerto habanero. Alrededor de dos horas antes de que el avión procedente de Roma aterrizara sobre la pista, se apostó en el área más exterior del aparcamiento de automóviles. Se encontraba en el interior de un auto oscuro con placa diplomática, lejos de ojos indiscretos y de las patrullas de la policía y desde allá lograba tener una buena visión de los coches que salían del aeropuerto.

Un funcionario corrupto de la Aduana, un delator suyo, le dio un timbre al móvil, para indicar, según las instrucciones establecidas el día anterior, que la delegación italiana estaba saliendo hacia el exterior.

Los siguió a distancia hasta el Hotel Tryp Habana Libre, redujo la velocidad y una vez que tuvo la confirmación que este era el hotel donde estaban hospedados, continuó sin ni siquiera mirar hacia ellos.

Una hora más tarde, después que los representantes de las autoridades cubanas se habían despedido de la delegación italiana, volvió y entró en el lobby del hotel mirando alrededor en búsqueda de una cara conocida. Yordan, alias Yordy, un empleado de la seguridad de la instalación hotelera, lo reconoció. Con un pretexto se hizo temporalmente sustituir por un colega y se dirigió hacia los baños de los hombres en el lobby. Un minuto después se abrió la puerta y entró el otro con el traje negro sin proferir palabra. Cogió un pedazo de papel sanitario biodegradable y escribió rápidamente un mensaje de pocas letras:

Mañana 7:00 a.m. Catedral Habana Vieja,
para urgencias línea canadiense

Se acercó a los urinarios, comenzó a orinar y el empleado del hotel se ubicó al lado intentándolo él también para poner la escena lo más creíble posible, pero no lo logró. No le salía nada. Sin perder tiempo el hombre le pasó de mano el pedazo de papel manuscrito y sin despertar sospechas salió del baño.

A Yordy no le dio tiempo de leer el mensaje cuando el otro ya había desaparecido. Cuando volvió a la recepción lo vio de lejos consumir un trago, sentado en el bar del lobby, y después salir con calma aparente sin ni siquiera lanzar una mirada al mostrador donde se encontraba su cómplice.

A las siete en punto de la mañana siguiente, los dos se encontraron en el sitio establecido, la Catedral de La Habana; adonde habían concurrido unos días antes, no para orar, sino para intercambiar comunicaciones urgentes y reservadas lejos de miradas y oídos indiscretos.

Dos semanas antes en la búsqueda de complicidad le sugirieron a este muchacho considerado y descrito como un ambicioso simpatizante de Estados Unidos y Canadá, por lo que decidió que le podía ser útil en el futuro. La ventaja que tenía el joven Yordi era el hecho de no ser un declarado opositor del gobierno. En caso contrario hubiera podido ser objeto de vigilancia por los servicios de seguridad cubanos y poco útil para la misión que quería encargarle.

Lo había seguido hasta el estadio habanero de la Ciudad Deportiva donde se jugaba el partido decisivo de beisbol entre Industriales y Granma, los dos equipos que dominaban el campeonato y que se disputaban el primer lugar. Se le había acercado y en cuanto tuvo la ocasión se presentó manteniéndose con un bajo perfil y proponiéndole trabajar para él. Aparte de las promesas de pródigas recompensas no le había dado otros pormenores. Le explicó lacónico, autoritario y convincente que solo debía estar disponible para una justa causa. En fin advirtió de no hablar absolutamente con nadie de aquel encuentro y de lo que se habían dicho, ya que perdería la oportunidad de trabajar para él y el dinero.

El joven, atraído por las perspectivas de "dinero fácil" e importantes ganancias comparadas con su limitado salario como empleado del hotel, con el cual no llegaba a satisfacer sus exigencias y sus vicios, no había vacilado ni un momento en decidirse.

Solo tenía que esperar un contacto suyo que recibiría en cuanto fuese necesario.

El día de la llegada del comisario de policía italiano y de sus colaboradores llegó la oportunidad de probarlo después de haber sido capacitado en los días precedentes.

Aquella mañana se encontraron en el confesionario a sabiendas de que a esa hora nadie estaría presente en el interior: el chico en el papel de un perfecto católico creyente y practicante listo para confesarse y el otro en el lugar del sacerdote.

—Ubicarás estos "juguetes" en las habitaciones donde se alojan tres italianos y uno lo pegarás en los zapatos de un tal Alexander Keeric.

Yordy miró con curiosidad lo que el otro le entregó. Había sofisticadas microespías, ultraplanas, de alta definición, de ultimísima generación que no superaba el centímetro cuadrado y un teléfono celular con una SIM canadiense codificada que el extranjero definió en su jerga como "discreta".

—Las pondrás en lugares seguros, como ya te expliqué, de manera que no sean visibles, y después nos mantendremos en contacto por los teléfonos canadienses.

El cubano observaba como un niño los dispositivos electrónicos miniaturizados para escuchas ambientales que tendría que colocar en el hotel donde trabajaba y tenía libre acceso.

—Cuídate de no cometer errores. No me hagas arrepentirme de habernos conocidos y de haberte reclutado —dijo el hombre pasándole un paquete de billetes, pesos cubanos convertibles por el valor del dólar americano, o sea la divisa más deseada por los cubanos y más usadas por los turistas extranjeros en Cuba.

Observó el paquete que le dio su nuevo "empleador". Enseguida lo abrió y quedó sorprendido cuando vio aquella cantidad de dinero que supo reconocer en la semioscuridad de la catedral y que no ganaría ni en dos años de trabajo en el hotel.

– ¡Está bien, está bien! Soy muy bueno con esas cosas –se apuró en responder Yordy con adulación y típica autoestima.

El otro notó que la Catedral se estaba llenando de una decena de turistas asiáticos y cerró la conversación.

–Te conviene, te haré saber si nos veremos en la tarde o esta noche –le respondió el otro en tono seco saliendo furtivamente del confesionario para que nadie lo viera.

Cuando Yordy regresó al hotel para comenzar el turno de las diez de la mañana los tres italianos habían salido ya. Verificó que no estuvieran en sus habitaciones, cogió el *passe-partout* y subió al piso veintiuno para cumplir su misión secreta. Se aseguró de que nadie se percatara de su presencia y entró en la primera habitación. Notó desorden de ropa, toallas de playa, trajes de baños masculinos y femeninos tirados donde quiera. Tratando de mover los menos objetos posibles, instaló la primera microespía bajo la suela de un par de zapatos regados en el pavimento y otra en el interior de un *abat-jour*. Salió rápidamente y entró en la otra habitación, donde puso la segunda "escucha" debajo de una mesita de noche. Colocó otra detrás de la televisión de la tercera habitación.

–Fue más fácil de lo que me imaginaba. Un juego de niños – se dijo.

Al bajar en el elevador se reflejaba en el espejo mirándose la cara, el cuerpo y su innegable belleza y prestancia física de joven fuerte, rubio y alto, un metro noventa, que compensaba sus limitadas capacidades intelectuales.

Quería presumir por haber ganado tanto dinero en tan poco tiempo y tan fácilmente; casi no se resistía a contárselo al colega que lo esperaba en la recepción para el cambio de turno.

Se sentía importante por haber sido contratado como un agente-espía. En las tres horas que faltaban para terminar su turno de trabajo, ya saboreaba la noche en una discoteca con su última conquista femenina y dos parejas de amigos. Con los bolsillos "llenos", estaba listo para festejar y trasnochar hasta el amanecer en el ambiente que más lo fascinaba: la farándula. Así los jóvenes cubanos llamaban en jerga callejera el mundo de las fiestas y la diversión desenfrenada.

22. VIEJA AMISTAD

LA HABANA, SEDE DEL MINISTERIO DEL EXTERIOR, PLAZA DE LA REVOLUCIÓN, 23/10/2022, HORA 09:00

A las 9:00 en punto, en el último piso del edificio que hospedaba el MINREX, Ministerio del Exterior cubano, en la amplia sala de reuniones que se asomaba sobre la célebre e inmensa Plaza de la Revolución, se encontraban rodeando una mesa ovalada los diecinueve convocados. De un lado doce cubanos y del otro cuatro italianos y tres representantes de la Interpol.

Además del comisario de la Policía de Investigaciones de Roma estaban presentes por la delegación italiana, su vice, el jefe de la División de la Policía Científica y el embajador italiano en La Habana.

Concurrieron además el director de la Interpol para la América Latina y los representantes de las regiones centrales y caribeñas, dos de sus estrechos colaboradores de alto rango.

Del otro lado, por la parte cubana había tres dirigentes miembros del DTI, tres representantes de la Seguridad del Estado. Junto al ministro, una alta funcionaria y la viceministra del MINSAP, el Ministerio de la Salud pública de la República de Cuba, y el ministro y el viceministro del MINREX, el Ministerio del Exterior.

Completaba el grupo de cubanos y cerraba el óvalo Eduardo Machado Ortega, aceptado por los beneficios que podía aportar al desarrollo de las investigaciones gracias a su histórico conocimiento personal y su íntima amistad con Rodríguez. Facilitaron además su convocatoria otros dos puntos fuertes: los antecedentes de trabajo con el comisario italiano y la estrecha amistad que los unía.

La elevada participación de representantes de varias instituciones cubanas demostraba que los cubanos no subestimaban la cuestión, era delicada e imprescindible para ellos.

La reunión había sido convocada para discutir y establecer las maneras de organización de las operaciones conjuntas en el ámbito de las investigaciones sobre la muerte del industrial farmacéutico suizo, clasificada por la justicia italiana como homicidio. En realidad el fin de las autoridades cubanas era ilustrar e imponer los modos y las condiciones que los italianos tenían que respetar.

Participar en las pesquisas y resolver ese caso eran prioridades absolutas del gobierno cubano. Querían con todos los medios a su disposición demostrar su desconocimiento de los hechos pese a que todas las evidencias y los elementos en posesión de la policía italiana convergieran cada vez más en su dirección.

Fue por eso que aceptaron de buena gana permitir que se investigara en su territorio.

La aclaración de los hechos era importante también porque la supuesta coordinación con los rusos, podía crear incidentes diplomáticos en varios frentes y perjudicar las relaciones internacionales, no solo con la neutral Suiza.

De hecho, el clima de desconfianza y hostilidad hacia ellos podía utilizarse para transformarlo en motivo y pretexto para una intervención militar armada por parte de países occidentales anticomunistas.

Después de más de cuatro horas los presentes llegaron a un acuerdo de una efectiva disponibilidad a colaborar conjuntamente en las sucesivas fases de la investigación.

Alexander estaba contento y honrado de trabajar una vez más, probablemente la última, al lado de su amigo Eduardo. A la una terminó la reunión con la definición de los detalles técnicos, de los límites y de los poderes del respectivo radio de acción.

Eduardo aceptó la propuesta del italiano de apoyarlo en las investigaciones, más por el deseo de demostrar la inocencia de su gobierno y del amigo Pablo Rodríguez que por el entusiasmo de trabajar de nuevo con Alex.

Desde el día que se jubiló Eduardo no vivía una emoción como aquella. Ahora se le presentaba una ocasión incomparable, la de participar en una investigación al lado de un as y un compañero de excelencia como Keeric. Sobre todo, le interesaba la rápida solución de un caso con doble valor para él. Realmente significaba, por un lado ayudar a exculpar a su querido amigo Rodríguez de la acusación de homicidio, y por el otro a su país de las graves acusaciones sobre producción de armas biológicas de exterminio masivo. Esa noticia ya circulaba insistentemente en los principales medios de información internacional e Internet.

Eduardo prestó juramento de tratar el caso con extrema imparcialidad y objetividad y sobre todo sin favorecer a su amigo Pablo. Por supuesto las autoridades cubanas no tenían dudas de que mantendría el plan profesional separado del emocional. Era una obligación absoluta e implícita a la que estaba acostumbrado desde que pasó a ser parte del cuerpo especial de las fuerzas armadas.

23. PESQUISAS EN EL LABORATORIO

Esa misma tarde la delegación de italianos y cubanos fueron al laboratorio Mundofam. Los esperaba el doctor Pablo Rodríguez Ferrer en persona, director principal de la sede central y del laboratorio del Centro de Investigaciones Estatal Mundofam de La Habana.

Después de las debidas presentaciones, el director los condujo a su oficina. Era una persona cordial, pacífica y disponible, pero también un funcionario estatal fiel al deber, a las reglas y a su patria, al contrario de un emprendedor como Neuber.

En aquel pequeño pero luminoso cuarto además del director estaban presentes Keeric, su vice y su técnico de la División Científica al lado de dos agentes del DTI y otro agente de los servicios de seguridad. Eduardo no participó en la reunión pues Rodríguez no debía conocer de su participación en la investigación. Keeric se ocuparía de actualizarlo acerca del interrogatorio.

–Estoy a su disposición. Para mi patria ante todo, quiero que se aclaren los hechos –dijo el anciano director que dedicó su vida a los estudios y a la investigación médica y farmacéutica. La ingeniería genética en cambio era la rama en la cual concentró todas sus energías en el último decenio.

Ante todo la policía cubana limitó los accesos del edificio poniendo los sellos judiciales en los laboratorios de la cadena productiva y los almacenes para la conservación de los fármacos que debían mantener una adecuada temperatura, entre esos el

CONTRAAN1. Era el edificio que se erigía del otro lado de la explanada que los separaba del laboratorio central, el cual se encontraba en la otra ala del inmueble en forma de "U" alargada.

Empezaron con el "interrogatorio" conducido por el comisario italiano que comenzó con una serie de preguntas que tenía preparadas desde hacía muchos días, antes de salir de Roma.

–Gracias doctor Rodríguez, por contar con su máxima colaboración –dijo el italiano tratando de transmitirle una actitud colaborativa.

–Díganos ante todo la historia de la vacuna contra el AN1, desde los orígenes de la experimentación hasta hoy –abrió el interrogatorio Keeric.

El director respondió comenzando a contar con orgullo y con lujo de detalles la historia de la vacuna creada por él y su equipo de científicos.

Fue un monologo largo durante el cual el vice de Keeric tomó más de cuatro páginas de notas en su libreta mientras el comisario almacenaba todas las informaciones en su mente. Después de más de un cuarto de hora el italiano se vio obligado a interrumpirlo para pedir algunas aclaraciones acerca del fármaco.

–Descríbanos con detalles las características del fármaco como las contraindicaciones, los efectos colaterales, las sobredosis…

El director hizo una descripción científica y exhaustiva de todas las características del "remedio" contra "la enfermedad del siglo". Listó los principios activos y el prospecto hasta la sobredosis que era la parte que más le interesaba a Keeric.

Rodríguez estaba en su papel de experto farmacéutico, no como una persona sospechosa en un homicidio. Todos estaban concentrados escuchando la maestría y el énfasis del profesor en farmacia.

En un determinado momento el comisario tuvo que interrumpir la "lección universitaria" en curso.

– ¿Entonces nos confirma que el fármaco es tan potente que el uso de sustancias alcohólicas está contraindicado? –preguntó el detective italiano ignorante en la materia.

–Absolutamente prohibido –dijo el investigador. –Mejor dicho, confirmo que la interacción con una lata de cerveza o una sola copa de vino puede provocar efectos colaterales como desmayos, pérdida de conocimiento, fiebre y hasta chocantes como el paro cardiaco.

– ¿Entonces, si el señor Neuber se hubiese bebido a solas casi una botella de vino rojo de 75 centilitros con una gradación alcohólica superior a trece, la asunción de una dosis hubiera podido provocar la muerte?

–Tal vez una dosis no. Es muy raro pero no imposible, pero tres dosis, como en su caso, seguramente sí.

–Gracias por las aclaraciones, doctor Rodríguez –Keeric remarcó que sabía el número preciso de dosis inoculadas en la víctima, dato aún no divulgado a nadie fuera del círculo de los más estrechos colaboradores del comisario. Tampoco Eduardo lo sabía.

¿Cómo podía Rodríguez conocer ese detalle? Parece que no se dio cuenta de haber hablado de tres dosis, rumió sorprendido el italiano que no dejó ver su sorpresa.

El detective siguió haciendo una pregunta tras de otra. Continuó pidiendo datos e informaciones acerca de los operadores internos y externos al laboratorio involucrados con la experimentación. Después pidió dilucidaciones relativas a las medidas de seguridad, al acceso al medicamento imputado y a las fases de financiación, experimentación, producción, almacenamiento, comercialización y exportación.

Fue impecable, no se olvidó de ningún elemento. Ahora, después de cinco horas de empezado el interrogatorio al anciano director, que comenzaba a padecer de visibles señales de fatiga, el italiano tenía las ideas más claras.

Decidió entonces hacerle un par de preguntas extras y luego suspender las operaciones para empezar de nuevo a la mañana siguiente.

–Háblenos un poco de la relación con Olivier Neuber. ¿Qué cosa nos puede decir sobre vuestro antagonismo y el odio declarado por parte del suizo? –lo interrogó mientras que los otros escuchaban en silencio.

–Me disculpan, pero Neuber era un arrogante, un loco. Me consideraba un enemigo y por poco me lleva al hospital. Me odiaba "hasta la muerte", lo admito, pero yo no le habría hecho nada.

– ¿Por qué lo odiaba tanto? –Keeric no paró con las preguntas.

–Supongo que nuestros éxitos en el campo de la investigación lo molestaban, iban en contra de su supremacía comercial. Brillar era una obligación, un fanatismo para él. No toleraba ser segundo de nadie y, sobre todo, de nosotros los cubanos que investigamos con pocos recursos financieros y sin fines de lucro. Parece que nuestros éxitos le dañaron bastante sus ingresos económicos o por lo menos de eso estaba convencido.

– ¿Por eso quizás lo consideraba un enemigo?

–Creo que sí. Por un lado en el papel de investigador y científico me veía como un antagonista y del otro, como cubano y representante del Ministerio de la Salud cubana, me veía como un rival económico. Solo sé que me decían que era un hombre sin escrúpulos y dispuesto a todo con tal de ganar sus batallas, pero esto era notorio a todos. Perdónenme, pero soy totalmente indiferente a su desaparición. A lo mejor, si no le pasaba a él, me hubiese sucedido a mí… –dijo el director aludiendo a las amenazas de muerte recibidas de parte del suizo.

– ¿Y usted no lo odiaba?

–Aunque me haya amenazado de muerte, puedo que jamás hubiese sido capaz de hacerle daño a nadie. Juro que con la muerte de ese hombre yo no tengo nada que ver.

Con esas palabras Keeric concluyó el interrogatorio al doctor Rodríguez que a los ojos de los presentes pareció que hablaba con sinceridad. Al comisario algo no lo convencía.

Durante el viaje de regreso al hotel Keeric tuvo el tiempo de explicar a su vice y al técnico científico lo que ellos no notaron, o sea que el director había mencionado las tres dosis de vacuna usadas para envenenar a Neuber.

–Solo nosotros sabemos que para matarlo fueron necesarios tres frascos. Él se refirió explícitamente a tres ámpulas usadas pero él no podía saber que eran tres –destacó a los colegas aquel pormenor fundamental, enlazándose a las palabras de Rodríguez durante el interrogatorio.

–Es verdad, no lo había pensado –dijo Luca.

–Este es un detalle muy importante y comprometedor para él –dijo Oscar, el vice.

–Mañana profundizaremos la cuestión. Tiene que haber una explicación. Me parece que oculta algo, pero dudo que sea culpable – terminó Alexander, preocupado, pensando en el amigo Eduardo.

Con aquel detalle se cerró la jornada laboral de ellos y las actividades fueron suspendidas hasta el día siguiente.

24. HABITACIONES DE HOTEL

Desde la mañana hasta poco antes del atardecer, el hombre de traje negro y sombrero esperó a los tres italianos. Pasó la jornada sentado al calor asfixiante de su auto, estacionado bajo un árbol frondoso cercano al Hotel Tryp Habana Libre.

Esperemos que esté a la altura de la misión y no un charlatán como parece.

Fue su primer pensamiento después de tantas horas pasadas inútilmente con los transistores activados en espera de señales desde las escuchas dejadas en las manos de Yordy, quien debió colocarlas en las habitaciones de los tres italianos.

Por falta de tiempo había tenido que encomendarse a aquel chico sin conocer sus capacidades, cosa que nunca hacía. Casi se había arrepentido hasta que alrededor de las 18:00 llegaron señales desde uno de los tres canales de radio. Se sobreponían dos voces: una de hombre maduro o anciano, y otra delicada y femenina.

El hombre hablaba casi exclusivamente en italiano con alguna muletilla en español forzado y la mujer en perfecto español con un claro acento habanero. Hablaban de playa y mar y esto sorprendió al hombre que los estaba espiando.

De improviso se oyó un ruido de agua corriente, probablemente de una ducha —supuso— y después ruidos de fondo indistintos mientras los otros dos canales permanecían mudos. Los sonidos emitidos por el radiorreceptor se hicieron poco a poco más claros. Ahora no tenía dudas: eran efusiones de amor que de delicadas y lentas se fueron volviendo fuertes y excitadas.

No perdió tiempo el archisabido Don Juan. ¿Es así como trabajan los agentes italianos? Notó con una punta de envidia.

Como un *voyeur,* permaneció en la escucha de las voces confundidas que se intercambiaban exclamaciones y suspiros de placer durante casi una hora hasta que la mujer logró o simuló el máximo placer.

–Continúa papi, eres especial y todo mío, mi querido Fabio – bisbiseó la chica.

–Y tú eres solo mía.

– ¿Fabio? –dijo mientras el otro solo en el auto seguía escuchando a escondidas.

Debo haber entendido mal. Luego, algunos minutos después, la mujer en voz alta, como si fuera desde el baño, lo llamó repetidamente.

– ¡¿Mi amor?! ¿Mi vida?

Ninguna respuesta.

Al tercer "Mi amor" sin respuesta del otro, el hombre que escuchaba, oyó a la mujer susurrar: – ¿Fabio? ¿Mi corazón? ¿Estás durmiendo?

–Dime bella, me quedé dormido.

El hombre, rendido por aquella prestación a la cual tal vez ya no estaba acostumbrado desde hacía rato, había caído en un sueño profundo. Se despertó y respondió solamente a la tercera llamada de la joven jinetera, una de esas chicas que tratan de seducir a los turistas extranjeros por dinero, o por una visa de entrada al exterior, o por un matrimonio con un extranjero y de todos modos por un mejor futuro económico.

El hombre que los escuchaba en aquel momento no entendió, pero finalmente, después que la chica repitió por más de tres veces el nombre del otro que le respondía, tuvo que convencerse. Dio un puñetazo en el tablero del auto al oír el nombre de "Fabio" en lugar de "Alexander".

– ¿Qué diablo de lío armó ese desgraciado? Lo mato –dijo sobresaltado.

Abandonó de golpe el auto y se precipitó a la entrada del hotel en busca de Yordy, el encargado de la seguridad. En el lobby no lo vio, así que para no perder las huellas de Keeric tuvo que correr algún riesgo no programado y preguntar a un colega del chico dónde estaba.

Incapaz y haragán, lo etiquetó cuando descubrió a través del colega que ya se había ido del trabajo con antelación respecto al turno que le tocaba.

Yordan, todo entusiasta del dinero ganado en la mañana con el mínimo esfuerzo y excitado por la noche de fiesta que le esperaba con los amigos, decidió no trabajar más ese día e irse antes, pagando a un colega para que terminara su turno.

El chico estaba seguro de que viendo un billete de diez CUC el colega aceptaría sin protestar, y así fue.

–Te hice ganar en un día lo que hubieras juntado en diez días haciendo el mismo trabajo –fueron las últimas palabras que pronunció saliendo del hotel para correr hacia la joven novia.

El cincuentón se había confiado demasiado de aquel chico. No había evaluado que sus vicios marcaban su vida y que demasiado dinero en su mano eran más un daño que un beneficio. No imaginaba que, apenas cumplida su pequeña misión de colocar los dispositivos de espionaje, hubiese terminado de trabajar con antelación.

El hombre vestido de negro no aguantó más, pero simulando una flema típicamente inglesa se dirigió a la recepción del hotel con el intento de poner a funcionar un plan B.

–Buenas noches señorita, estoy esperando a un amigo italiano que está hospedado en este hotel. Se llama Fabio. Quería saber si aún está en la habitación.

– ¿El apellido?

–No me acuerdo ahora pero me imagino que no habrá muchos "Fabio" en el hotel.

–Espere que verifico –le respondió gentilmente la empleada.

–Sí, hay un solo Fabio hospedado en este momento y se encuentra en su habitación. ¿Quiere que lo llame?

–No, gracias. Voy yo. ¿En cuál habitación se encuentra?

–La 2114, piso veintiuno.

–Mil gracias, ¿puedo pedirle un último favor señorita?

–Claro señor, dígame –esbozó una sonrisa.

–Tengo otro amigo que debe haberse hospedado aquí y quiero darle una sorpresa. Quisiera saber si está en su habitación.

– ¿Cómo se llama? –preguntó cordial.

–Alexander –le profirió en voz baja.

Al oír ese nombre la mujer se inmovilizó antes de responder.

–A eso no puedo responder, lo siento.

Había recibido órdenes precisas de su superiora de no brindar ninguna información acerca de los tres italianos.

Entonces, pensando en Yordy y según su ejemplo, el hombre le hizo una propuesta.

–Está bien, disculpe la molestia y gracias por la amabilidad, quisiera ofrecerle un regalito para recompensarla. Es solo un amigo a quién quiero darle una sorpresa –intentó mostrarse de confianza.

Así, tratando de ostentar un aire de turista distinguido y acaudalado que no vacilaba en derrochar dinero, intentó sobornarla acercándose a ella y susurrándole: – ¿Está bien diez?

–No puedo aceptar señor.

– ¿Cincuenta? –insistió frente al rechazo de la primera oferta en el intento de corromperla.

–Le repito que no puedo. Tengo orden de no brindar informaciones. Pudiera tener serios problemas con mi trabajo.

Le dieron órdenes de no responder. Es él y aún está alojado aquí, pensó rápidamente el hombre.

Obtenida indirectamente la confirmación de que Alexander Keeric era huésped del hotel desistió.

–Tiene razón, no sabía que podía tener problemas, discúlpeme otra vez entonces –dijo a la joven empleada fingiéndose gentil y sensible al empleo de la joven.

Dio la espalda a la recepción y al lobby del hotel desapareciendo en pocos segundos y aguantando toda la cólera que tenía en el cuerpo. Por el momento no era urgente para él saber dónde y cuál era su habitación, pero le interesaba por lo menos tener la confirmación que aún era huésped de ese hotel. En efecto Keeric estaba alojado en la habitación 2141 en el piso veintiuno.

También Fabio, un sesentón italiano llegado a Cuba como turista que se encontraba en compañía de una joven mujer conocida en la playa en un viaje a la isla tres meses antes, se alojaba en una habitación en el piso veintiuno como Keeric y sus colaboradores.

Su habitación era la número 2114.

La sospecha del hombre de negro estaba confirmada: el distraído encargado de la seguridad del hotel al pagó a fin de que trabajara para él, había fracasado estúpidamente. Al colocar las microespías en las habitaciones se había confundido no en una, sino en las tres. A pesar de que sus problemas de dislexia y discalculia no eran tan marcados, sino solo descuidados, llegó a confundir toda la serie numérica: el número 2141 con el 2114, y a continuación el 2142 con el 2124 y el 2143 con el 2134, según suponía el hombre de negro.

El hombre no podía imaginar que fuera tan inadecuado para cumplir aquella simple operación y confundir las habitaciones del hotel donde trabajaba desde hacía seis meses.

Ahora se encontraba con cuatro microespías puestas en tres habitaciones de un hotel que podían ser descubiertas y mil dólares de menos en su presupuesto. Se encontraba a cambio con un personaje que era una peligrosa mina ambulante que con su informalidad podía comprometer toda su misión en cualquier momento.

Tenía que resolver todas estas cuestiones lo más pronto posible, pero primero debía encontrar al chico incumplidor.

– ¡Estúpido idiota! –una vez más exclamó hablando consigo mismo. Es un idiota redomado y yo más todavía por confiar en él.

No se perdonaba aquel error del que él mismo se sentía responsable por haber aceptado la sugerencia de cogerlo como informante y colaborador.

Apenas regresó a su automóvil activó el GPS para geolocalizarlo por el celular codificado que le había dejado en prestación y corrió a buscarlo.

Eran ya las 21:30 y el chico estaba saliendo de la casa de su nueva novia de mano con ella.

–Si el negocio con el gringo continuara, dejaré este maldito hotel –estaba explicando con énfasis a la chica en el momento en que el hombre que lo había localizado lo vio de lejos.

–Maldito estúpido ¡aquí estás!

El hombre no podía detener la ira hacia aquel chico que resultaba más inútil que un fabricante de hielo para un esquimal.

25. DON CANGREJO

Yordy había invitado a toda su compañía habitual al Don Cangrejo, un local nocturno al aire libre y de moda en Primera Avenida, en el residencial reparto Miramar. Esa noche quería gozar con los amigos y su novia, y asistir al concierto de uno de los grupos cubanos de reggaetón más en boga de los últimos años.

Viajaba con la novia y dos parejas de amigos desde el Cerro, un municipio central de la ciudad, en un auto americano de seis plazas de los años cincuenta, propiedad de uno de ellos en dirección a Miramar. El hombre estaba obligado a seguirlos a bordo de su coche a corta distancia, pues el GPS en el teléfono que había dejado al chico para comunicarse de forma segura y protegida no daba señales.

Ese incapaz no se llevó ni siquiera el móvil que le di, se lo habrá olvidado en casa de la novia. Es inútil, no pone una, pensó el cincuentón no sabiendo que el otro también era indisciplinado y bastante adverso a respetar las órdenes. De hecho más de una vez se arriesgó a perder el puesto de trabajo por estos motivos.

No obstante las indicaciones que le había impartido, entre las cuales estaba llevar el móvil siempre consigo hasta una contraorden, el joven narcisista lo había dejado deliberadamente en casa de la chica. Solo porque para él era un viejo teléfono que no valía la pena ostentar.

Parquearon cerca de la discoteca Don Cangrejo, muy frecuentada por turistas, cubanos acomodados y los cubanos residentes en el extranjero, y por las así llamadas jineteras, con o sin proxenetas, conocidos como chulos.

Afuera ya estaba una multitud de más de una centena de clientes llegados para asistir a uno de los eventos musicales del año.

El hombre paró su auto a unos metros antes, lejos del parqueador que había ayudado al amigo de Yordy a parquear.

La discoteca, preparada para el concierto de aquella noche, estaba ya cerrada "por capacidad". El hombre lo vio de lejos en la penumbra saludar a los encargados de la seguridad, colegas y amigos de Yordy, y entrar los seis como nuevos de paquete, convencidos de estar vestidos según el último estilo procedente de la Europa glamurosa. Todos parecían salidos de una revista de moda. Los machos estaban vestidos con jeans y camisas pegadas, Yordy con zapatos deportivos blancos y brillantes acabados de comprar, los otros con mocasines de gamuza, y las mujeres con tacones exagerados, blusitas escotadas y minifaldas sucintas.

Yordy había pensado en todo para esa noche. Había reservado una costosa mesa cerca de la tarima, gasto que nunca hubiera podido enfrentar sin aquel "botín" caído desde el cielo aquella mañana, más bien, de aquel gringo por haber hecho poco o casi nada.

Este dinero cayó perfecto, ese bobo de gringo llegó con el dinero en el momento justo, espero verlo pronto así desplumo todo el pollo, había pensado varias veces durante la jornada el chico materialista y aprovechador de muy poca vista larga.

El austero hombre, en traje negro y anónimo, desentonaba con la ropa brillante y coloreada de los clientes del local. Se quedó afuera esperando al joven vividor interesado nada más que en fiestas, música, alcohol, ropa de moda y mujeres, en una palabra la farándula como la llamaban los cubanos.

Conmigo acabó, decidió.

La noche se estaba poniendo como Yordan se había apresurado en planificar; aquella fue su única preocupación en todo el día.

No se daba cuenta que con aquel ritmo el dinero ganado no le hubiera alcanzado ni para dos semanas.

En el momento de más diversión fue interrumpido por una

llamada imprevista que recibió en su iPhone personal. Miró la pantalla: era el hombre para quién estaba trabajando secretamente desde hacía pocos días.

–Malditos jóvenes inútiles y derrochadores, están quemando en una escuálida noche todo nuestro dinero –se dijo el hombre pensando en la cantidad de dinero que le había dado en la mañana, arrepentido de haberlo hecho. Estaba derrochando descaradamente los últimos recursos que tenía en el presupuesto para aquel año.

Después alguien lo contactó por teléfono para comunicarle que de la delegación de los tres italianos solo dos habían regresado al hotel. De uno de los tres italianos espiados, Keeric, el principal, había temporalmente perdido las huellas, por lo que se enfadó más todavía perdiendo el control.

Decidió intervenir. Estaba preocupado de perder definitivamente los rastros del italiano que le serviría para lograr su "objetivo". Prefería perder la cobertura del empleado a arriesgarse a descubrir su red clandestina y toda su misión poniendo a todos en grave peligro.

Lo que habría sido un fracaso imperdonable y sería castigado y tal vez irremediablemente. Así que decidió correr el riesgo de llamar al teléfono personal del irresponsable y descuidado chico.

– ¡Contesta idiota! Contesta idiota o entro y te saco afuera por los pelos –exageró el hombre de negro.

De malas ganas el otro respondió al tercer intento; el hombre lo obligó a presentarse delante de la entrada sur de la Necrópolis de Cristóbal Colón, el más grande de los veintiún cementerios del país. El joven fornido inventó que tenía importantes diligencias, protestó a la insistencia del otro y casi lo insultó.

–Estoy con mi madre en el hospital –mintió sin vergüenza alejándose de la música y de los gritos de la muchedumbre.

El más anciano no tuvo vacilación y le dio una hora de tiempo para presentarse a la cita en el cementerio. Primero le prometió más dinero para convencerlo. Después, ya que esa técnica no le funcionaba en aquella circunstancia, impacientado por las mentiras del joven, lo amenazó que si no aparecía a la hora establecida jamás trabajaría para él.

Inconsciente e inexperto, el empleado de la seguridad del Hotel Tryp Habana Libre no sabía que el otro tuvo bajo control sus movimientos y su labor por medio del GPS y de una microespía instalada en el celular que le había dejado. No se dio cuenta que el hombre, desde el auto diplomático negro estacionado a pocas decenas de metros de la entrada de la discoteca, lo observaba salir imprecando, molesto. No tenía límites, ni respeto por los horarios y en el medio de aquella cantidad de cerveza y ron no mostraba ningún freno ni control.

26. CAMBIO DE PLANES

LA HABANA, NECRÓPOLIS DE CRISTÓBAL COLÓN, 23/10/2022, HORA 23:04

Algo en los planes del hombre no funcionó, él odiaba equivocarse y tampoco perdonaba los errores de los demás.

En lugar de estar atrás del dirigente de policía italiano y de los otros dos, se encontraba ocupado con el inútil empleado del hotel que se había arrepentido de haber contactado y encargado. Incluso se estaba arriesgando a perjudicar años de trabajo intenso y financiado por ingentes recursos financieros en el momento en que estaba cerca de lograr nuevos e importantes resultados.

Ahora debía remediar el error de haberlo hecho partícipe de su misión. Según su protocolo, de hecho, aunque el chico no fuera informado de nada, sabía de todos modos demasiado y para él había solo una manera para remediarlo.

Mientras tanto los tres italianos estaban cenando en casa de Eduardo, el ex colega y querido amigo de Alexander.

Con el apoyo y la complicidad de Eduardo, después de cenar Alexander decidió ausentarse y despedirse para ir a visitar y saludar a la bella Yadira que no veía desde hacía tres años.

Los tres se pusieron de acuerdo en que se encontrarían al día siguiente en el lobby del hotel a las 08:30 de la mañana.

–No te pierdas Alex, mañana a las 08:30 debemos estar ya operativos –le dijo Luca, en tono sarcástico aludiendo a la noche caliente y movida que se le podía presentar.

Con una mano sobre el hombro del colega y un guiño del ojo, los saludó y se desapareció por toda la noche.

A pocos kilómetros de distancia, mientras el concierto en la discoteca Don Cangrejo aún tenía que empezar, el encargado de la seguridad del hotel, que ya se sentía un héroe, tuvo que dejar a los amigos y a la novia actual bebiendo, fumando y bailando con su mesa reservada llena de botellas. Prometió que regresaría en menos de una hora.

–Tengo que ir a una cita rápida con mi nuevo "empleador" – dijo el joven. –Debo darle las gracias porque si no fuera por él no estaríamos aquí gozando en este momento. Un día se los presentaré. Él siempre anda apurado. Verán que vuelvo antes de que empiece el concierto –dijo a los otros, ingenuo, orgulloso y con cierto sentido de gratitud hacia el extranjero.

Cogió uno de los taxis afuera del local y llegó al cementerio. Se hizo dejar frente a la entrada oscura de la inmensa y monumental necrópolis en el centro de La Habana que a esa hora tenía que estar cerrada y desierta.

– ¡Amigo! –llamó en voz alta en el silencio del cementerio. Bajo los efectos del alcohol apenas reconoció al otro que apareció de improviso a pocos metros de él.

– ¡Sígueme! –mandó el hombre sin saludarlo. Lo empujó más allá de la gran verja de la entrada que había forzado poco antes y la cerró nuevamente a sus espaldas.

El otro ejecutó la orden siguiendo los pasos del hombre vestido de negro que se confundía con la oscuridad que los rodeaba mientras en su cabeza le parecía demasiado positiva la posibilidad de otra misión.

Tendría que estar con mis amigos en la fiesta y el concierto, y en cambio me encuentro en medio de la oscuridad y silencio de un cementerio, se dio cuenta no obstante la mente ebria por el alcohol.

Tanto para Yordy, como para su "empleador", algo no estaba funcionando como tenía que ser esa noche.

Llegados a la primera calle interior del kilométrico cementerio el más anciano, por pocos centímetros menos alto que el otro, paró, lo midió con la mirada y lo regañó.

–Has fracasado miserablemente.

El chico cubano se quedó sorprendido por aquellas palabras, inconsciente de haber cometido el grave error de haber confundido las habitaciones donde simplemente tenía que esconder las escuchas. Mientras lo miraba sin entender, el otro con un gesto repentino lo inmovilizó con un *taser* sin tampoco darle tiempo a pronunciar la última palabra. Yordan con su metro y noventa centímetros de alto y ciento dos kilos perdió temporalmente el conocimiento y se cayó en el piso contra el rudo pavimento, como una ramita. El extranjero con determinación lo haló y lo escondió entre dos nichos. El cementerio estaba cerrado y entre sus calles interiores no había nadie, no se veía tampoco ningún custodio.

–Así no te vanagloriarás de lo que no eres –dijo cínicamente agachándose sobre él y mirándolo fijo a los ojos antes de sacar del bolsillo interior de la chaqueta una jeringa. Con extrema familiaridad le inyectó en varias partes del cuerpo bolas de aire que en pocos segundos habrían llegado a los vasos sanguíneos formando émbolos letales.

Uno de estos llegó enseguida al cerebro provocándole un ictus casi fulminante. Otro émbolo a través de las coronarias llegó al corazón, paralizándolo y truncándole la vida en poco tiempo.

Allí terminó la joven existencia de Yordy y su carrera de agente secreto.

El hombre se puso los guantes y, sabiendo que el chico no se privaba de vicios, dejó en el piso, al lado del cuerpo ya exánime, un sobrecito abierto de cocaína. Le inyectó una parte del contenido de esa en las venas junto a una reducida cantidad de insulina la cual habría garantizado la muerte, antes de disolverse rápidamente en caso de que no se produjera la embolia.

La autopsia demostraría que murió de sobredosis de cocaína y el caso sería archivado, pensó con extrema lucidez el hombre que había planificado este final como plan B en el caso en que habría debido eliminarlo físicamente. Aplicó fríamente el plan como venganza por el malogro, intolerable para él.

La llegada de un ignaro custodio en las cercanías había obligado al asesino a abandonar el lugar del delito antes de poder registrar a la víctima. Solamente pudo sacar su iPhone a donde lo había llamado.

El primero en descubrir el cadáver del corpulento chico fue uno de los custodios del cementerio, a las seis de mañana siguiente y enseguida se puso en contacto con los otros custodios.

Juntos llamaron a la policía nacional para señalar el hallazgo del cuerpo, de la jeringa y del sobre de cocaína, todos convencidos de que se trataba de un drogadicto. No así los detectives llegados al lugar, conscientes de que la muerte por sobredosis de drogas en la isla era un acontecimiento más único que raro.

27. CAMARAS INTERNAS

La Habana, laboratorio farmacéutico Mundofam, 24/10/2022, hora 08:39, segundo día de interrogatorio al director Pablo Rodríguez Ferrer

Como la tarde anterior, todos estaban reunidos en la oficina de Rodríguez, ninguno excluido, para escuchar sus respuestas a las preguntas de los investigadores italianos.

–Díganos director. ¿Quiénes son los que participaron en la experimentación y han tenido acceso a las informaciones y al medicamento? –dijo esta vez el vice de Keeric.

–Solo un pequeño grupo de ocho colaboradores han participado en el proyecto CONTRAAN1 que va a ser comercializado. Por supuesto mi personal es casi completamente cubano. Algunos vienen del Centro de Investigaciones de Ingeniería Genética y Biotecnología del Polo Científico de La Habana y del Instituto de Medicina Tropical. Otros han sido estudiantes seleccionados para trabajar directamente en uno de los laboratorios de Mundofam, formados y supervisados por mí.

–Sin embargo tendremos que hablar con cada uno de ellos y hacerles algunas preguntas –lo avisó Keeric dirigiendo una mirada panorámica a todos los presentes en búsqueda de consentimiento.

–Ningún problema, todos se encuentran aquí en la sede central para llevar a cabo las últimas fases del protocolo antes de la definitiva comercialización del CONTRAAN1 que tendrá lugar en estos días.

–Todos excepto el venezolano, el único verdadero extranjero del equipo –intervino por primera vez uno de los agentes del DTI.

– ¿Y quién sería? –lo interrumpió enseguida el detective italiano sin perder tiempo.

Rodríguez tuvo un instante de duda y después respondió.

–Luis, un colega venezolano, el pobre. Falleció un mes atrás.

– ¿Un mes atrás? Apúntalo Oscar –dijo a su vice.

–Dígame, doctor Rodríguez, ¿usted lo conocía bien? – cuestionó el detective.

–Claro. Conozco a todos los colaboradores que participan en nuestros proyectos de investigación y desarrollo. Además frecuentemente me ocupo yo mismo de la selección del personal técnico. Pero Luis era también un querido y gran amigo, y no solo un colega. Nos conocimos desde la universidad. Éramos coetáneos y estudiamos juntos tanto en Venezuela como aquí en Cuba. En el último decenio hemos realizado misiones y proyectos en los respectivos países. Prácticamente crecimos juntos desde el punto de vista profesional.

– ¿Cuáles fueron las causas del fallecimiento? –quiso ahondar en el tema el detective italiano, interesado en el hecho que había fallecido poco antes que el suizo.

–Por causas naturales, un infarto fulminante. Lo sentí muchísimo, tenía mi edad pero él siempre estuvo en mejor forma y sin embargo se murió inesperadamente, como frecuentemente le pasa a los mejores. Siempre fue un gran deportista a diferencia mía, pero en los últimos tiempos lo noté afligido, atormentado. Imagínese que viéndolo en el féretro lo encontré con un mejor aspecto que el mostrado en los últimos días de su vida. Como liberado de un peso.

– ¿Y qué lo atormentaba?

Casi se arrepintió de haber mencionado su estado de ansiedad y las dificultades que vivió el amigo venezolano en los últimos meses, pero ya había hablado demasiado, y debía continuar.

–Nunca me lo dijo, cuando se lo preguntaba cambiaba de tema. Otras veces parecía que me quería decir algo, pero me liquidaba diciendo que un día me lo diría o que tal vez me daría cuenta solo. Al final no supe más nada y se llevó su misterio a la tumba.

– ¿No recuerda nada? ¿Usted como su amigo y médico no notó nada antes de su fallecimiento?

–Recuerdo solo que en los últimos tiempos sufría mucho. Un día insistí para que se abriera conmigo, como amigos, y me dijo que lo hubiera hecho solo después que el CONTRAAN1 fuera comercializado y vuelto un éxito.

Hizo una pausa por la emoción.

–Tengo que decir que es sobre todo gracias a él y a su colaborador que pudimos inventar un fármaco de tal importancia y envergadura. Un orgullo cubano, pero también venezolano.

Se arrepintió otra vez por hablar demasiado, esta vez por mencionar al colaborador del venezolano.

– ¿Entonces también el colaborador era parte de aquel proyecto, cómo lo define usted? –preguntó Keeric.

–Sí. Desde que Luis comenzó a sentirse estresado, deprimido y sin ánimo. Había perdido fuerza y energía, indicaba. Empezó a hacerse apoyar por ese chico, pero en lugar de mejorar sus condiciones psíquicas parecían empeorar. Me parecía víctima de una depresión aguda.

– ¿Y el colaborador donde está ahora?

–No sé –dijo el director como para cerrar el asunto–. Él trabajaba para Luis, estaba aquí en misión con él y desde que su jefe murió no lo he visto más. Imagino que haya vuelto a su país porque me sorprendí al no verlo tampoco en el entierro de Luis. Sé que tenía un gran talento, pero ahora no está aquí.

Pero Keeric continuó: – ¿A su país? ¿Pero no era cubano?

–Sí, era cubano por parte de madre y de sangre rusa por su padre.

Por poco el italo-griego se cae de la silla cuando oyó los orígenes del colaborador.

– ¿Cubano-ruso? –alzó el tono de voz sin querer, mirando alrededor en búsqueda de la atención, de sus colegas italianos.

– ¿Y cómo se llama? –el detective lo interrogó con mayor insistencia.

–Stepan y no sé qué… –respondió el interrogado, agitado.

–Necesitamos todos los datos a su disposición sobre esa persona –dijo a Rodríguez que se lo comunicó a su secretaria.

–Nosotros mientras tanto revisaremos las grabaciones de las cámaras de seguridad. He visto que hay unas cuantas instaladas

–le comunicó uno de los agentes del DTI ayudando a organizar las actividades de investigación que se ponían más intensas.

–Siento decepcionarlo pero casi todas las cámaras están fuera de servicio hace más de un mes por mantenimiento extraordinario o mejor dicho por su reemplazo –quiso precisar el director y responsable de la seguridad de toda la estructura.

Realmente las únicas cámaras en función eran las que vigilaban la entrada de la propiedad de Mundofam y las que miraban hacia la entrada del almacén de los productos refrigerados.

Un cuarto de hora después tocó a la puerta la secretaria del director con la carpeta del colaborador del venezolano que Rodríguez le había pedido por teléfono.

–Stepan Pedrov, nacido en San Petersburgo el 3/08/1979, pasaporte cubano y ruso –leyó Keeric en alta voz para que todos pudieran oír.

Luego sacó del bolsillo de su chaqueta una foto y se la enseñó al profesor.

– ¿Conoce a este hombre? –preguntó al científico que se fijó en la foto de reconocimiento por casi un minuto.

–Tengo que decir que tiene una fuerte semejanza con Stepan– dijo el científico para asombro suyo y de los otros presentes.

–La única diferencia es que Stepan llevaba siempre lentes muy gruesos y tenía barba, cabello rubio largo y piel más clara. Por eso lo llamaban "el ruso". Pero, mirándolo bien parece el mismo. En la foto se ve un poco más joven, bronceado y robusto, además del pelo rapado y la barba afeitada.

–Esta se remonta a cinco años atrás, tal vez por eso lo ve más joven.

–El mismo –se convenció el científico esforzándose por recordar observando bien la cara impresa en la foto.

– ¿Pero quién es verdaderamente?

–Es Igor Militov, un cubano-ruso conocido en Italia como "Igor el eslovaco", buscado en una decena de naciones europeas y por nosotros, en relación con el homicidio de su "adversario" Neuber.

–Sinceramente lo he oído mencionar en la radio, pero nunca

vi su foto en los periódicos o en la televisión.

–Parece que un elemento tan socialmente peligroso haya frecuentado y trabajado en su laboratorio y a su lado en un proyecto tan importante como el CONTRAAN1 –quiso remarcar el detective italiano.

–No es posible, no lo puedo creer –comentó el director.

–En cambio sí, al ver las imágenes parece el mismo.

–El parecía de todo menos peligroso, admito que era reservado y poco sociable, pero era también muy educado, un gran trabajador, respetuoso de las reglas y muy inteligente y perspicaz. No creo que un individuo así pueda ser el autor de un homicidio.

–El autor material –Keeric quiso precisar y al mismo tiempo dar a entender que el autor intelectual podía ser otro, nadie excluido, tampoco su interlocutor, el mismo director ahora bajo interrogatorio.

¿Y si Rodríguez fuera la mente e Igor la mano? ¿Y si las tensiones entre él y Neuber fueran de veras el móvil del homicidio? ¿Y si fueran implicados también los gobiernos cubano y ruso?

Las sospechas sobre Rodríguez se estaban multiplicando. Keeric percibió que el profesor escondía algo y sentía la necesidad de comprobar lo más pronto posible el nexo, si lo había, entre él, el cubano-ruso y las tres ámpulas de vacuna. Para eso necesitaba la ayuda de Eduardo.

Tengo que hablar con Edu mañana por la mañana pensó.

En el laboratorio de donde se suponía que habían sido sacados los frascos asesinos, los componentes de la *task force* de cubanos e italianos, constituida adrede para afrontar el curso de la pesquisa en la isla, continuaron sin interrupción las operaciones en la tarde.

Con los registros de los trabajadores, procedieron a examinar las imágenes filmadas de las cámaras activas retrocediendo hasta el primer día en que el cubano-ruso empezó a frecuentar el laboratorio.

No obstante las imágenes poco claras de las viejas cámaras que en efecto necesitaban ser sustituidas, las grabaciones no dejaban lugar a incertidumbres.

–Para mí es el mismo Igor, no hay dudas –se atrevió a decir de primero Oscar, el vice de Keeric.

Los otros también concordaron en que no quedaba espacio a dudas y que se trataba del buscado Igor Militov.

Solo Keeric, que había visto mil veces las imágenes grabadas del cubano-ruso moverse en el restaurante de Popovic, en el hotel, en el aeropuerto y cementerio de Zúrich, y por último en el aeropuerto de Fiumicino, aún tenía dudas.

La cara es la suya, de complexión parecida, solo un poco más flaco. El nombre Stepan debe ser otra de sus falsas identidades y las autoridades de media Europa ya lo saben y nos han confirmado que es un maestro del disfraz, se quedó meditando e intentando auto convencerse.

Hasta aquel momento el director Rodríguez, que con orgullo dirigía el laboratorio dotado de una propia cadena productiva interna que lo hacía equiparar a una fábrica farmacéutica en pequeña escala, no había expresado particulares signos de preocupación e inseguridad. Al contrario se mostró tranquilo y disponible, excepto cuando se habló del colaborador venezolano.

¿Qué esconde? se cuestionó Keeric.

Las últimas imágenes que visionaron fueron las más interesantes. Esas permitieron ver al cubano-ruso después del fin de su turno, cuando todos se habían ido, saludar al custodio. Después se le vio introducirse en el almacén donde estaban conservados a temperatura controlada los productos farmacéuticos destinados a la venta y dirigirse hacia la zona donde estaban almacenados los frascos de la vacuna CONTRAAN1.

– ¿Cómo anda, Gerardo? –Eran las palabras que, a través de las imágenes, se leían en los labios de Stepan mientras se dirigía al custodio.

–Tengo que controlar unas muestras –se entendía mientras le insinuaba una insólita sonrisa.

– ¿A esta hora?

–Sí. Debo terminar un trabajo importante.

Las cámaras internas lo vieron vagar en torno a la zona donde estaban almacenadas las piezas destinadas a la distribución en el mercado nacional y aquellas para la futura exportación, pero no estaba claro cuáles y cuántos frascos hubiese extraídos o intercambiado.

–Terminé definitivamente mi trabajó –parecía que había dicho de manera alusiva al custodio un par de minutos después mientras salía del almacén y se iba.

Bajo la mirada de Rodríguez concentrada en las imágenes, en apariencia inconsciente y asombrado, el investigador italiano, de acuerdo con los cubanos, decidió que por ese día las operaciones podían ser suspendidas y aplazadas para el día siguiente.

Las primeras investigaciones habían brindado ya algunos resultados, más allá de sus positivas expectativas. Alexander por lo tanto quería tener tiempo para poder analizar las posibles teorías del caso en privado con Eduardo, actualizándolo y exponiéndole los resultados de la investigación conseguidos en el laboratorio de su amigo. Pero sobre todo tenía necesidad de compartir con él frente a frente.

28. EN LA GALERIA DE LA CASA

PLAYA BARACOA (CUBA), 24/10/2022, VIVIENDA DEL EX OFICIAL DEL DTI Y AGENTE DE LOS SERVICIOS DE SEGURIDAD CUBANOS, EDUARDO MACHADO ORTEGA

Saliendo del laboratorio Alexander llamó a Eduardo. Sin darle explicaciones a nadie les pidió a los colegas que se fueran y que se verían de nuevo por la noche. Después llamó un taxi que lo llevó hasta la casa del amigo.

La casa de Eduardo se encontraba frente al mar en el litoral occidental de la capital.

En la galería de la casa ambos estaban sentados en dos mecedoras de madera perfectas para descansar. Eduardo tenía entre los dientes un Cohíba hecho a mano con las hojas superiores y más expuestas al sol de las plantas de tabaco cultivadas en las montañas de la vecina provincia de Pinar de Río.

Conversaban contemplando la puesta del sol en dirección a México, cada uno con su botella de cerveza en la mano y las otras en la mesita que los separaba, en espera de ser bebidas.

Compartir esos atardeceres con el amigo era agradable y relajante para Alexander. Le hacía despertar viejos y amenos recuerdos, pero en aquel momento tenía informaciones urgentes y delicadas de comunicarle para poderse relajar.

– ¿Cómo te va con Yadira? –le preguntó Eduardo en tono confidencial deseando no molestarlo, al contrario.

–Mis propósitos eran bastantes buenos… –dijo el italiano.

– ¿Pero? –lo anticipó el otro.

–Ella no me dijo nada, pero yo tengo razonables sospechas de que tiene un novio o un amante extranjero. Me parece haber entendido que se trata de un gringo, un americano o tal vez un inglés –lanzó una mirada al amigo para ver su reacción.

–No sé si es amor o interés, pero en este momento hay alguien en su vida y no puedo reprocharle nada. La culpa es mía; me quedé demasiado tiempo ausente –le confió mirando hacia la inmensidad del mar en contacto con las extensas y coloradas nubles tan bajitas que parecía poderlas tocar con las manos.

–Hermano, no hace falta que te diga que yo estoy acá, a disposición para cualquier ayuda si necesitas –ofreció su solidaridad de hombre y de amigo sobre todo.

–Ok, te lo agradezco, amigo –le dijo Alexander tratando de desplazar la atención y de concentrarse en el caso.

–Dejemos el chisme por ahora.

–Tienes razón. Háblame de lo que te trajo aquí –dijo Eduardo mientras su "tabaco habano" exhalaba un humo y un aroma particularmente intensos.

–Hemos descubierto que en el laboratorio Mundofam hasta hace poco más de un mes trabajaba un cubano-ruso, bajo el falso nombre de Stepan Pedrov –le reveló el italiano.

– ¿Stepan Pedrov? –repitió el cubano.

– ¿Te dice algo?

–Oí hablar a Rodríguez de él, pero no sé nada. ¿Y qué has descubierto?

–Dada las imágenes de las pocas cámaras instaladas y en servicio en el centro de investigación la identidad de este resultaría corresponder a la de Igor Militov.

– ¿El fugitivo por el homicidio de Neuber?

–Exacto. Quién lo envenenó con las ámpulas de CONTRA-AN1 –dijo Alex asintiendo al ritmo de la mecedora en movimiento.

–Debo admitir que esta vacuna se hizo famosa como arma usada contra el suizo, antes de serla como fármaco y solución a la devastadora epidemia de AN1 –comentó el cubano.

Alexander le destacó el detalle de que Igor había sido integrado en el programa de investigación contra el virus AN1 y traído por un venezolano íntimo colega de Rodríguez según lo declaró él mismo.

–Tuve la ocasión de conocerlo, antes por las descripciones de Pablo, y después en vivo –dijo enseguida Eduardo.

– ¿Qué clase de tipo era?

A esa pregunta Eduardo decidió contar la historia y las relaciones personales de Rodríguez con el venezolano.

–Pablo me había confesado que el amigo Luis había cambiado. Le parecía muy preocupado, inquieto, estresado y hasta deprimido sobre todo desde que empezó a frecuentar a ese colaborador.

– ¿Y crees que exista una componenda entre el venezolano y el homicidio de Neuber?

–Bueno. Si tampoco Pablo sabe nada de la relación entre el venezolano y el cubano-ruso –razonó Eduardo, –entonces Luis pudiera haberse llevado a la tumba algún secreto. Espero que no estuviese involucrado en el caso de Neuber.

–De verdad que desde la muerte de Neuber también Pablo se volvió particularmente inquieto, pero sé con seguridad que es inocente. Lo conozco demasiado bien y para mí es como un hermano.

–Mira Edu, yo vine a verte porque necesito hablarte de otro detalle, mucho más importante y que puede comprometer la posición de tu amigo Pablo –le confesó el comisario.

El otro no pronunció palabra quedándose a la espera de que el otro continuara, esperando no ser desmentido.

¿Y si de verdad estaba involucrado en algún asunto peliagudo más grande que él en el cual estaba implicado Luis y que no sabía salir de eso?

Esto era el interrogante recurrente del cubano en los últimos días. No obstante confiaba en su amigo de infancia, Pablo, por eso consideró apropiado avisarle apenas supo de la muerte de Neuber por causa de un hallazgo de su laboratorio y así lo hizo.

–Háblame de ese detalle por favor Alex… –preguntó y suspiró Eduardo Machado.

–Durante el interrogatorio Pablo dejó escapar que las ámpulas usadas para envenenar a Neuber eran tres. Y así se traicionó a solas porque solo yo y pocos colaboradores míos saben de este pormenor.

En búsqueda de alguna justificación plausible que por el

momento no le llegaba, el ex agente cubano puso en la mesita la botella de cerveza que tenía en la mano y se levantó. Aspiró lentamente el humo del habano y fijó el horizonte con la mirada, mientras el mar en la orilla se había ya retirado por la baja marea vespertina dejando el puesto a insectos que ganaban terreno.

–Tiene que haber una explicación –fueron las únicas palabras que le salieron de la boca.

– ¿Y si Rodríguez fuera la mente e Igor la mano?

–No me lo creo ni aunque lo vea. Lo sabría o me lo habría dado a entender –dijo Eduardo. –Es verdad que en los últimos tiempos estaba misterioso, pero tiene que haber un motivo válido y te lo demostraré. Te confieso que he visto una sola vez a ese colaborador. Le había dicho a Pablo que aquel individuo no me convencía mucho, pero él me respondió de una manera inusualmente grosera que no me preocupara, como para decirme que no me entrometiera.

–Lo lamento por ti y por tu amigo, porque su posición sigue empeorando hora tras hora –dijo Keeric manifestando su sincera preocupación.

–Hasta ahora todas las evidencias del asesinato de Neuber siguen convergiendo hacía la pista cubana o cubano-rusa, aunque no hallan pruebas directas a su cargo.

Concordaron que la cosa más útil era que al día siguiente, durante el interrogatorio a Rodríguez, Eduardo permaneciera en contacto con el laboratorio a través de una escucha.

–Mañana resolveremos esta situación –Keeric trató de consolar al amigo. En ese momento tocaron a la puerta de la casa de Eduardo. Eran los agentes de la policía cubana que trabajaban el caso de Yordan Peralta García hallado muerto en el cementerio de Colón.

29. LAS AMPULAS DEL DELITO

La Habana, 25/10/2022, laboratorio farmacéutico Mundofam, tercer día de interrogatorio al director Pablo Rodríguez Ferrer

Por tercer día consecutivo Keeric y el resto de la delegación italiana, cubana y de la Interpol se encontraron en el laboratorio Mundofam. El ambiente laboral se estaba haciendo día tras día más tenso por la presencia de los investigadores y de los representantes de Ministerio.

Primeramente Keeric ordenó a su vice ir con un representante del DTI y uno de la Interpol, como previamente se había concordado, a hacer el inventario físico de las ámpulas de la vacuna con la presencia y la ayuda de los colaboradores de Rodríguez. Entre tanto los otros se reunieron en la oficina de la dirección para continuar con el interrogatorio al profesor.

– ¿Quién tiene facultad de acceso al inmueble donde se producen y almacenan los bulbos? –preguntó uno de los agentes cubanos.

–Son accesibles solo mí y mis los colaboradores, y vigilados las veinticuatro horas por tres custodios que se alternan todos los días. Además todas las materias primas y los productos están registrados en la entrada y en la salida.

– ¡Bien! Tendremos que hablar también con los custodios además de examinar mejor las grabaciones de las cámaras para aclarar quién sustrajo, o mejor dicho, quién robó el fármaco. Háblenos ahora de las ámpulas CONTRAAN1. ¿Nunca han notado violaciones, faltantes, robos, sustracciones ilícitas o no autorizadas por usted? –cuestionó sin muchos preámbulos.

–Nunca he notado nada. La producción está repartida en lotes y cada producto está numerado y etiquetado como usted vio. Registramos lo que entra y sale, y todo está constantemente inventariado –dijo el doctor Rodríguez tratando de liquidar el tema con estas pocas palabras.

Lo que el director del centro de investigaciones Mundofam declaró acerca de la organización y la gestión de los productos era verdadero, pero no todo correspondía a la realidad de los hechos.

Omitió algunos elementos sabiendo que las probabilidades de ser descubierto eran altas. No estaba siendo sincero acerca del lote de la vacuna sobre la cual estaban investigando y por el cual los investigadores estaban ahí, en su oficina, interrogándolo.

En realidad el director, no se había dado cuenta de ninguna anomalía hasta que supo que la muerte de Neuber fue causada por una sobredosis de CONTRAAN1.

Aquel mismo día corrió a examinar las imágenes de las cámaras para ver y entender quién había robado los bulbos listos para la introducción en el mercado.

En la noche, a escondidas de todos, controló una por una las ámpulas de la vacuna comprobando que faltaban tres de ellas. No dijo nada a nadie porque sospechaba que atrás de aquella historia estaba involucrado, tal vez bajo chantaje o amenaza, el amigo venezolano y no quería que alguien enfangara su imagen y su reputación por mano suya.

Desde que se supo la noticia de la utilización de un fármaco de su producción para matar a un "adversario" suyo y que aquel evento podía generar graves repercusiones en el terreno económico, diplomático y político de su país, tuvo la tentación de revelar lo que había descubierto. Pero después tuvo miedo. Desistió a la espera de que fuera citado por las autoridades o, mejor, con la esperanza de que todo se resolviera sin ninguna implicación para su patria, para él y el venezolano. Él que todo el mundo pensaba que era un querido amigo, en realidad era su amante.

Para evitar insultos y prejuicios en la vida privada y profesional los dos, por decenios se sintieron obligados y lograron esconder su amor y encubrir el ser una pareja gay a todos los efectos.

Eduardo era entre las muy pocas personas con quién Rodríguez se había abierto, aunque ya antes había intuido que el venezolano era el novio del cual un día Rodríguez le había contado como un muchacho enamorado sin revelar su nombre.

Mientras todos estaban reunidos frente al profesor licenciado en farmacia, Keeric trató de provocarlo de la manera más delicada posible.

–Debo hacerle una pregunta importante. Espero que sea sincero si quiere que lo ayudemos a salir de esta historia.

El comisario italiano se dirigió al jefe del laboratorio que ahora parecía turbado.

– ¿Esta la conoce?

Le enseñó una de las ámpulas que trajo desde Italia en su momento llena de CONTRAAN1, el arma del delito no convencional.

Nunca imaginé que una creación realizada por el bien de la humanidad fuese usada por el hombre con el fin de destruir las especies animales y la suya propia. El ser humano se ha vuelto cada día más destructivo, la historia se repite y parece que nadie advierte el peligro que entraña.

Esta había sido la primera reflexión que Rodríguez tuvo al ver en persona su descubrimiento convertido en un arma mortal. De hecho no era la primera vez que un invento o un descubrimiento nacido sin fines negativos, fuese convertido por el hombre mismo en un arma peligrosa o de destrucción masiva. Sucedió por ejemplo con la pólvora antes y la fisión del átomo después para no andar demasiado atrás en el tiempo.

No obstante el aire acondicionado en la oficina, el doctor Rodríguez empezó a sudar y Alexander y los otros no pudieron dejar de percatarse de eso.

–Es un envase como muchos otros, intentó simular su inquietud de manera torpe evitando mirar el envase.

– ¿Y lo que queda de la etiqueta lo conoce?

–Déjeme ver bien por favor –pidió el otro tomando tiempo antes de responder.

–Esa ya me parece familiar. Sí, esa pudiera ser de nuestros

laboratorios –admitió viéndose en un callejón sin salida.

– ¿Dónde la encontró? –fingió no saber.

–Este es el frasco encontrado en el restaurante con el cual fue envenenado y asesinado el señor Neuber.

Todos en la oficina miraban el pequeño recipiente de vidrio y después al científico candidato al Premio Nobel.

–No lo puedo creer… –dijo sorprendido y resignado al mismo tiempo.

–Es así. Como la vacuna está producida solo aquí, ahora debemos verificar quién sacó los bulbos de este edificio, doctor Rodríguez. Y por tal objetivo nos hace falta su colaboración ante todo –Keeric le explicó tratando de ser persuasivo.

El rostro del director palideció comprendiendo que su posición de sospechoso se estaba poniendo progresivamente más frágil. Tomó valor y se quitó los viejos lentes de montura pesada para ponerse un par más ligero. Se acercó al comisario como para analizar mejor la que fue usada como arma letal contra quién desafortunadamente lo había designado como el enemigo número uno, declarándolo públicamente.

–Son los bulbos que usamos nosotros también –dijo tratando de animarse y mostrar una aparente actitud colaboradora ante el silencio de los presentes que se quedaron asombrados, sobre todo los cubanos.

No todos esperaban que pudiera ser aquella la respuesta. Ahora más que nunca, Keeric y Eduardo, querían conocer la procedencia y la verdadera historia de aquella ámpula.

El interrogatorio fue interrumpido por el arribo de Oscar y de los cubanos que lo acompañaban.

– ¿Pudieron identificar el lote? –preguntó Keeric al colega.

–Sí –dijo Oscar –pudimos llegar al lote de producción a pesar de la etiqueta arrancada a la mitad. Hubo problemas porque el registro de carga y descarga de los productos repartidos por categoría y tipología aún están en papel y no digitalizado.

El pequeño laboratorio-fábrica farmacéutico, una excelencia de la investigación científica cubana y orgullo del gobierno, era un "microbio" comparado con el mastodóntico coloso Neuber. No tenía ni siquiera un sistema informatizado de gestión de la producción y almacenamiento.

—Bien, Oscar. ¿Y qué cosa encontraron? —cuestionó Alexander.

—Algo raro.

—Explíquenos —lo incitó el jefe.

—Lo extraño es que todo parece en orden. Están todas las ámpulas, incluso el lote en cuestión. Parece que nada fue sustraído —dijo sin brindar alguna explicación racional, válida y convincente.

Keeric en aquel momento intuyó lo que sucedió. Decidió cambiar de táctica y ponerse más directo y menos vago en las preguntas para cerrar el círculo.

—Está bien... —dijo Keeric con una flema ejemplar después de un largo suspiro que no dejaba presagiar nada bueno.

—Doctor Rodríguez ¿Usted confiaba en su amigo venezolano?

—Ciegamente, más que en mí mismo —la respuesta del cubano fue seca y no dejaba espacio a réplicas.

— ¿Sabía de la verdadera identidad del cubano-ruso?

— Si lo hubiera sabido no hubiera pisado este edificio.

— ¿Nunca había visto las imágenes de Igor o Stepan — como prefiere llamarlo— robar las ámpulas de la vacuna y sustituirlas por otras?

—Me parece que... no tenía motivo —vaciló en responder el director que nunca había estado acostumbrado a mentir.

Para Rodríguez fue un tormento contar una mentira tras otra, como venía haciendo durante esos tres días de interrogatorio. Estuvo al borde de un colapso nervioso, entre medías verdades y muchas mentiras.

—Una última pregunta director. Veo que está fatigado y confundido. Le pido dejar una última declaración y después no le molestaré más —tratando de tranquilizarlo.

Keeric y Rodríguez parecían dos esgrimistas que se estaban enfrentando a golpes de preguntas y respuestas en rápida sucesión, como si fuera una final olímpica. El italiano, determinado a lograr el resultado deseado, se estaba preparando para la última estocada, el lance final para conocer la verdad acerca del robo de las ámpulas.

Keeric entonces miró a la psique y al punto débil del muy escrupuloso Pablo: el apego por la legalidad y la patria.

–Conteste sin olvidar que la verdad pudiera ser determinante para su país –dijo jugando finamente con la psicología del director.

–Bastardo, ¡nunca cambias! –dijo en voz alta Eduardo desde un automóvil parqueado fuera de la propiedad de Mundofam desde donde estaba escuchando a través de los micrófonos que su ex colega tenía escondido bajo la cómoda chaqueta.

Según los acuerdos tomados con el amigo italiano, ese día Eduardo seguía el interrogatorio, desde el interior de un coche parqueado cerca de la oficina, a través de escuchas.

Eduardo lo conocía muy bien y supo que habían llegado a la última etapa del duelo y que Keeric lo estaba haciendo retroceder hasta el límite. Al igual que el colega italiano, él también pudo reconstruir paso a paso el misterio de las ámpulas clandestinamente sacadas del laboratorio y llevadas hasta Italia para matar. Los otros investigadores vagaban aún en alta mar.

–Soy yo el que debe responder ante mi país por esta eventual irregularidad. Y sería un hecho grave –quiso aclarar el director que con sinceridad estaba a punto de admitir su responsabilidad consciente de la gravedad del acto.

– ¿Qué cosa esconde, señor Rodríguez? ¿Cómo sabe que los frascos de vacuna que envenenaron y le truncaron la vida a Neuber eran tres? –y con esta última pregunta infligió la estocada final y vencedora.

–Pido, por favor, hablar con un amigo, su ex colega Eduardo Machado, y que venga aquí –dijo dirigiéndose a Keeric, los hombres del DTI y de los servicios de seguridad cubanos.

Pasaron pocos segundos de esa petición cuando Eduardo irrumpió de improviso en la oficina.

Apenas Pablo lo vio se puso las manos en la cara y se echó a llorar como un niño arrepentido de haber hecho una travesura.

El amigo lo abrazó, lo llevó afuera de la oficina para darle de beber y después con calma lo exhortó a decir toda la verdad sin temores de cualquiera naturaleza que fueran.

– ¡Confía en mí! –le susurró al oído Eduardo confortándolo y animándolo a confesar.

No era la primera vez que Eduardo veía al amigo deprimido, pero no en tal estado. Desde que se había muerto Luis, el fiel amigo venezolano, lo vio privado de felicidad, débil y sin más deseos de vivir. Lo animaba solo la esperanza de lograr el anhelado y merecido premio Nobel. Y sobre todo lo tenía con vida la posibilidad de ver que su contribución científica podía dar salvación a la humanidad contra aquella tristemente célebre epidemia que sembraba muerte en los cinco continentes.

Fue necesaria más de media hora para que Eduardo pudiera calmar y tranquilizar al amigo. Al final Rodríguez se animó y los dos entraron de nuevo en la oficina, donde Eduardo tomó la palabra.

—El señor Rodríguez en este momento no está en condiciones de continuar respondiendo a las preguntas. Pero se compromete a dar todas las respuestas mañana y contar la versión completa de los hechos –dijo a los presentes que se miraron entre ellos y autorizaron a postergar las operaciones para el día siguiente.

30. EL VENEZOLANO

LA HABANA, 26/10/2022, LABORATORIO FARMACÉUTICO MUN-DOFAM, CUARTO DÍA DE INTERROGATORIO AL DIRECTOR PABLO RODRÍGUEZ FERRER

Al cuarto día de pesquisas estaban todos los que habían asistido al interrogatorio a cargo del director de la Mundofam en los encuentros antecedentes, incluso esta vez Eduardo Machado Ortega.

Rodríguez, alentado por Eduardo, encontró la fuerza y el valor de confesar sus culpas y los motivos que lo empujaron a esconder la verdad sobre la versión de los hechos. Como en su estilo, ante todo se excusó con todos los presentes, las instituciones y su patria.

El director se sentía como en un aula de tribunal. Prometió, bajo su propia responsabilidad, decir la verdad. Comenzó entonces su versión de los hechos, admitiendo su homosexualidad con el valor que hubiera querido tener desde que él y el venezolano se habían hecho amantes.

—Entre Luis y yo nació una fuerte relación amorosa en la época de la universidad, que mantuvimos clandestina. En esa época ser homosexual significaba vivir entre los prejuicios de la gente, marginado por la sociedad, ser excluido del trabajo y renunciar a nuestras carreras profesionales. Prácticamente nuestras vidas habrían sido dañadas para siempre, seríamos una vergüenza. Dos familias tradicionales y respetuosas de la fe católica como las nuestras nunca hubieran tolerado que fuéramos gay. Su rechazo era seguro, como le sucedió a un primo mío, y yo no quería que me pasara, al final él se suicidó. Por eso, para preservar nuestro amor, decidimos nunca revelar nuestra relación. Nos amábamos más que cualquier otra cosa de este mundo. Éramos solo nosotros y la investigación científica.

Describió la historia sentimental con lágrimas en los ojos, sea por la emoción, sea por la vergüenza de aquella confesión pública, pero sobre todo por la sensación de liberación.

Pensaba que nunca lograría declararse, en cambio pudo, y ahora se sentía más fuerte y una persona libre. Ahora podía declarar su amor abiertamente sin demora.

En el sofocante cuarto todos lo escuchaban en religioso silencio, concentrados y respetuosos de la condición en que se encontraba y del valor que demostró.

—Se lo agradezco por su honestidad. Yo considero que es suficiente. ¿Verdad Edu?

El oficial de la policía italiana trató de desviar la atención de los presentes inmersos en tal historia y de dirigirla hacia los temas verdaderos de la investigación.

Eduardo hizo un ademán de asentimiento con la cabeza y Keeric continuó.

—Ahora tiene la oportunidad de ayudar a su país más que nunca y de honrar su imagen. Cuéntenos todo lo que sabe acerca de la muerte del suizo —lo animó Keeric.

—Sé con seguridad que Luis estaba chantajeado y amenazado por Stepan o Igor. Nunca me dijo cómo se conocieron, ni quería hablar de ese problema para protegerme y no involucrarme. Pienso que en el medio estaba nuestra seguridad, así que su "prematuro" deceso nunca me ha convencido. Sabía que aquellas eran personas muy peligrosas.

— ¿Aquellos quién? —le dijo uno de los cubanos.

—Ojalá lo supiera. Luis no me decía nada. Lamentablemente no tengo ninguna idea de quién estaba detrás de Stepan —replicó Rodríguez.

—Para complacer su voluntad no pregunté más nada y para que no le afectara ningún riesgo nunca le dije que yo también fui víctima de chantajes y amenazas anónimas. Sé solo que él y yo estábamos obligados a hacer trabajar con nosotros al cubano-ruso.

El director tuvo que hacer una pausa para metabolizar todos

aquellos recuerdos malos.

–Un día no resistió más por el estado de depresión en que había caído a causa de las constantes amenazas psicológicas y me confesó algo. Me dijo que también lo chantajearon con que harían pública nuestra relación si no colaboraba con ellos y no estaban jugando.

– ¿Y por qué dedujo que hablaban en serio? –preguntó uno de los agentes de la Seguridad del Estado.

–Nos hicieron llegar fotos y videos de nosotros en momentos íntimos y en actos que hubieran comprometido para siempre nuestra existencia y nuestras carreras. Yo recibí una amenaza telefónica anónima que matarían a Luis si no colaboraba.

El doctor Rodríguez continuaba contando con los ojos aún húmedos y enrojecidos por las lágrimas.

–Luis nunca me lo quiso decir, pero pienso que las mismas amenazas las recibió él y que se sentía responsable de haberme involucrado en su historia. En los últimos tiempos vivía con complejo de culpa por este motivo. Su vida se había convertido en un infierno y a veces hasta trataba de evitarme. También la mía era un desastre, psicológicamente estaba afligido y renací el día que su colaborador se fue definitivamente.

El comisario italiano miró hacia Eduardo, que hizo un ademán de aprobación, y luego preguntó al director que declarara lo que él y el amigo cubano ya habían intuido desde el principio.

–Díganos una última cosa. ¿Nos confirma que después de haber sabido la causa de la muerte de Neuber fue buscando las ámpulas sustraídas y que ha restablecido el almacén agregando los tres bulbos faltantes?

–Confirmo. Pasé toda la noche para descubrir que tres bulbos habían sido sustraídos. Así me dispuse estúpidamente a remplazarlas para evitar, en caso de control, que el laboratorio fuese acusado injustamente, aunque ya era inevitable.

–Gracias, doctor Rodríguez –dijo Alexander– nos ha ayudado bastante y ha sido exhaustivo. En este momento Luis lo estará viendo desde el cielo y estoy seguro de que estará orgulloso de su valor al confesar. Ahora comprobaremos todo lo que nos declaró y si todo corresponde a la verdad, gracias a usted la imagen suya y de él nunca serán deshonradas.

–Juro sobre nuestro amor que he dicho toda la verdad. Si supiera algo más se lo habría dicho – apuntó sintiéndose con un peso menos en los hombros.

Ahora Alexander tenía algunas respuestas a sus preguntas que le permitieron dar un paso en el curso de la investigación.

Podía definitivamente excluir el delito pasional que implicaba al doctor Pablo Rodríguez Ferrer.

Además, el evidente y real deseo de conocer la verdad demostrada por las autoridades cubanas lo inducían a excluir la participación del gobierno cubano manteniendo las sospechas hacia los rusos.

–Por hoy hemos trabajado bastante. Avisa a los otros en Roma y comunica que pueden suspender las investigaciones a cargo de Popovic y que seguramente su posición será archivada antes de nuestro regreso –decretó con determinación el comisario dirigiéndose a Oscar.

31. SOSPECHAS DE SOBREDOSIS

La Habana, Unidad de Policía del Cerro, 24/10/2022, hora 7:39, el día del descubrimiento del cuerpo de Yordan Peralta García

Llegaron al cementerio los agentes de la policía cubana contactados por los custodios del cementerio acompañados por los forenses del Departamento de la Científica que según los primeros análisis constataron que el fallecimiento había ocurrido en la noche. A pocos centímetros del cuerpo exánime encontraron el sobre con el polvo blanco; los análisis químicos confirmaron que se trataba de cocaína, no obstante los investigadores cubanos estaban conscientes de que esa era una causa de fallecimiento muy rara en la isla.

Entre los efectos personales no encontraron su iPhone que la novia había declarado haberse llevando consigo.

Le hallaron arriba la billetera con una cantidad de dinero equivalente a casi mil dólares. Para un simple empleado de hotel estar en posesión de tal suma durante una noche con amigos era otro aspecto.

– Insólito es que le hayan robado el móvil y no todo este dinero. Yo excluiría la hipótesis del robo y también la de un intento mal terminado –declaró uno de los oficiales cubanos encargados del caso.

–Su cuerpo de más de cien kilos de músculos tampoco muestra signos visibles de agresión.

Además del dinero en la cartera los agentes hallaron un papelito donde estaba escrito a mano un número de teléfono canadiense.

Los agentes de policía consultaron e hicieron preguntas a los familiares del encargado a la seguridad del hotel Tryp Habana Libre, los amigos con los cuales pasó los últimos momentos y su novia que hizo declaraciones espontáneas.

Otro elemento sospechoso emergió de las respuestas y del cuento de la chica de Yordy.

La joven declaró que el novio todo entusiasta le había contado que ese día se había encontrado con un hombre; un anglófono de quién no se acordaba el nombre, que definía como su nuevo empresario. Había contravenido las órdenes del hombre de no decir absolutamente a nadie que se habían conocido y frecuentado, ni siquiera a su familia, pero él hizo exactamente lo contrario. Fue enseguida a contárselo a su nueva novia.

Ella ignoraba cual era el trabajo del cual le había hablado el novio porque le dijo solamente que eran tareas simples y bien remuneradas. La chica contó también que la noche del concierto al cual por ningún motivo Yordy hubiera renunciado, recibió una llamada urgente de aquel hombre y al ir a su encuentro dijo que regresaría en una hora.

No aguantó las lágrimas cuando dijo que se quedó la noche entera hasta la mañana en espera de él, hasta que fueron a buscarla los agentes que le dieron la noticia.

Se demostró sincera y colaboradora, dijo que lo amaba y que ahora quería hacer justicia, no creía en las hipótesis de sobredosis o suicidio.

Fue gracias a ella que la policía no decidió cerrar el caso a priori, concordando que existían demasiados elementos insólitos, y dejó resquicio a las pesquisas.

La policía hizo búsquedas a través de los datos telefónicos de la línea usada con el iPhone desaparecido. Del examen de los datos resultó una llamada entrante la noche del veintitrés de octubre a las 22:31 desde un número de una línea de celular protegida, enganchada a la misma celda del iPhone de Yordy.

Los familiares, amigos, colegas y todos aquellos que lo conocían no creían en la versión de la muerte de Yordy por sobredosis de drogas a esa hora en el cementerio cerrado al público. Era una versión inverosímil: nunca abandonaría la fiesta con los amigos y la novia, a la cual había prometido volver en un rato, para ir a un cementerio.

Las declaraciones adquiridas y todas aquellas anomalías no hacían creíble la hipótesis de suicidio. También indujeron a los investigadores cubanos a no catalogar el fallecimiento en un simple caso de sobredosis. Abrieron así un expediente de investigación por homicidio bastante vago y contra desconocidos.

En realidad un nombre lo había, y era aquel escrito del propio puño por el chico fallecido en el papelito que los investigadores cubanos descubrieron en los bolsillos de su pantalón, el nombre de Alexander Keeric.

Procedieron enseguida con la fase de adquisición de informaciones sobre ese nombre y ya después de un par de horas tenían un informe completo sobre el hombre de nacionalidad griego-italiana, dirigente de policía llegado a la isla hacía pocos días.

En la tarde comenzó la búsqueda física de Keeric y, ya en el atardecer, fue encontrado en casa del ex inspector del DTI, Eduardo Machado Ortega.

Eduardo, hablando con los agentes, supo que la víctima era empleado como encargado de la seguridad en el mismo hotel Tryp Habana Libre donde se alojaba Keeric con sus colaboradores italianos.

¿Por qué ese chico tenía un papelito con el nombre de Alexander Keeric? ¿Qué significa? ¿Qué hay atrás de eso? ¿Quién los mantuvo controlados? ¿Y eso qué tiene que ver con las investigaciones sobre la muerte de Neuber?

Estos fueron solo algunas de las interrogantes que se hicieron los dos compañeros que comenzaron elaborando hipótesis y reconstrucción de los hechos. Los agentes que trabajaban el caso de Yordy, se apresuraron en informar a los jefes del DTI, de los servicios de seguridad cubanos y del Interpol, las tres instituciones que estaban trabajando conjuntamente con la policía italiana.

Por órdenes de arriba, después de pocas horas Alexander fue despedido sin objeciones.

Los dos colegas tenían pocas dudas: la muerte de aquel chico debía estar seguramente relacionada con el caso Neuber. Por cierto, se acentuaban los misterios y los acontecimientos de la historia que estaban investigando.

32. BAJO LAS SABANAS

Alexander Keeric se encontraba en la casa de Yadira donde se habían citado.

Afuera el tiempo era variable. En aquel momento llovía a cántaros. La temporada de lluvias y de huracanes se estaba acabando, pero el choque entre el aire caliente y los frentes fríos aún originaban aguaceros de breve duración pero intensos como en ese momento.

Igualmente intensa fue la húmeda y caliente mañana en que Alex y Yadira amanecieron envueltos en las sábanas pese al bochorno que un antiguo ventilador colgado en la pared intentaba aminorar.

Después de las calientes efusiones ella empezó a hablar del futuro y de la relación, pretendiendo certidumbres.

Fue explícita sobre el deseo de una relación duradera, estable y no ocasional, pero Alexander le comunicó que se iría en pocos días porque estaba terminando su misión en Cuba.

Ella, con la cabeza apoyada sobre él —los dos acostados en la cama— le preguntó, por segunda vez y un poco menos discretamente, cómo andaba su misión y qué había descubierto, pregunta insólita para ella que nunca se mostró interesada en el asunto del "trabajo". Al contrario lo evitaba.

Él le repitió que se iría en pocos días porque su trabajo estaba a punto de terminar.

Después quiso ir "al grano".

– ¿Quién es el otro con quién estás ahora? –le preguntó como

171

para evaluar su grado de sinceridad, sin culpabilizarla, consciente que muchas culpas eran por causa de su ausencia.

No le dio tiempo de recibir una respuesta pues tocaron a la puerta. Era la policía cubana que lo buscaba.

Ella comenzó a fumar nerviosamente, temía ser confundida por una jinetera de las que se encontraban con facilidad en discotecas, en las playas, en las piscinas de los hoteles y hasta en la calle en busca de extranjeros, sobre todo por motivos económicos.

– ¿Señor Keeric? Sus documentos por favor –dijo uno de los tres agentes de policía en la puerta.

– ¿Que sucede? Soy el encargado de la policía italiana que está trabajando en un caso con el gobierno cubano, el DTI y los servicios de seguridad –le dijo mientras le enseñaba su pasaporte.

–Síganos, nos dijeron de llevarlo a la comisaría. Allá le darán todas las explicaciones –le explicó uno de ellos.

El investigador italiano cogió consigo todos sus efectos y saludó a Yadira con un beso en la cara aparentemente preocupado.

–Todo está bien, Nos vemos pronto – dijo a la desorientada Yadira.

Mientras bajaba las escaleras desde el segundo piso hasta la salida del edificio, escoltado por tres agentes, ya se había formado el gentío de curiosos.

A lo largo del estrecho callejón que separaba dos casas y que conducía a la calle principal, primero cruzó un par de ancianos curiosos, después un grupito de vecinos, entre ellos un hombre vestido de negro, el mismo que había matado a Yordan.

Desde que el auto de la patrulla se fue, el hombre subió corriendo hasta la casa de Yadira.

– ¿Qué pasó? ¿No habrás dicho algo? –comenzó a tironearla.

– ¿Dicho qué? –le dijo la chica sabiendo que era escuchada.

– ¿Hablaste con alguien de nuestro encuentro y de tu misión de controlar y adquirir informaciones sobre Keeric…?

La mujer lo estaba haciendo hablar acerca de la relación de espionaje entre ellos, pero él se interrumpió escamado.

Se conocieron pocos días atrás, antes de que Keeric llegara a

Cuba, y se habían encontrados pocas veces.

La primera vez la contactó cerca del mercado agropecuario donde ella había ido a comprar frutas y vegetales. La paró y le dijo que tenía que hablar de un tema que podía interesarle. Para lograr su colaboración el hombre, un agente de alto grado del Secret Inteligence Service inglés, también conocido como SIS o MI6, le ofreció tres veces la suma de dinero que había dado a Yordy. Además le prometió permitirle viajar y la posibilidad de emigrar a Inglaterra.

Era el mismo hombre que había seguido al italiano desde que llegó al aeropuerto de La Habana.

Se llamaba Ted Becker, británico, trabajaba en el SIS desde hacía treinta años y hoy era un operativo entre los más calificados y respetados dentro de su propia agencia de pertenencia. Estaba especializado en operaciones clandestinas y bajo cobertura para misiones en la América del Centro y del Sur donde había efectuado decenas de misiones secretas obteniendo una serie de excelentes resultados. Detestaba fallar, no le sucedía casi nunca y por eso el SIS ponía mucha confianza en él.

Ni los cubanos que lo tenían bajo control desde hacía pocas horas, sospechoso de haber tenido contactos con el encargado de la seguridad del hotel Tryp Habana Libre y del deceso de este, ni Keeric, tenían la mínima idea de cuales fueran los verdaderos motivos que lo habían traído a la isla una decena de días atrás. Oficialmente había llegado como chofer de las autoridades diplomáticas de la embajada sudafricana. En realidad se dedicaba a vigilar e investigar sobre Rodríguez y su laboratorio, y después también a Keeric y sus colaboradores desde que llegaron a Cuba.

Fue una vecina de casa de la novia de Yordy, la anciana señora en silla de ruedas, quién lo reconoció y lo describió a él y su auto. Creía que era realmente un chofer con un elegante uniforme negro que le quedaba perfectamente. Declaró a la policía haberlo visto desde la ventana de su casa donde pasaba las jornadas mirando a la gente. Dijo que lo vio introducirse en la casa vacía de la vecina y salir después de ni siquiera cinco minutos. Con sus problemas de locomoción no tuvo ni la posibilidad de avisarle a los dueños.

Pocas horas después de aquel hecho, la novia confirmó a los investigadores el robo en su casa del celular que había dejado Yordy, que era un regalo de su nuevo "empleador", le había dicho su novio.

Nadie en la isla había descubierto quién era y qué quería. La contrainteligencia cubana sospechaba que tuviera conexión con los servicios secretos ingleses y que fuera el autor material de la muerte del joven Yordy.

Ignoraban los motivos de su presencia. No sabían que la actual misión, por la cual los aparatos de seguridad inglés lo habían encargado y enviado a Cuba, era la de vigilar y señalar supuestas actividades de experimentación y realización de armas biológicas de exterminio masivo por fines militares.

Todo nació poco más de un mes antes. Después de la muerte de Neuber, el SIS fue contactado por una fuente que lo alertaba acerca de sospechosas actividades de investigación y experimentación por parte de un equipo de científicos cubanos encabezado por el director Rodríguez. La fuente acusaba también a los rusos de apoyar a los cubanos con el fin de producir potentes hallazgos químicos capaces de amenazar potencias como Estados Unidos, Francia y el mismo Reino Unido.

Esas sospechas, incluso la pista cubana enlazada a la rusa, estaban favorecidas por la presencia del joven investigador cubano-ruso en el laboratorio, y por las detalladas informaciones sobre la empresa cubana Mundofam brindadas por la fuente. Y para terminar se agregó la presunta implicación de dicho laboratorio en el envenenamiento del suizo que empeoró la imagen y agravó la posición del laboratorio.

Hablando con Yadira en su casa, algo no le cuadró al elegante hombre vestido de negro, sin añadir nada abandonó la conversación y se dirigió rápidamente hacia la puerta de la casa, nervioso. Bajó las escaleras dos escalones a la vez y recorrió el estrecho callejón de la casa colonial hasta que de atrás de una de las numerosas columnas apareció Keeric que lo bloqueó.

El agente Ted Becker fue cogido de sorpresa y no tuvo ni siquiera el tiempo de intentar una fuga, ya que al momento llegaron los refuerzos de los tres agentes que había visto poco antes, Eduardo y otros dos hombres de los aparatos de seguridad cubanos.

Aquella mañana había caído en la trampa urdida por la policía cubana en casa de Yadira a partir de la idea de Keeric.

Ted, ignorando que era escuchado por las autoridades italianas y cubanas a través de las escuchas que había instalado con anterioridad, se autodenunció confesando, sin saber lo suficiente, por lo que fue acusado de espionaje. Estaba convencido de que solo él conocía de las escuchas que estaban en casa de Yadira, que él había colocado con el objetivo de que ella, con su influencia hiciera hablar a Keeric.

Ahora, aquella farsa había invertido las posiciones poniendo al inglés "contra la pared".

El agente británico fue conducido a una oficina secreta de los servicios de seguridad cubanos donde ya habían sido recolectados todos sus instrumentos de espionaje encontrados por los agentes cubanos de la contrainteligencia.

33. ESPIONAJE INDUSTRIAL

LA HABANA, BASE SECRETA DE LOS SERVICIOS DE SEGURIDAD CUBANOS, 28/10/2022, HORA 10:15

Los servicios de inteligencia cubanos autorizaron al comisario italiano acceder a la oficina secreta, preparada para el interrogatorio del extranjero Ted Becker. El hombre tenía doble pasaporte, inglés y sudafricano. Fue declarado espía al servicio de la agencia de información y de seguridad nacional inglesa bajo cobertura en misión secreta en el territorio cubano.

–Señor Becker, usted no se encuentra en una buena posición. Es culpable de amenazas y de injerencia en los asuntos internos cubanos. Le comunico que está arrestado, con las acusaciones de espionaje en campo económico, comercial e industrial en el territorio nacional cubano y de asesinato de uno de nuestros ciudadanos, acusaciones muy graves – formuló un oficial cubano.

El hombre negó cada conexión con cualquiera agencia de información y seguridad así como la acusación de homicidio. Luego los cubanos le pusieron "bajo sus ojos" pruebas incontestables de su implicación con aparatos de seguridad extranjeros, especialmente británicos, de los cuales no pudo sustraerse.

A través de las búsquedas y registros efectuados en las últimas horas después del arresto de Ted Becker emergió un "arsenal" de instrumentos y herramientas útiles para operaciones de espionaje. Encontraron escuchas, microcámaras y micrófonos varios, localizadores GPS, celulares codificados, cámaras profesionales, memorias USB, instrumentos de recuperación de datos informáticos cancelados etcétera. Había nada menos que un *taser,* un puñal y una pistola con silenciador y municiones.

Todo este material comprometedor encontrado en la casa donde estaba alojado, en la de Yadira, en el coche que estaba usando y en las habitaciones del piso veintiuno del hotel Tryp Habana Libre confirmaban las acusaciones de espionaje a cargo del inglés.

Para las autoridades cubanas no quedaban dudas. Todo eso fue juzgado como una serie de evidencias disponibles que eran la base del marco acusatorio hacia su participación en las actividades de espionaje contra el Estado cubano.

En la residencia donde estaba alojado encontraron el móvil con la SIM canadiense protegida, que había brindado a Yordy, como fue reconocido y confirmado por la novia y por el examen de las huellas digitales del chico en el teléfono.

Además, en consecuencia de las búsquedas de los investigadores cubanos estaban emergiendo fotos, videos, intercepciones de radio y telefónicas. Pero sobre todo emergió material informático relacionado con las actividades de espionaje hacia el doctor Rodríguez, el científico cubano-ruso y el mismo Keeric.

En un callejón sin salida, a causa de las evidencias descubiertas, el hombre se mostró tenaz en defensa de él y su empleador. No admitió trabajar para el Secret Intelligence Service ni para otras organizaciones similares, pero tampoco desmintió su pertenencia y su colaboración. Contó que era solo un detective privado, contactado por un cliente anónimo. Declaró trabajar por cuenta de ese mismo cliente admitiendo haber recibido algunas remuneraciones procedentes de instituciones financieras *off shore* en paraísos fiscales en localidades exóticas, en Liechtenstein, Montecarlo y Suiza.

Actuó según lo que había sido establecido por el SIS en caso de que su cobertura fuera descubierta.

Ted Becker mezclaba elementos de verdad con pura fantasía en el intento de despistar a los investigadores italianos y a los agentes de los servicios de seguridad cubanos.

Fue puesto bajo presión y a una dura prueba por los cubanos con la coparticipación del italiano. El acusado pidió enseguida ser asistido por el embajador británico, petición que le negaron por motivos de seguridad nacional hasta que no hubiese respondido a algunas preguntas específicas.

Por lo que no tuvo otra solución que conceder las primeras respuestas y dar pocas declaraciones.

–Estaba pagado para controlar al científico cubano-ruso. Yo estaba atrás de sus huellas para verificar si era en favor de los cubanos o si hacía el doble juego y si era el asesino de Neuber Olivier.

– ¿Y qué descubrió sobre él? –preguntó uno de los agentes cubanos.

–Igor Militov es un experto en cambiar de identidad y muy hábil en el arte del disfraz.

–Si no es del MI6. ¿Para quién trabajaría entonces?

–Yo nunca he conocido mi empleador, pienso que sea europeo, pero a mí no me interesaba saberlo, no era mi tarea. Ahora llámenme mercenario si quieren.

El interrogado por un largo rato se justificó, tratando de atenuar sus responsabilidades al mero control de una persona y no a la actividad de espionaje económico-comercial y el militar.

Keeric no estaba convencido de las palabras del agente británico bajo cobertura.

Era cierto que la fuente que informó el SIS le era desconocida, como era verdad que la misma había hecho transferencias de dinero en una cuenta personal panameña de Ted Becker como garantía de lo que este comunicaba.

Para los jefes del servicio de información y defensa nacional ingleses, que conocían la fuente, esta tendría su topo adentro de Mundofam.

La misión real de Becker por el SIS y el gobierno británico era la de descubrir y desactivar la supuesta célula cubana de experimentación y fabricación de hallazgos bioquímicos de exterminio masivo contra los países anglosajones.

La fuente, de hecho, en ocasión del asesinato de Neuber, informó a los jefes del SIS acerca de planes secretos de cubanos y rusos para la producción de armas bacteriológicas de última generación. El fin era amenazar y si fuese necesario atacar países como los Estados Unidos e Inglaterra. La misma fuente comunicó además que en el proyecto participaban también el ruso Igor Militov y el venezolano Luis Dante Álvarez.

Detrás del impulso de esa fuente hasta entonces confiable, el SIS se convenció de que los cubanos querían manipular el mercado farmacéutico y crear armas biológicas y químicas. De este modo se justificaba el homicidio de Neuber, máximo exponente del sector y siendo notorio su público conflicto con el doctor Rodríguez.

Los jefes del Secret Intelligence Service habían adquirido suficientes informaciones y temían seriamente un ataque biológico.

La confirmación de que el asesino de Neuber fue Igor Militov, el cual resultaba haber trabajado en el laboratorio dirigido por Rodríguez, añadió credibilidad a aquella versión.

De esta manera estaba completado el escenario que la fuente quería hacer creer al SIS y al gobierno británico: el complot cubano-ruso contra naciones hostiles.

En efecto todas las huellas y los descubrimientos hechos convergían hacia aquella maquinación. Por eso Ted Becker había sido encargado por sus jefes de seguir el desarrollo de la investigación en el laboratorio, teniendo bajo control al mismo Keeric.

Para esta compleja misión el SIS había confiado en uno de sus operativos más importantes, con el objetivo de descubrir el complot cubano-ruso.

Los servicios de espionaje ingleses sabían solo que Igor Militov en el pasado fue un militar de las fuerzas especiales de la armada rusa y ex legionario de la Legión francesa. Según sus informaciones militó como agente secreto entre los rangos del KGB.

No sabían que en realidad el sicario Igor Militov era un infiltrado mercenario al servicio de Olivier para informarle sobre las actividades de su enemigo cubano. Era uno de sus hombres seleccionados por el suizo personalmente. Uno de los que trabajaban donde los principales competidores, con el objetivo de vigilar, informar, relatar y delatar periódicamente sobre la obra de ellos.

Los investigadores cubanos insistieron para que Ted Becker revelara el nombre de la fuente que había mencionado. Trataron también de convencerlo de que el gobierno cubano estaba ajeno a las imaginarias actividades de experimentación bioquímica con fines bélicos. Trataron de demostrarle que eran acusaciones fabricadas ad hoc e infundadas, así como el presunto involucramiento de ellos en el homicidio de Neuber. Él no cedió a las presiones.

El espía inglés, como sus superiores, no creía en las palabras de los cubanos. Seguía convencido de los planes militares de ellos con medios químicos.

En los días siguientes el británico fue sometido a ulteriores interrogatorios. Del otro lado del Océano Atlántico y del estrecho de la Florida no llegaba ninguna señal de colaboración, así que fue puesto en arresto a la espera de ser procesado por el Tribunal Supremo Militar de la República de Cuba.

Al final de los interrogatorios le fueron notificadas las graves acusaciones de actividad de espionaje internacional en el territorio nacional cubano y del asesinato del joven Yordan Peralta García, conocido como "Yordy".

34. VUELO DE REGRESO

Había trascurrido ya más de una semana de su llegada a Cuba y ahora el jefe de la policía italiana y sus dos colaboradores tenían el vuelo de regreso a Italia reservado para el treinta y uno de octubre.

Con ellos se había agregado el ex jefe del DTI y ex agente de los servicios de inteligencia cubana, Eduardo Machado Ortega, entusiasta de participar en las actividades de investigación al lado de Keeric. Su tarea ahora era capturar y llevar a la justicia al inescrupuloso Igor Militov y obligarlo a confesar el móvil y a su empleador en el homicidio de Olivier Neuber.

Alexander y Yadira habían pasado la última noche que les quedaba, antes de la partida de él, en la habitación doble del piso veintiuno del céntrico hotel donde se alojaba el comisario.

La melancolía por la despedida se apoderó de ellos. Habían vuelto a una perfecta sintonía, entre los dos había renacido el *feeling* de otros tiempos.

—Sabía que ibas a venir —le confesó ella.

Abandonados los discursos y los sentimientos de tristeza por la nueva separación física obligada, Yadira mencionó que sabía que él estaba llegando a Cuba aún antes que saliera de Italia y que por eso estaba ansiosa de recibir su visita.

— ¿Y cómo lo sabías? —fingió no saber.

—Me lo dijo el inglés.

—Por mí y por tu país tuviste que renunciar a un buen contrato de trabajo con el inglés —ironizó Alexander.

–Por ti y por mi país hago eso y más. Te recuerdo solamente que me dejaste abandonada, la última vez me mentiste diciendo que habías ido a México y en cambio estabas aquí –le dijo con una vena polémica.

–Lo hice por motivos de trabajo y de seguridad.

–De todos modos, es bueno que sepas que esta vez si no hubieses ido a buscarme, yo no habría venido.

Ella lo miró a los ojos, esperando captar en su rostro el efecto que esas palabras producían.

–Gracias por esta manifestación de amor –desdramatizó en un intento de frustrar cada intento de penetración en su corazón.

Esta vez era diferente a las anteriores, lo sabían ambos, así que Yadira no le dio importancia a la provocación.

–Sí, pero tu amor no me da comida, ni ropa, como el dinero que el gringo me regaló y que estaba dispuesto a darme por sus misiones. Al menos podían dejármelo, era para mí. En mi vida nunca había visto tanta plata de una vez.

–Yo me ocuparé de ti, no te faltará nada, confía en mí.

– ¿Cómo la última vez que me quedé esperándote en el aeropuerto, me prometiste que llegabas y nunca lo hiciste? –dijo mientras lo abrazaba frente a la amplia ventana desde donde contemplaban el panorama de la capital y del mar que separaba la isla del continente americano. Era un marco ideal para una pareja de enamorados.

– ¿Habrías renunciado a mí por dinero? ¿O trabajado contra mí?

–Seguro que no, mi corazón, pero estaba ya soñando con estar en una playa de Miami, en el piso cien de un rascacielos de Nueva York o delante del Buckingham Palace –dijo bromeando. Los dos se echaron a reír abrazándose más fuerte y comenzaron a besarse hasta unirse con pasión por enésima vez en los últimos dos días.

Más tarde en la sala de salidas del aeropuerto habanero atestada de gente estaban los tres miembros de la delegación de la policía italiana con el miembro agregado, Eduardo. Estaban listos para viajar con destino a la "bota itálica", como Eduardo amaba definir banalmente la península italiana.

Para Alex y Yadira las horas antes de la despedida eran momentos de angustia.

Ellos se distinguían de la mayoría de las parejas mixtas entre extranjeros y cubanos allí presentes. A diferencia de aquellos, "enamorados" solo en apariencia y unidos solo por intereses económicos de un lado y por atracción física del otro, lo de ellos era verdadero y recíproco amor. El beso con el cual se despidieron era revelador.

–Volveré pronto para llevarte definitivamente a Italia conmigo.

Con sinceridad, le prometió lo que ella soñó todo el tiempo que estuvieron separados.

– ¡¿Y esta es una manifestación de amor?! –imitando las palabras de él en la mañana en la habitación del hotel.

Ella solo tuvo la fuerza de pronunciar esas palabras, con su indefectible buen humor. Luego, la emoción la inundó y ganó la resistencia de su carácter que contrastaba con la delicadeza de su rostro veinteañero insólitamente surcado por cálidas lágrimas de felicidad.

Acompañados por las autoridades locales, esta vez el vínculo entre cubanos e italianos no era frío y desconfiado como al principio, sino mucho más cálido y de confianza. Los cubanos les dieron las gracias nuevamente por el trabajo desempeñado y por la ayuda al disculparlos de las acusaciones procedentes de medio mundo. Les prometieron a Keeric que podía entrar, quedarse y salir del país cuando y como quisiera.

Esperaron dos horas más en la última sala de embarque accesible solo a los pasajeros antes de que la aeronave despegara, horas que Keeric hubiera preferido pasar con su amada y durante las cuales no dejó de pensar en ella ni por un momento.

TERCERA PARTE

35. MUCHAS INCÓGNITAS

Después de un día de merecido descanso, necesario para eliminar los efectos del *jet lag* entre el Caribe y Europa, Keeric, Eduardo y sus colegas volvieron a trabajar en el caso Neuber.

Dejaron a Ted Becker en mano de las autoridades cubanas con la esperanza de que pudieran de alguna manera obtener o "sacar" el nombre de la fuente mencionada por él, para que eso aportara una importante contribución a las investigaciones.

Pasaron varios días pero las investigaciones y las búsquedas del peligroso criminal ruso Igor Militov no dieron los resultados esperados.

La policía italiana recibía informes de su trayectoria desde Italia, Suiza, Francia, Bélgica, Austria, pero ninguna era fiable, y de todos modos ninguna ofrecía resultados concretos. Aquel punto muerto comenzaba a decepcionar a Keeric y a su equipo con las primeras señales de resignación.

Keeric se concentró en examinar los posibles escenarios y motivos que podían haber inducido al asesinato del magnate suizo, pero no obtuvo respuestas. Era consciente de que le faltaba un elemento fundamental. Había algo omitido o ignorado, que no lograban o no podían encontrar, o peor, un secreto que Neuber se llevó consigo a ultratumba como hizo el investigador venezolano, Luis.

¿Quién era la mente enferma de ese delito? ¿Quién podía acercarse a tal delincuente, fugitivo desde hace años y buscado por varios países, para beneficiarse de sus "servicios"? ¿Quién tenía la influencia o la disponibilidad económica para usar un

185

arma tan insólita y simbólica como aquella vacuna? ¿Quién podía asumir el riesgo y los costos de un acto delictivo de tan difícil realización?

Estas eran las preguntas que continuaba haciéndose el detective de la policía italiana en todo aquel tiempo, desde que descubrieron la causa de la muerte del multimillonario suizo.

Ese día evaluó por enésima vez los diferentes escenarios e hipotéticos móviles del delito.

En todo aquel período después de varios razonamientos Keeric llegó a la conclusión de que el responsable intelectual debía ser alguien muy cercano a Olivier o partícipe de algún secreto que se había llevado a la tumba.

Convino que, debido a la investigación hasta allí desarrollada, no emergieron condiciones tales para tener en consideración motivos económico-patrimoniales enlazados con la herencia de su imperio.

Arrinconó la teoría marcada en los motivos económico-financieros en la esfera de los operadores en su campo y sobre todo de los competidores.

Excluyó *tout court* los motivos políticos y sociales; así como la hipótesis pasional en el ámbito extraconyugal, por la incompatibilidad entre las maneras de ejecución del asesinato y las características del gesto mismo, demasiado excéntrico y arriesgado para el logro del delito.

Más bien lo hubieran matado lejos de testigos, consideró.

Le quedaba solo el campo laboral, la rivalidad con el director Rodríguez y los cubanos.

Según las investigaciones conducidas por los colegas mientras él se encontraba del otro lado del océano no se destacó ningún elemento digno de profundización.

Sin embargo quisieron hacerlo morir públicamente, delante de los ojos de medio mundo, como si fuera una ejecución en una plaza pública, un patíbulo.

Su reflexión lo llevó a la conclusión de que la forma en que fue asesinado simbolizaba una venganza o algo similar. Parecía un ejemplar castigo fatal, elaborado en los mínimos detalles, complejo y tramado sin escatimar en gastos ni riesgos.

¿Y si se tratara de algún acaudalado cliente que él o algún ser querido sufrió algún daño por causa de un fármaco producido por las fábricas de Neuber?

Otras ideas no se le ocurrían y esa hasta ahora podía ser también una de las más acreditadas y compatibles con la muerte del industrial según el marco de la investigación hasta entonces delineado.

36. DOBLE IDENTIDAD

Paris, Aeropuerto Charles de Gaulle, 23/11/2022, hora 11:19.

Los noticieros de todo el mundo trasmitían la noticia de una explosión que sacudió la estructura de la Terminal 2 del aeropuerto Charles De Gaulle, en la periferia norte de la capital francesa.

La noticia había llegado a la oficina de Keeric. Enseguida pensó en un colapso estructural parecido al de 2004, cuando el derrumbe de una marquesina de alrededor de treinta metros había provocado seis víctimas y una decena de heridos a tan solo un año de su inauguración. El área aeroportuaria era la misma y similares eran los efectos provocados. Poco después llegaron actualizaciones en que se afirmaba que se trataba de una explosión sospechando un atentado de matriz islámica.

El estallido aconteció en pleno día, en uno de los momentos de mayor flujo de pasajeros, provocando la muerte de tres personas y heridas graves a otras diez, todos adultos.

El artefacto explosivo con detonador remoto había sido colocado en el interior de un maletín abandonado en el subterráneo de la metropolitana RER debajo de la Terminal 2. Enlazado con un dispositivo electrónico tipo tableta, encontrado en los aparcamientos, a pocas centenas de metros de la terminal.

La agresión de firma musulmana era uno de los temores más grandes de los franceses, habría sido la enésima tragedia en añadirse a la larga lista. Pero, mientras llegaban nuevas informaciones, iba desvaneciéndose también la hipótesis del acto terrorista pero sin ser sustituida por otras teorías.

Al siguiente día, cuando menos se lo esperaba, Keeric recibió una noticia que le despertó el interés por los hechos acontecidos en el aeropuerto de París.

Le comunicaron que la gendarmería francesa había identificado al responsable del destrozo, pero, desconocían aún las razones. Por ahora, lo que más interesaba al dirigente de la policía italiana era la confirmación de que el presunto autor del acto violento, según las imágenes grabadas por las cámaras de seguridad del aeropuerto y de la metropolitana, era atribuible a la persona de Igor Militov.

Las autoridades francesas no tenían dudas: se trataba del hombre sobre el cual gravaba la orden de captura internacional por el homicidio de Olivier Neuber. Divulgaron un aviso urgente a todas las autoridades nacionales e internacionales con la orden de potenciar de inmediato y con extrema atención y cautela los controles en las fronteras.

Nadie sabía que la explosión del artefacto no era nada más que una manera de Igor para que pudiera salir de Europa, con la menor cantidad de controles posibles, su hermano gemelo, Iván, el cubano-ruso que trabajó en el laboratorio de Rodríguez y del cual nadie conocía la existencia.

Del hermano gemelo circulaba una leyenda según la cual este había muerto durante el parto. Como en todas las leyendas, podía existir un fondo de verdad en medio de tantos elementos de pura fantasía, y sobre todo en aquel caso la naturaleza legendaria predominaba sobre la realidad.

–*Cuando el río suena es porque piedras trae.*

Este era el refrán que Eduardo solía repetir a propósito de este bochinche sobre la existencia del gemelo de Igor Militov.

En el caso del supuesto hermano gemelo la verdad histórica consistía en el hecho que los dos eran gemelos monocigóticos. El elemento de fantasía era el fallecimiento del hermano Iván en su nacimiento. En realidad este estaba "vivito y coleando", e idéntico a Igor solo físicamente.

Ninguno de los estados del "bloque" occidental y tampoco exsoviético, excepto los rusos, sabía o tenía la certeza de la existencia del hermano gemelo, Iván, que vivió siempre a la sombra de Igor y de los crueles crímenes de este.

Los dos pertenecían a un programa secreto, innatural y ambicioso de creación de agentes que tuvieran una copia idéntica, un doble para poder aprovechar la ventaja de la ubicuidad.

Igor fue preparado y entrenado en las mejores escuelas y academias de la URSS desde los primeros años de su vida, y después en Rusia con el fin de crear un especial hombre militar y agente de los servicios secretos. Iván había sido formado para ser un científico y sofisticado agente-sombra, agente-fantasma, sin identidad. Con el paso del tiempo, Igor, al contrario que Iván, se desveló como un elemento "desviado" e indomable mucho más de lo que los psiquiatras y psicólogos que los seleccionaron y siguieron desde niños pudieron imaginar.

La desorientación de Igor e Iván en el aeropuerto parisino fue exitosa. Mientras la bomba hizo temblar la terminal del aeropuerto, la atención general se desplazó hacia la zona donde ocurrió la explosión lejos de la puerta de salida donde estaba listo el avión que iba a coger el gemelo Iván. Este aprovechó la confusión y el terror difundido para pasar prácticamente tranquilo los controles de pasaportes. Viajaba con un falso pasaporte ucraniano. El traje elegante y un portafolio de cuero negro servían solo para conferirle un aspecto de *business man* previsible como los muchos que circulaban entre un aeropuerto y otro.

El suyo era uno de los últimos vuelos autorizados a despegar ese día.

Ahora Keeric pensaba erróneamente tener la certidumbre de que Igor se hallaba en Francia. Por lo que podría estrechar el círculo de las búsquedas haciendo potenciar los controles en las fronteras francesas con España, Italia, Suiza, Alemania, Bélgica, Córcega, Calais por el acceso al túnel de la Mancha, a los varios puertos y aeropuertos franceses.

El jefe de la policía tuvo que esperar solo un día para ser contactado por los colegas franceses con el fin de una inminente colaboración. Ya en la noche del día después de la explosión le llegó la solicitud de presentarse cuanto antes en la sede del Interpol y de la Policía de París para su participación urgente en importantes implicaciones relacionadas con el caso Neuber.

Alexander y Eduardo estaban listos para ir a la capital francesa. No podían esperar más tiempo. Keeric preguntó a las autoridades francesas la autorización a ser acompañado por el ex colega cubano que le fue otorgada enseguida.

El cubano, que había aceptado sin vacilación trabajar nuevamente con el amigo italiano como en los viejos tiempos, tenía dos objetivos: primero, ayudar al amigo Pablo Rodríguez en disculparlo de cualquiera acusación de complicidad y participación en el homicidio de Neuber; segundo, demostrar la falsedad de las acusaciones contra el doctor y el mismo gobierno cubano. Tales acusaciones, no solo estaban agudizando las tensiones con las naciones norteamericanas y europeas, sino estaban suscitando conmoción y contrariedad también entre los países amigos o ideológicamente cercanos a la isla.

37. COMPLOT INTERNACIONAL

Aquella tarde Elodie Laurin, la *charmante escort* francesa que participó en la fiesta en el yate de Neuber la noche entre el 8 y el 9 de enero de ese año, se encontraba en el gimnasio más selectivo y de moda de París. Como de costumbre se dedicaba a su perfecta forma física.

Mientras se entrenaba en uno de los *tapis roulant,* la pantalla del televisor frente a ella sintonizaba France24, canal informativo 24 por 24 dedicado a las noticias de actualidad. Se transmitían las imágenes relativas a la explosión ocurrida pocas horas antes en el aeropuerto Charles De Gaulle.

Miraba con distracción aquel desastre. Cuando en la pantalla apareció el rostro y el nombre del probable autor del estrago, un escalofrío le atravesó toda la columna vertebral. Perdió el equilibrio y cayó fuera del *tapis roulant* en el cual se estaba entrenando.

La joven escort miraba y escuchaba al periodista enviado al lugar del destrozo ocupado en describir al presunto responsable. Según las primeras informaciones difundidas por los *mass media,* primero el jefe de la Policía de París y después el ministro del Interior francés, declararon que se trataba del mismo hombre que asesinó al industrial suizo Olivier Neuber dos meses atrás.

Al oír el nombre del suizo oscuros recuerdos le vinieron a la mente, atormentándola. El primero era el viaje de regreso del mega yate hasta la tierra firme. Las palabras de los colaboradores de Olivier acerca del virus AN1, de la supremacía mundial de la Neuber S.A. y de la eliminación física de uno de sus colaboradores, aún le retumbaban en la cabeza. El segundo afectaba la noticia de la muerte del *tycoon* suizo y la foto de su presunto sicario, del cual se habían perdido las huellas. Y ahora había reaparecido suelto en Francia haciendo estallar una bomba en el medio del aeropuerto parisino que ella conocía perfectamente.

A partir de aquella noche ella, amante de la vida, se puso cada día más deprimida, insomne y anoréxica. Vivió los últimos meses consciente de saber "demasiado" para su joven edad y consciente del riesgo que enfrentó, si aquel día la hubiesen descubierto escuchando a escondidas.

Seguramente me habrían matado al momento esos locos criminales, rumiaba todavía.

Por una parte había querido denunciar lo que había escuchado en el *tender;* por otra parte estaba oprimida por el temor de hacerlo y ser descubierta. La dominaba el miedo a las consecuencias, sabiendo que eran hombres sin escrúpulos y capaces de eliminarla, como habían hecho con el científico italiano del cual había escuchado.

Habían pasados meses desde aquel maldito viaje y cada día se arrepentía de haber aceptado participar. Maldecía también el dinero y los diamantes que le habían regalado. Se despertaba más frecuentemente en el medio de la noche, a veces permanecía insomne. Estaba atormentada por el miedo, pero sobre todo por el peso y la responsabilidad de conocer aquellos locos y secretos planes. Si era cierto lo que habían dicho –y ella no tenía dudas que habían hablado en serio– aquel complot afectaba no a una sola persona o a una sola comunidad, sino a la población mundial.

Después de aquel día paulatinamente iba dándose cuenta de que la aparición del AN1, con su naturaleza pandémica, estaba confirmando la veracidad de las palabras que fue obligada a oír por pura casualidad.

Todos esos acontecimientos, y la confirmación de que los macabros proyectos de ellos se estaban cumpliendo, la estaban matando psicológica y físicamente. No dormía la noche por las pesadillas perennes y recurrentes y no comía casi nada. Llegó a pesar menos de cuarenta y cinco kilos.

Se sentía demasiado pequeña, minúscula delante de la enormidad de aquel descubrimiento. Estaba asustada por el convencimiento de que si hubiese denunciado sus planes esos delincuentes fácilmente habrían llegado a ella convirtiéndola en una de sus víctimas.

El egoísmo de proteger su propia vida predominaba sobre el interés colectivo, mejor dicho mundial, de tutelar su propia raza además de ella misma de un eventual contagio.

Tenía hasta miedo de que las autoridades no le creyeran y de pasar por loca, como le sucedió cuando se confió en vano con una amiga que no solo no le creyó, sino que la aconsejó visitar a un psicólogo.

Todo ese conjunto de sensaciones y pesadillas la hacían sentir aún más impotente y deprimida.

No tuvo dudas de asociar el virus AN1 con la invención a que se referían los dos hombres de aquella fatídica fiesta en el medio del mar caribeño.

Repudió incluso la opulenta recompensa que recibió de parte de esos hombres. Como para limpiar su propia conciencia por no haberlos denunciado, desde el principio se prodigó en entregarlo a entidades que se dedicaban a la investigación médica y farmacológica contra la epidemia provocada por el AN1.

Esas donaciones benéficas para ella eran el único gesto liberatorio, ilusionándose que fuese también resolutorio. Esperaba desesperadamente que su aporte, una gota de agua en el mar, pudiera ayudar a vencer o por lo menos a menguar esa enfermedad que avanzaba sin obstáculos como un tsunami.

En ese plazo de tiempo siguió con extrema atención la evolución de la enfermedad en el hombre y la epidemia en la población. Se volvió casi una experta del tema. Exultó el día en que supo de la noticia de que un laboratorio cubano había encontrado una vacuna contra la enfermedad. Esa misma noche, después de meses de semiclausura, se sintió finalmente libre de aquella "esclavitud" y para desahogarse invitó a sus amigas para hacer una fiesta en el Batofar, la exclusiva discoteca a lo largo del Sena.

Ahora, bajo la mirada asombrada de un par de amigas, por el

remordimiento de no haber hecho la denuncia y preocupada por su propia incolumidad, abandonó trastornada el gimnasio. Salió por fin con la intención de confesar todo lo que sabía, pero sus piernas se bloquearon por el miedo que le invadió el cuerpo. No tuvo el valor de presentarse en la más cercana comisaría por temor a ser descubierta y perseguida por los asesinos del yate. Entonces se convenció de alzar el teléfono optando por una llamada anónima desde su propio smartphone.

—Emergencias. ¿Cómo puedo ayudarla? ¿De dónde llama…? —dijo del otro lado del cable la operadora telefónica encargada de repartir las llamadas que comenzó haciendo breves pero precisas preguntas con una voz que parecía un mensaje grabado y automático.

—Es importantísimo, no quiero identificarme, pero espero que me crean. Tengo miedo, son peligrosos y no quiero que me maten, no estoy loca… —dijo agitada hasta que le pusieron la policía que enseguida trató de calmarla.

—Tranquilícese señorita, y repítanos su nombre, es mejor que me lo diga… —el operador de la policía la exhortó.

Elodie se renegó a dar sus generales. En menos de cuatro minutos reveló de manera poco convincente la noche de la fiesta en el yate de Neuber. Trató de explicar lo que había escuchado en el yate: los planes criminales, el origen del virus AN1 y el homicidio de un investigador científico.

Acabada la llamada se sintió más libre sin aquel peso que la estaba hundiendo. Desde el día en el yate, donde todo parecía perfecto, había perdido su energía vital y sus ganas de vivir. Y de improviso se encontró proyectada en un túnel oscuro que nunca acababa, al contrario, se ponía cada vez más negro y sin salida.

La policía francesa necesitó pocos minutos para recuperar los datos de la propietaria de la línea telefónica móvil y localizarla. Fue rápida también en contactar a Keeric, y explicarle todo e invitarlo a colaborar.

El comisario de la policía italiana pidió autorización para ir acompañado por Eduardo Machado Ortega en su papel de colaborador.

Los franceses aceptaron y Keeric y Eduardo cogieron el primer avión que despegó de Roma para Orly, el aeropuerto en el sur de Paris. El tráfico aéreo en el aeropuerto Charles De Gaulle aún permanecía parcialmente paralizado.

38. NUEVOS ESCENARIOS

NEUILLY-SUR-SEINE (FRANCIA), RESIDENCIA DE LA ESCORT ELODIE LAURIN, 25/11/2022, HORA 18:04

Después de su confesión telefónica a las autoridades Elodie se sintió psicológicamente restablecida.

Después de dedicar una jornada a la sesión de fotos en el estudio de su fotógrafo de confianza, al inconcluso entrenamiento cotidiano y a una carrera relajante en el parque de Bois de Boulogne, regresó a su casa. Vivía sola en un ático abuhardillado estilo moderno que usaba también como sede de trabajo con vistas a la alumbrada Tour Eiffel cerca del límite entre el decimosexto y decimoséptimo *arrondissement*.

Enseguida se dio una larga ducha caliente para extender los músculos que durante la jornada fueron sujetos a fuertes alteraciones.

Se puso una larga bata semitransparente, una sucinta braguita de encaje igualmente transparente, dos gotas de Chanel n. 5 al estilo de Marylin Monroe, y nada más debajo.

Esa noche había solo una cita con un cliente habitual después de las 23:00. Afuera se había alzado un viento frío e inclemente. Decidió relajarse y acostarse en su largo sofá de cuero blanco escuchando un viejo disco de Barry White.

Después de diez minutos el timbre de la casa sonó.

—Ya voy Jenny —voceó hacia la puerta la francesa que estaba esperando que la *dog-sitter* le trajera su pequeño yorkshire. Abrió sin precaución pero ni su perrito ni Jenny estaban. De improviso se vio acorralada por cinco hombres altos y robustos que aparecieron en el apartamento. Por un segundo se quedó paralizada recordándose de los hombres sin escrúpulos del difunto Neuber. Así intentó una improbable fuga corriendo hacia la ventana y chillando como una niña.

Uno de ellos la siguió hasta el salón. Ella estaba aterrorizada y convencida de que eran sicarios llegados para matarla después del chivatazo a la policía.

Aunque intentaron calmarla diciéndole que eran agentes de la policía, no les creyó previendo el mismo final del investigador italiano.

– ¡Párate, Elodie! –la bloqueó el policía como un jugador de rugby, frustrando así el inútil intento de fuga de la chica; que ya imaginaba en los títulos de los periódicos la noticia de una mujer encontrada misteriosamente asesinada en su propia casa.

–Somos de la policía, mire.

Asustada se viró lentamente y dio un vistazo al distintivo que le estaba enseñando el hombre.

–Cálmese, nadie le hará daño.

La joven aún tenía con el corazón palpitante, pero con cautela comenzó a convencerse pese a que todavía no confiaba ni en el uniforme de la policía nacional francesa que tenían puesto.

–Estamos acá para ayudarla y para que usted nos ayude a nosotros, si es verdad lo que nos ha comunicado por teléfono.

Se calmó pensando en la llamada telefónica que había hecho a las autoridades.

Entre los cinco estaban también el comisario Alexander Keeric y el ex colega Eduardo Machado Ortega.

Dos horas después, la chica había confesado todo lo que sabía sobre la maquinación de Olivier Neuber.

Poco a poco Elodie volvió a estar a sus anchas. Les contó de la invitación a participar en la noche de la fiesta, de la transferencia bancaria recibida y de las otras sumas pagadas y de las colegas sedadas. Después declaró haber escuchado a los dos clientes hablar entre ellos de la eliminación de un investigador italiano, de planes y complot espantosos, intuyó de sus palabras que eran los artífices del virus AN1. Contó sobre un colaborador excluido del grupo, que al dicho de ellos era el real creador del virus.

–Martin lo han llamado. Me acuerdo de todo como si fuera ahora –añadió la chica ahora más decidida y segura.

Después de las declaraciones de Elodie se abrió un nuevo escenario. Las investigaciones de Keeric sobre la muerte de Neuber se extendieron y se enredaban con un nuevo expediente abierto por la Interpol, la gendarmería suiza, la policía francesa y una serie de otros estados por las sospechas de supuestos crímenes de lesa humanidad, genocidio y desastre medioambiental múltiple y con agravante.

La investigación del detective italiano había cogido un desvío inesperado de alcance más amplio, pero tampoco los nuevos avances podían explicar los móviles y los reales motivos escondidos detrás de la muerte de Neuber.

El nuevo expediente de investigación era convergente y complementario con respecto a la muerte de Neuber. Frente a los nuevos progresos, Keeric ordenó a sus colegas en Roma buscar e interrogar a las otras cinco escorts esparcidas en cuatro continentes, presentes en la fiesta en la embarcación de Neuber.

Elodie, después de haber escondido la verdad durante meses, se mostró colaboradora. Con sus revelaciones dio un aporte importante al descubrimiento del presunto escándalo del grupo Neuber.

–Oscar manda a hacer una rápida búsqueda sobre las transferencias emitidas por las sociedades *offshore* en favor de las chicas en el período indicado por la francesa –dijo Keeric al teléfono con su vice.

A la espera de recibir noticias de las otras cinco mujeres y confirmaciones de la versión de Elodie, Alexander y Eduardo se quedaron un día más en la capital francesa para concertar el proseguimiento de las operaciones. Alexander utilizó ese tiempo a su disposición para agradecer a los colegas franceses por su fundamental aporte y resultados en las investigaciones, como el mismo lo definió. Eduardo lo aprovechó para encontrarse con su hija y sus nietos.

Después se desplazaron a la sede central de la Interpol en Lyon. Se quedaron dos días para organizar en detalles las delicadas actividades que debían efectuar en Suiza, con el objetivo de poner a cero el margen de error.

Antes de empezar la búsqueda física fueron identificados entre el círculo de colaboradores del industrial suizo aquellos que la escort francesa había descrito.

Las diferentes autoridades afectadas en las operaciones concordaron que Alexander y Eduardo fueran a Suiza respaldados por la Interpol con el apoyo de la gendarmería helvética.

Los suizos con discreción localizaron a los dos hombres implicados en las investigaciones. Confirmaron la misteriosa e irresuelta desaparición entre el 7 y el 9 de enero del mismo año del investigador italiano empleado de la Neuber S.A., Mauro Motta, y el frustrado hallazgo. Ese dato fortalecía la credibilidad de las declaraciones de Elodie y la veracidad de su versión de la cual Alex y Eduardo no dudaban.

Luego, antes de la gestión en Suiza, los dos regresaron a Roma. Allá los esperaban los últimos avances sobre la pesquisa conducida por los colegas que habían logrado localizar e interrogar en tiempos récord a las cinco chicas.

Fueron días movidos para Alexander y Eduardo, no tenían pausas. Llegados a Roma descubrieron que las cinco "acompañantes" de lujo dieron versiones idénticas entre ellas, pero parcialmente discordantes respecto a Elodie.

–Ninguna recordaba nada de la fiesta, ni del día siguiente – explicó el colega Oscar a los dos sentados en la oficina de Keeric de la cual este había estado demasiado tiempo ausente.

–Todas confirmaron haber sido contactadas telefónicamente y de forma anónima. Conocerían la identidad del cliente solamente el día del encuentro.

Hizo una pausa –el tema es que ninguna de ellas se acuerda de la identidad del cliente–. Keeric y el cubano se miraron para encontrar recíprocamente respuestas que no llegaban.

Después concluyó: –Confirmaron haber recibido una "considerable" transferencia y de haber viajado hasta una localidad del Caribe, no precisada, bajo la condición de máxima discreción y en secreto.

Ninguna se acordaba del nombre del cliente ni del tiempo transcurrido entre el arribo a las Islas Bahamas, según la versión de tres de ellas, o en Jamaica según las otras dos, y el viaje de retorno.

–La amnesia y las discordancias en los cuentos podrían ser inducidos por los efectos producidos por algo que le suministraron o inyectaron, así como el estado de inconsciencia descrito por la francesa – supusieron Eduardo Machado y Alexander asintiendo.

–No nos olvidemos que Neuber era el rey de los fármacos – añadió Oscar.

Si bien no esperaban encontrarse de frente esa amnesia de grupo, colocandolos un paso atrás respecto a los resultados hasta entonces conseguidos y ralentizando las investigaciones, eso no inquietó ni a Keeric ni a Machado.

Consultaron al técnico científico Luca que confirmó la posibilidad de que a las escort, además del anestésico, podían haberles suministrado algún eficaz fármaco capaz de crear en ellas un olvido por todo el período pasado en el yate.

–Cada una puede haber dicho su propia verdad según la dosis y el grado de eficacia que el fármaco tuvo en su memoria, especialmente la episódica –afirmó Luca.

–Pudiera ser así. Como bien dijo Oscar, Neuber dominaba el sector farmacéutico –dijo Eduardo.

Puntuales, después de horas de búsqueda, las Divisiones de la Policía Económica y Tributaria pudieron confirmar a Keeric las evidencias de transferencias efectuadas en la primera semana de enero del año en curso, en favor de las cinco mujeres. También los importes superiores a cien mil dólares procedentes de una sociedad financiera perteneciente al grupo Neuber S.A. con sede en Montecarlo confirmando la versión de Elodie.

Pasaron tres días de trabajo intenso. Keeric y Eduardo llegaron a la conclusión de que estaban atrasados con respecto a lo planificado. Sabían que el retraso podía frustrar su investigación en la cual participaban demasiadas personas, si bien de confianza, profesionales y conocidas personalmente por Keeric.

–Mejor no arriesgar –concluyeron al unísono los dos mientras discutían sobre los resultados hasta entonces logrados.

Tal y como habían planificado con la Interpol y la gendarmería helvética, viajaron esa misma noche a Suiza, donde cada medio de investigación ya había sido montado y preparado para su utilización.

El objetivo principal era obtener más informaciones de parte de los dos colaboradores de Neuber indicados por Elodie, ya interrogados cuando el inspector se encontraba en Cuba, y someterlos otra vez a las duras preguntas.

Esta vez, pero, de frente a los nuevos elementos adquiridos con la confesión-declaración de Elodie, estaban obligados a confesar. Debían admitir toda la verdad sobre los planes destructivos contra la humanidad de los cuales había oído hablar la francesa, sobre la experimentación del virus AN1, sobre el nexo con los cubanos, sobre la muerte de Olivier y del investigador italiano, y sobre la innegable participación de ellos.

39. COMPLICES, VIRUS Y VACUNA

Zúrich, 29/11/2022, cuatro días después de las declaraciones de la escort Elodie Laurin

Hombres de la gendarmería suiza y de la Interpol bajo la guía del italiano desde las tres de la mañana estaban dentro de sus vehículos, equipados de todos los aparatos para las operaciones de vigilancia. Se dividieron en dos grupos, cada uno con un auto y un miniván, para controlar a los dos sospechosos colaboradores de Neuber y ahora empapelados. Un grupo estaba estacionado cerca de la vivienda de David Roth, el tesorero y brazo derecho de Olivier, además de ser un importante socio en la Neuber S.A. El otro estaba no lejos de la residencia de Nathane Shapira, jefe de la seguridad personal y del grupo societario.

Roth se encontraba en su lujosa e inmensa mansión rodeada de un vasto parque en la periferia sur de Zúrich donde vivía con toda su familia, la mujer y las dos jóvenes hijas. Distaba alrededor de veinticinco kilómetros de la sede central de la Neuber S.A. donde estaba su oficina.

Nathane Shapira, soltero, nacido en Tel Aviv y de origen judío, se encontraba en el apartamento dúplex de un antiguo edificio de época propiedad de Olivier ubicado en el mismo centro de Zúrich con vistas al río que lo cruzaba. Vivía solo con sus dos potentes y agresivos dóbermanes.

A una centena de metros de cada residencia había un miniván, y a trescientos metros un auto, donde los investigadores se mantuvieron escuchando, atentos a cada movimiento. Gracias a los sofisticados instrumentos a su disposición eran capaces de percibir los mínimos sonidos y desplazamientos en el interior de los edificios.

El primero en irse de la casa fue Nathane. A las 6:10 de la mañana salió para hacer su habitual carrera en la dirección contraria a donde estaban encubiertos los agentes que lo tenían bajo control. Para evitar perderlo de vista o que se desvaneciera, en el caso que sospechara, fue enviada de recorrido una patrulla del orden público y un agente de civil de paseo con un perro a lo largo del camino recorrido por el sospechoso.

Nathane regresó después de más o menos media hora de carrera rápida y una hora después salió con su potente coche deportivo del garaje privado del edificio. Los investigadores lo siguieron a debida distancia hasta que llegó delante del luminoso y llamativo letrero de la Neuber S.A. dobló hacía el interior de la inmensa explanada destinada a parqueo del establecimiento, que perteneció hasta hacía poco tiempo al fallecido Olivier.

Los seguidores se pararon después de algunos metros solo para asegurarse de que no fuera una maniobra elusiva.

David Roth salió de su casa diez minutos después. Él también fue seguido hasta el mismo establecimiento industrial.

Cinco minutos después ocho hombres de la gendarmería helvética y ocho de la Interpol, además de Keeric y Eduardo, estaban listos para la redada perfectamente coordinada. Cuando ambos colaboradores de Olivier se encontraban en el interior de la sede principal del coloso farmacéutico, irrumpieron los militares. Los dos sospechosos estaban tranquilos pendientes de sus tareas en las respectivas oficinas, como en cualquier otro día ordinario.

El más anciano de los dos fue sacado sin muchas formalidades de su oficina tras sus insistentes peticiones de explicaciones y de acogerse a su abogado.

–Déjenme. ¿Qué quieren de mí? –protestó ante el silencio de los agentes.

–Pronto lo sabrá –por fin le respondió uno de los que los escoltaron llevándolo esposado al auto de la gendarmería.

Un poco más dificultosa fue la intervención hacia Nathane. Al contrario del otro no profirió palabra, pero hizo una violenta oposición física y un enérgico intento de resistencia, por lo cual tuvieron que usar métodos más rudos pero eficaces.

Al final ambos fueron conducidos a la unidad central de la gendarmería de la ciudad y puestos bajo observación en cuartos diferentes hasta comenzar los ansiados interrogatorios.

Pese a que el marco acusatorio aún no fuera completamente claro por falta de algunos nexos entre los elementos adquiridos, los investigadores quisieron deliberadamente mostrarse seguros de las acusaciones contra los dos y obligarlos a confesar, hasta con el engaño. Sobre todo aún no estaban aclarados dos elementos clave: la implicación de ellos y los motivos del atropello contra Olivier Neuber.

Tampoco estaba bien definidos el papel y el grado de complicidad de ellos en el plan de introducción de la terrible "enfermedad del siglo XXI" por puros fines económico-comerciales y de conquista de "poder" universal.

Aunque estaban investigando al unísono la policía italiana, la suiza e Interpol tanto el asesinato de Neuber como los crímenes contra la humanidad debidos a la difusión del virus de laboratorio AN1, para Keeric aún persistían aspectos demasiados oscuros de esa historia.

—Algo no me convence —se confió al amigo cubano observando los ojos del imputado más anciano a través del vidrio unidireccional que los separaba de ese y a través del cual solo los policías podían mirar.

—Estoy de acuerdo contigo.

—Incluso todavía no tenemos en las manos pruebas concretas de la honestidad de los cubanos y de los rusos; no sabemos si estaban experimentando armas biológicas para usarlas contra los países hostiles.

—Para mí esa teoría es un puro invento difundido por la Neuber con el fin de desacreditar a mis conterráneos y mi tierra — sostuvo Eduardo.

Estaba convencido de que el intento de inculpar a los cubanos era para eliminarlos como competidores del mercado farmacéutico, y tal vez no solo eso.

— ¿Y si querían simplemente vengarse del hecho que hemos descubierto una vacuna capaz de neutralizar el virus realizado en laboratorio por ellos? —cuestionó de manera casi retorica para él. De eso estaba casi convencido también Alexander que remarcó que en tal caso se habrían burlados de varias instituciones, incluso de los potentes y poderosos servicios de seguridad británicos y estadounidenses.

Los dos colaboradores del difunto multimillonario fueron puestos bajo interrogatorio por separado. A ambos les fueron hechas las mismas preguntas.

El primero fue el jefe de la seguridad del grupo industrial, después el experto en estrategia y marketing.

Desde el principio el más joven mantuvo una posición de defensa tras una cortina implacable de silencio. Los investigadores, encabezados por Keeric, lo pusieron delante de la versión de Elodie, sin mencionarla, como si fuera la verdad absoluta descubierta con las pesquisas.

Le preguntaron de su implicación y de la muerte del investigador italiano, Mauro Motta, pero Nathane se mostró impasible.

Ahora solo, en el cuarto del interrogatorio con el italiano, respondió con reluctancia, parecía muy seguro de sí mismo y de sus respuestas a las preguntas de Keeric al cual le fue concedido conducir el interrogatorio. Los otros, incluso Eduardo, seguían las operaciones detrás del vidrio-espía unidireccional y Nathane se preguntaba cuáles y cuántos funcionarios lo estarían observando del otro lado.

Consciente de la posición de debilidad en que se encontraban los cubanos, los únicos en la lista de los imputados hasta ahora, negó hasta lo último cada acusación afirmando que el responsable era el gobierno cubano en componenda con los rusos.

—Pregúntenlo a los cubanos y a sus primos rusos.

— ¡Bastardo mentiroso!

Eduardo estaba loco por irrumpir en el cuarto y romperle la cabeza.

De hecho, hasta que no tuvieron las revelaciones de la escort francesa, todas las pistas convergían hacia los cubanos, con la probabilidad de un apoyo externo ruso. Pero Nathane, desconocía aquella confesión. Ni remotamente podía imaginárselo y sospechar que una de las escorts supiese del plan. Además fue él mismo que administró la poción que hubiera hecho remover en las chicas cada recuerdo de la estancia en el yate.

En sus acusaciones confiaba en el hecho que el manifiesto rencor y el estado de conflicto entre el director Rodríguez y el doctor Neuber eran de dominio público. Además se conocía que en el laboratorio cubano trabajaba el delincuente Militov.

El comisario de policía italiano, antes de impacientarse, decidió suspender el interrogatorio y seguir con el otro. La decisión fue beneficiosa porque David Roth, pese a no ser necesariamente colaborador, se mostró enseguida más maleable.

Alexander con igual dureza y determinación usada con el más joven hizo las mismas preguntas, pero en orden inverso, obteniendo resultados diferentes.

Frente a la acusación de complicidad en la fabricación y proliferación del virus mortal el imputado se resistió diciendo ser ajeno a esa historia e imputando la culpa a los cubanos, como hizo el otro. El detective italiano puso entonces la atención sobre la muerte del joven Mauro Motta. Al oír su nombre el anciano comenzó a temblar. Cambió de actitud poniéndose nervioso y paulatinamente comenzó a mostrar señales de abandono, preguntándose cómo podían saber de aquel pormenor.

Vista la asidua resistencia del hombre, por fin Keeric con una serie de detalles decidió "llevar contra la pared" al más anciano y vulnerable de los dos, el eslabón débil de la diabólica, pero ya reducida, cadena destructora.

Keeric estaba seguro de que ese hombre tenía un papel fundamental en la trama de la muerte del investigador italiano, de la psicopática maquinación, de la eliminación misma de Neuber con su fanatismo, delirio y obsesión de omnipotencia.

–Ríndase y confiese si quiere un descuento de la pena porque su cómplice ya confesó –exhortó haciéndole creer que el otro imputado había declarado todo sobre el complot del AN1.

–Nos contó también del encuentro en el Caribe entre el 8 y el 9 enero con seis escorts a bordo del yate de Neuber –tiró un *bluff*.

El italiano ilustró todo lo que había declarado la francesa con lujo de detalles.

–Maldito traicionero. Vendido cobarde –rajó el anciano, de

espaldas al muro, imprecando contra el otro.

El acusado cayó en la trampa de Keeric y explotó en una crisis de nervios maldiciendo a Nathane Shapira convencido de que había confesado todas sus culpas.

Keeric se dio cuenta que debía aprovechar el momento de debilidad del hombre. Presionó entonces al interrogado haciéndole declarar hasta el último pormenor su complicidad en el genocida "proceso" de conquista de poder por parte del multimillonario suizo.

Usó el mismo método con Nathane, pero esta vez no era un *bluff*.

Este perdió el control tirando puñetazos contra la mesa delante de él, despotricando contra el otro, gritando venganza y amenazándolo de muerte.

Fue así que implícitamente él también confesó sus propias culpas declarando su participación en aquel desastre contra la humanidad, además del asesinato con sus propias manos del italiano Mauro Motta para que se callara para siempre.

Después de aquellas confesiones fueron oficialmente acusados de asociación criminal, y entregados a la comisión de crímenes contra la humanidad, genocidio y desastre medioambiental. A ellos les fue imputado el homicidio voluntario y premeditado de más de cuatro millones de personas inocentes con el fin del indebido enriquecimiento personal.

Las acusaciones a cargo de dos personas como David Roth y Nathane Shapira, y de una personalidad de relieve como el difunto Olivier Neuber eran de una gravedad absoluta. Representaban un marco acusatorio de una envergadura inimaginable que no tenía iguales en la historia de la jurisprudencia mundial y, en general, en la memoria histórica del ser humano. Solo pocos dictadores llegaron hasta esa loca maldad.

Todos los investigadores estaban impresionados. Por lo menos estaban satisfechos de los resultados de los dos interrogatorios, todos menos Alexander. El detective italiano aún no había terminado su trabajo, no había resuelto su caso, la mecha detonante. No se sentiría satisfecho hasta que no llegara a responder a todos sus interrogantes sobre el asesinato del industrial, de donde tuvieron origen las dos investigaciones. Y además, más pragmático que sus colegas, tenía presente que el simple descubrimiento de los planes del suizo no bloquearía la oleada letal de la epidemia de AN1 solo sería controlada por la vacuna que paradójicamente mató al creador antes que el mismo virus.

Aunque el homicidio de Olivier ya era solamente un pormenor frente a sus proyectos diabólicos, para el italiano el puzle aún no estaba completo.

Ninguno de los dos interrogados, de hecho, reconoció y aceptó las acusaciones de responsabilidad intelectual de la muerte del empresario. Al contrario negaron cada responsabilidad y se declararon ajenos a esa historia no obstante haber ya confesado crímenes mucho más graves y de dimensión universal.

¿Pero quién eliminó a Neuber y por qué? ¿Tal vez alguien que se enteró de su plan destructor y por eso quiso matarlo? ¿Ha sido una venganza? ¿Quién quiso liberarse de él? ¿Serán culpables los cubanos a espaldas de Rodríguez? Keeric no había aún obtenido respuestas a sus interrogantes.

40. SECRETOS DE FAMILIA

ZÚRICH, RESIDENCIA PRINCIPAL DE LA FAMILIA NEUBER, 1/12/2022

Era ya avanzada la noche, cuando Keeric, Eduardo y los otros colaboradores se encontraron delante de la residencia de Olivier. De las confesiones de los dos interrogados emergió que Martin, ausente desde hacía unos días en el laboratorio donde trabajaba, era el verdadero inventor del monstruoso virus y de la respectiva vacuna.

Llegaron frente a un jardín inmenso del cual no se podía ver el final; un camino de alrededor de quinientos metros delimitado por altos cipreses, que empezaban desde la imponente entrada principal. En el lado derecho se encontraba un agradable lago; en el lado izquierdo un vasto césped con árboles y fuentes y al fondo la majestuosa villa de dos plantas de quinientos metros cuadrados, toda forrada con piedra local.

Los investigadores atravesaron la residencia principal y continuaron caminando. Del otro lado a unos cuantos metros un camino pavimentado terminaba en un desvío. A la derecha conducía hacia los establos y a la izquierda llevaba a la casa de los dos sirvientes que habían adoptado a Martin Neuber unos días después de su nacimiento. Definirla "casa de desahogo" era más bien diminutivo, casi una ofensa. Era una casa con un único nivel, en perfecto estado de conservación. Tenía una superficie de más de doscientos metros cuadrados y por eso los dos, ocupados constantemente en la residencia de los Neuber, necesitaban a su vez de los servicios de los limpiadores.

En la residencia de los Neuber estaba presente el padre adoptivo de Martin, y nadie más de la familia. Cuando vio aquel despliegue de fuerzas dirigirse hacia su casa, pertenencia del chalet principal, corrió adonde se encontraba la esposa.

Los investigadores conducidos por Keeric habían ido para buscar a Martin o por lo menos obtener informaciones sobre él, con la excusa de que no aparecía en el laboratorio desde hacía algunos días.

Las declaraciones de Nathane Shapira y de David Roth estaban de acuerdo sobre el hecho de que el verdadero realizador intelectual y material del virus en probeta fuese Martin y que el italiano Mauro Motta solamente había participado en las actividades de reproducción del organismo mortal en hombres y animales.

Además su desaparición desde hacía unos días alimentaba enormes sospechas; la gendarmería suiza había descubierto que Martin había ejecutado ingentes retiros de dinero unos días antes de la muerte del primo mayor, Olivier, y algunas horas antes de su desaparición.

Keeric se presentó frente a los aprensivos padres haciéndoles creer de manera un poco engañosa que estaba investigando sobre la desaparición de Martin. Así esperaba ganar la confianza de ellos para después hacer las oportunas preguntas sobre él y su vida personal.

Los dos ancianos padres estaban ansiosos por aquella desaparición. Habían educado al hijo adoptivo a comunicarse sistemáticamente, lo que hacía por costumbre.

–Señores, háblennos de su hijo –dijo de forma genérica Keeric con perfecto acento francés.

A los dos ancianos disponibles y acostumbrados a ser perenemente serviciales después de medio siglo de irreprensible servicio donde la familia Neuber, les fue casi natural colaborar. Comenzaron, haciendo una larga exposición sobre la vida del hijo desde su nacimiento hasta pocos días antes.

Los dos eran de extracción social proletaria, fieles al deber y al trabajo, católicos practicantes, y formaban una pareja muy unida.

Se percibía un carácter humilde y reservado; eso explicaba cómo habían podido trabajar tantos años en la casa de la altanera familia.

Se notaba además, el amor incondicional hacia el único hijo, Martin, que adoptaron desde su nacimiento. En aquella época, siendo treintañeros, estaban imposibilitados para la procreación. Lo amaban y eran sobre protectores. Para ellos era como un hijo natural.

Contaron que la madre biológica era una prima hermana de Olivier, violada durante un viaje de trabajo, de la cual nació Martin. Explicaron que se opuso a los deseos de la familia; no quiso abortar, a pesar de las expectativas de un futuro en la pobreza.

—El Señor quiso traer a su lado a aquella chica tan noble dejando al pequeño Martin bajo nuestra ala protectora y nuestro infinito amor por él —dijo la mujer enfatizando su creencia católica.

—Después de la muerte de la madre toda la familia decidió llevarlo a un aislado convento en el sur de la Francia…

Contó que solamente Olivier, por el cariño hacia su prima, se opuso a esta decisión y quiso hacerse cargo del niño.

—Así lo dejó con nosotros que trabajábamos en la casa. — terminó la frase el marido.

Se alternaban en perfecta armonía y con orgullo en el cuento y en la descripción de la vida del hijo y para Keeric esto era una ventaja.

—De esta manera el niño pudo crecer cerca de su ámbito familiar y nosotros estábamos felices porque no podíamos tener hijos como deseábamos. Martin se crío con nosotros y vivió en esta casa hasta su graduación en licenciatura en farmacia. Solo cuando tenía trece años, Olivier nos obligó a internarlo en el convento que le decía antes, en el sur de la Provenza, lejos de nosotros. Según él aquella iba a ser una experiencia que lo fortificaría.

Hizo una pausa mientras el marido le agarraba la mano y los otros escuchaban en silencio.

—Para nosotros fue un año infernal, disculpe la palabra. Nos alejaron de nuestro pequeño y fue un gran sufrimiento. Cuando regresó parecía aún más deseoso de estar cerca de Olivier y de su familia. A nosotros casi nos rechazó como si pensara que la decisión y culpa de dejarlo en un convento hubiese sido de nosotros.

Las lágrimas de la mujer estaban listas a brotar.

–Para nosotros siempre fue como un hijo natural. Para la familia Neuber nunca fue considerado como un verdadero miembro de ellos y...

– ¿Y cómo vivió con esta condición? –preguntó el comisario.

–Vivió toda su infancia y adolescencia a la sombra de su familia –respondió en voz baja.

Ante las palabras de la mujer, el marido empezó a emocionarse. Sus ojos, y la voz rota por el llanto transmitían compasión y sufrimiento.

–Martin sufrió muchísimo esta discriminación y aislamiento familiar, sobre todo el alejamiento, la frialdad y el rechazo creciente con el pasar del tiempo del jefe de familia, Olivier.

El comisario, como todos los otros, seguía el cuento de los dos concentrados en captar cada mínimo detalle.

–Para nuestro Martin, Olivier era más que un primo mayor.

Keeric comenzó a entender que la familia Neuber tenía muchos fantasmas en el armario.

–La única cosa que nunca he entendido de mi hijo es porqué mientras más pasaba el tiempo y él crecía, maduraba y era rechazado por Olivier, más lo buscaba y seguía como un perrito fiel.

–Explíquenos mejor. Yo tampoco entiendo.

–Comisario, para Martin el primo Olivier era como una obsesión.

–Exacto comisario –intervino el marido.

–Vivía en la continua búsqueda de cariño y estima de parte del primo mayor. Mientras más trataba de acercarse a él, que podía ser casi un padre como lo soy yo, más Olivier lo despreciaba. En el último período esta obsesión se volvió excesiva – dijo él con una vena mixta entre pena y celo.

Mientras los dos hablaban libremente sin parar, el comisario meditaba sobre la importancia de la imagen de la figura paterna de Olivier para Martin en el contexto de la relación desequilibrada, contrastante y combatida entre ellos.

Esa relación podía ser fuente de la enraizada inadaptación del primo más joven dentro de la familia.

Hasta aquel momento Keeric no conocía y no sabía aún si estos detalles podían ser elementos relevantes o no para la investigación. Eso tenía que descubrirlo, pero estimuló en él nuevas conjeturas.

– ¿Desde cuándo no lo veis? –cuestionó el detective italiano reflexionando sobre el enfoque sobre protector de ellos hacia Martin.

–Hace más de tres días, casi cuatro que no tenemos noticias de nuestro hijo… –dijo el hombre mientras la esposa lloraba.

–Eso nos preocupa muchísimo porque está acostumbrado aún hoy en día a comunicarnos dónde y por cuánto tiempo se ausentará –completó el discurso la mujer sollozando y remarcando un acentuado espíritu protector, vista la edad de Martin.

– ¿No tienen ninguna idea de dónde podría estar en este momento?

–No. Solo tenemos miedo de que le haya ocurrido algo malo –dijo el padre con una expresión desolada.

–Aparte del hábito de comunicarnos siempre adonde iba, con nosotros se confiaba cada vez menos. Este ha sido siempre el único defecto en nuestra relación entre padres e hijo –dijo la madre adoptiva.

–No obstante nos dedicábamos para que confiara más en nosotros –dijo el padre.

–Tengo que hablarte, Alex –le dijo acercándose Eduardo que había sido llamado fuera de la casa por un colega de la Interpol. El "coloquio-interrogatorio", que se había vuelto casi confidencial y liberatorio para los padres adoptivos de Martin, se dio por terminado.

–Por ahora se lo agradezco. Cuando tengamos noticias de su hijo se lo comunicaremos de inmediato.

Trató de ganarse su confianza antes de salir y hacer la última pregunta, aparentemente inocua, pero con la intención precisa de arrancar el último y eventual dato útil.

–Ah, disculpen, ¿cómo se llama aquel convento? A lo mejor a mí me haría falta una tranquila estancia en el campo francés…

Antes que terminara la frase los dos respondieron prontamente y al unísono. Los dos estaban esperanzados en que el comisario podía ayudarlos a encontrarlo.

–Ayúdenos a encontrarlo por favor, buen hombre –pidieron a Alexander.

–Haremos lo posible, es nuestra tarea y también nuestro interés.

41. ABADÍA

Campo de la Provenza de Sur (Francia), monasterio de los frailes franciscanos, 2/12/2022, hora 15:43

Un hombre, encapuchado y vestido con la típica túnica de los frailes franciscanos, estaba regresando al monasterio inmerso en la quietud y reserva del campo provenzal. Caminaba lentamente, taciturno en medio de los campos de lavanda con una cesta colmada de vegetales y las manos sucias de tierra.

El paisaje era una imagen digna de una vieja postal, como se usaba tiempos atrás, pintada de varios colores donde predominaba la lavanda de los cultivos.

La antigua abadía, fundada en 1128, fue convertida en un convento. Estaba ubicado en la cima de una pequeña colina cuyas pendientes bajaban ligeras, delineadas por hileras de viñedos en el lado sur y suroeste, por los campos de lavanda al este y por parcelas de tierra destinadas a los cultivos hortícolas en dirección norte, norte-este.

El hombre había llegado hasta el amplio patio del monasterio.

En el fondo del largo y sombreado pórtico rodeado por más de treinta robustas columnas de piedra, vio una silueta negra y familiar, de pie en la penumbra con la luz de sol menguante atrás.

Lo reconoció por delgado y fue hacia él, rudamente sin saludar.

—Te estaba esperando desde hace tiempo; pensaba que ya no querías venir, pero sabes que te habría encontrado en cualquier parte —dijo entre amenazante e irónico.

El otro lo escuchaba en silencio, atemorizado, no sabía si estaba bromeando o hablando en serio.

El encapuchado continuó: –apúrate que no soporto más este lugar. Todo este "mortuorio" y estas oraciones me están dando urticaria, debo escapar de aquí antes de que mate a uno de ellos.

–Pero es el sitio más seguro y discreto que conocía donde darte refugio... antes de entregarte el dinero –dijo el diseñador del asesinato de Olivier al homicida, mientras le entregaba la remuneración pactada por las ejecuciones en un pesado bulto; dinero que había sabido sacar de las cuentas *off shore* de algunas sociedades del grupo Neuber.

–No he podido moverme antes porque la policía está indagando, pero te lo traje todo, cuéntalo si quieres. Está toda la suma pactada, aquí está el restante millón como prometí. Faltó solo eliminar a Keeric.

Habría querido contestarle al criminal, que era de él la culpa de aquel retraso, con los errores cometidos había permitido a las autoridades avanzar demasiado en las investigaciones. Prefirió ahorrarse aquellas polémicas, evitar reacciones violentas, conociendo la locura homicida de Militov, e irse lo más pronto posible para no verlo más y cerrar aquel capítulo oscuro de su vida.

–Para eliminar a Keeric hacía falta más tiempo, que no me diste, más organización y más dinero. De todos modos ya pienso retirarme y nadie jamás descubrirá la verdad.

El hecho de que fuese Igor el ejecutor del envenenamiento de Olivier, le aseguraba, de eso estaba convencido, que el caso quedaría irresuelto para siempre.

– ¿El viejo pagó su muerte con su propio dinero?

El sicario miró el contenido del bulto y se rio, imaginando de donde procedía todo aquel dinero.

–Esto no te afecta –le dijo el otro, sacando esta vez el poco valor que tenía.

–Bueno, no sé cómo pueden estar aquí encerrados estos curas aburridos y cadavéricos. Déjame irme antes que llegue alguien poco agradecido –ironizó mientras el otro recordaba su año trascurrido encerrado en esos muros.

Cuando cada uno iba a tomar su camino llegaron corriendo de improviso Alexander, Eduardo y todo el equipo internacional de investigadores. Cuatro patrullas se quedaron fuera del convento en espera de órdenes.

Igor Militov los vio primero. De su larga túnica extrajo rápidamente un cuchillo de treinta centímetros y una pistola de precisión. Disparó a Eduardo, que se encontraba delante de todos; hiriéndolo gravemente en el hombro derecho.

Alexander apuntó al otro que se estaba escapando en dirección opuesta, tratando de refugiarse en el interior de los establos.

No obstante a la herida, Eduardo no se detuvo. Sin escatimar, se dio a la caza del homicida múltiple.

Estaban en juego el futuro de su querido amigo Rodríguez y de su gobierno que, bajo las presiones internacionales, ya mostraba señales de inestabilidad político-diplomática.

– ¡Párate bastardo! De todos modos te cojo… –gruñó Eduardo, con el aliento que le quedaba, contra Igor; que se fugó lanzándose dentro de los cultivos de lavanda, en búsqueda de mayor amparo. El cubano-ruso corría como una gacela perseguida por el guepardo experto y veterano, un Eduardo ya no tan ágil y rápido como en los tiempos mejores, y ahora herido por el balazo.

La carrera prosiguió a lo largo de aproximadamente cuatrocientos metros y terminó en pocos minutos. Para Eduardo jadeante y ensangrentado duró demasiado.

Para Igor en cambio duró muy poco, hasta que un silbido primero y un empujón fulminante en los omóplatos después, no les dejaron lugar a dudas. Conocía bien aquellos sonidos y aquel ardor.

No era la primera vez pero esta, quizás sería la última, pensó.

El cubano-ruso conocía bien su cuerpo y comprendió que la segunda bala que disparó el cubano había dado mortalmente en el blanco, en uno de los puntos vitales.

El proyectil le atravesó la espalda y el pulmón izquierdo sin tocar el corazón, para luego salir por el esternón.

El fugitivo entendió que no había remedio para él, su cuerpo se bloqueó, mientras un helicóptero de la policía francesa inspeccionaba la zona observando la escena.

Eduardo lo vio caer en el suelo, a poco más de cuarenta metros de distancia de él, gracias a la infalible precisión con que había acostumbrado a sus colegas.

Detrás de Eduardo llegaron en su ayuda otros seis hombres que, percatándose de su grave herida, no llegaban a entender cómo había podido acometer aquella acción "heroica".

Con el apoyo de los otros que lo sostenían de pie, Eduardo hizo el último esfuerzo para alcanzar al moribundo criminal, acostado en el suelo envuelto en una mezcla de sangre y polvo.

–Díganos quién te encargó matar a Neuber, Igor Militov – Eduardo se apuró en preguntarle para sacarle la última y decisiva confesión sabiendo que el asesino estaba a punto de morir.

–Jamás tendrán su nombre por mi boca, mi palabra dada es sacra e inviolable.

Y así hizo. El respeto de su juramento de secreto "profesional" desde siempre era para él una regla sagrada a la cual era fiel, un punto de fuerza de su éxito en el mundo de la delincuencia.

Mientras tanto Martin se había refugiado en el establo, en la parte trasera del monasterio que conocía muy bien.

–Ríndete, no tienes vía de salida Martin, sal de ahí con las manos en alto. El detective no sabía si tenía un arma o no.

–Sal, no hay solución –gritó Keeric desde el patio trasero, escondido detrás una pila de leña; mientras a más de cuatrocientos metros de ahí recuperaban el cuerpo todavía caliente y desangrado de Igor.

Todo se estaba desarrollando delante de las miradas de los trastornados religiosos, que habían hospedado a aquel hombre para hacerle un favor a Martin. Habían pasado de una quietud absoluta a vivir un caos insoportable en pocos segundos.

–Ríndete Martin –repetía gritando Keeric, dirigiéndose hacia las aperturas en los muros de piedra del gran establo.

Estaba solo y desarmado, o mejor dicho en compañía de cuatro bueyes y diez vacas. En un silencio religioso, algunas de estas bestias lo ignoraban y otras lo miraban con total indiferencia. Afuera en cambio la situación estaba tan movida que aquel sitio no parecía un antiguo monasterio, más bien el set de una película policíaca. Los agentes lo cercaron, pudiendo entrever con intermitencia su sombra a través de las ventanillas.

–Sal de allí.

Keeric era el hombre más cercano a él y seguía incitándolo a rendirse y a salir con las manos alzadas detrás de la nuca.

Martin, ya acorralado, en voz alta empezó a dar explicaciones y justificaciones. No todos entendían el hilo conductor de su discurso.

Solamente el detective italiano, que conocía cada pormenor de la historia, logró entender varios detalles y matices de su versión de los hechos.

–Olivier era mi padre –dijo en un cierto punto de su monólogo. A través de las paredes que los separaban, todos los presentes quedaron sorprendidos por aquellas palabras.

Martin, que entre otras cosas llevaba el mismo apellido de Olivier, estaba convencido desde niño que el primo mayor era su padre biológico.

Se convenció cuando era un niño y escuchó una noche hablar del tema, a sus padres adoptivos, en voz baja en la sala.

Los sintió referirse a la relación sentimental entre los dos primos, Olivier y Sophie, y a la semejanza física entre aquel y Martin. Desde aquel día el sueño de que el primo mayor fuera su padre se convirtió para él en una realidad.

El entonces muchachito nunca tuvo el valor de hablar con nadie. Mantuvo para sí ese gran secreto, creándose una capa defensiva e inaccesible desde el exterior. Martin tuvo confirmación de la historia secreta entre su madre y Olivier a sus trece años. Entre los documentos escondidos por el "primo" descubrió una carta de la madre escrita de su puño y letra, el día de su muerte prematura. Martin la conservaba celosamente y llevaba siempre consigo, como en aquel momento. De ese documento manuscrito, que representaba su razón de vida, el único contacto "tangible" con su madre y la prueba de su verdad, no podía despegarse.

Era la misma carta que mostró a Olivier en el almuerzo el día de su fallecimiento en el restaurante El Templo de Vladimir y que las cámaras del local de Popovic no llegaron a grabar.

Se trataba de una sola hoja destinada a Olivier y firmada por

Sophie. Describía con pocas pero significativas palabras la esencia de la relación sentimental, amorosa e incestuosa entre ella y su primo. En aquella hacía explicita referencia a Martin como consecuencia de su unión.

Fueron necesarios algunos días de reflexión para que Martin se decidiera a enfrentar el tema con Olivier, el cual desde aquel momento transformó en negativa su actitud hacia el chico.

Para el magnate suizo, nadie debía saber aquel secreto que habría comprometido su imagen, la de su familia y sus intereses económicos. Por eso, a pesar de la silenciosa y reprimida contrariedad de los padres adoptivos, lo castigó alejándolo de la propiedad y clausurándolo por un año en el convento donde ahora se encontraba como una presa acorralada por los investigadores.

Con el pasar del tiempo, mientras más trataba Martin de acercarse a él, más el otro se alejaba; a cada intento suyo de acercamiento Olivier lo maltrataba, lo rechazaba, lo renegaba.

Después de decenios de sufrimientos, Martin no aguantó más. Encargó su muerte de la manera más emblemático y trágica posible; envenenándolo con la misma vacuna fabricada por uno de los hombres que Olivier más odiaba y que habría salvado a la humanidad de su psicopática maquinación.

Según los planes de Olivier el virus primero habría sembrado muerte y terror, y después habría vendido al mundo entero la "milagrosa" vacuna del *brand* Neuber inventada por Martin.

Para Olivier el virus y la vacuna eran los medios que le permitirían la realización de un sueño y el logro de su máxima ambición: el poder casi absoluto en el mundo.

Para Martin representaba el único medio para obtener el reconocimiento y el amor de su verdadero padre.

—Soy él que ha inventado el AN1, el más potente virus jamás realizado en un laboratorio, y su vacuna; la que habría enriquecido y vuelto a mi padre el hombre más poderoso del mundo. Era su mayor sueño y el motivo que nos uniría para siempre si…

—Si no hubiesen intervenidos los cubanos —terminó la frase Keeric.

—Sí. Rodríguez y aquellos malditos cubanos.

Detrás de las paredes del establo, confesaba que esos inventos suyos eran el instrumento que habría convencido a Olivier de reconocerlo como hijo, o por lo menos a tratarlo como tal.

–Mi verdadero padre nunca me ha aceptado y mucho menos amado.

Los presentes estaban más concentrados en escuchar lo que decía él en lugar de estar pendientes a un eventual movimiento de este para huir o atacar.

–Fui yo él que lo mandé a matar –dijo por fin.

Keeric y Eduardo, en las horas antecedentes, habían intuido la verdad que se celaba detrás de la "noble" y respetada familia contada instantes antes por Martin. Los frailes de la abadía quedaron sorprendidos y obligados a ser espectadores involuntarios.

Ahora los investigadores conocían quién planificó, además del móvil y el trasfondo del envenenamiento del industrial suizo, que hasta aquel momento era un misterio.

Luego un silencio imprevisto de varios segundos hizo sospechar a Keeric. Imaginó lo que estaba aconteciendo y corrió rápidamente hacia el interior del establo. Como había presagiado, en el centro se encontraba Martin exánime, colgado a una cuerda atada a una viga. En sus pies había un ámpula vacía que poco antes había contenido el líquido que había obligado al padre a una muerte simbólica. Ahora el mismo final escogió para él como su última voluntad.

Después de aquellas palabras con las cuales confesó su culpa y el móvil pasional, Martin exhaló su último aliento.

En el interior de su auto parqueado en el patio del monasterio, encontraron un diario personal donde había apuntado los principales hechos de su vida íntima. Los primeros escritos databan de cuando supo de su verdadero padre, y donde contaba los secretos de familia. Traía su autobiografía, en la cual detalló también su descubrimiento del AN1 y el deseo de venganza contra los cubanos hasta el día de la muerte de Olivier, su padre.

Una página llamó la atención de Keeric. Era la última, la que indicaba la fecha de aquel mismo día, 2/12/2022.

2/12/2022: Hoy es el día más importante de mi vida y

tal vez también el último. Así será, me apagaré de la misma manera que mi papá y lo alcanzaré para estar juntos para siempre. Finalmente nada, ni nadie podrá separarnos.

Hasta Keeric se trastornó leyendo la profecía de su muerte anunciada. *Probablemente ya había planificado todo y se habría matado igualmente, si no lo hubiesen encontrado,* supuso.

Además de la declaración de muerte en el diario encontró todas las respuestas a sus preguntas, o mejor dicho, todas las confirmaciones a sus intuiciones.

Finalmente pudo decodificar el mensaje cifrado que se celaba detrás de la muerte "simbólica" de Olivier. El insólito modus operandi del envenenamiento a través de una sobredosis de la vacuna CONTRAAN1 experimentado por los cubanos y aún no comercializado, le habría dado la oportunidad de conseguir su doble objetivo. De un lado habría castigado al padre por su rechazo, y por otro se vengaría de Rodríguez y del gobierno cubano. Ambos, según él, eran culpables y responsables de su fracaso.

42. LOS TEJEMANEJES

Todo estaba listo en la amplia sala de la sede de la Interpol, montada y equipada para la rueda de prensa más esperada del año.

Delante de los micrófonos estaban los jefes de la policía francesa, de la gendarmería suiza y el dirigente del departamento investigativo de la policía italiana.

Del otro lado, entre los periodistas y foto-reporteros procedentes de todas partes del mundo para conocer la verdad que se escondía detrás de la epidemia del siglo y del envenenamiento letal de uno de los hombres más poderosos e influyentes del planeta, Eduardo, con el hombro vendado, observaba orgulloso al amigo italiano.

Al micrófono Keeric hizo casi un monólogo logrando que todos estuviesen concentrados y atentos a los mínimos pormenores del intricado asunto.

Inició con los últimos hechos relacionados con el hallazgo y matanza del criminal de Olivier Neuber y con el suicidio de Martin Neuber.

–Como todos ya saben, en el intento de fuga, Igor Militov fue muerto en un tiroteo con uno de nuestros mejores hombres –dijo mientras con la mirada buscaba a Eduardo entre los asistentes.

Se escucharon aplausos entre los presentes. Era solo el comienzo: pronto Keeric habría dejado a todos en el estupor general.

Pasó entonces a hablar del que encargó el asesinato de Olivier y de su identidad. En la sala reinaba el más absoluto silencio.

– ¿Martin Neuber, hijo de Olivier? –comentaron los oyentes

estupefactos.

Nadie se imaginaba que Martin Neuber, que siempre había vivido a la sombra del "primo" mayor, Olivier, pudiera ser en realidad su hijo ilegítimo, y el responsable "intelectual" de su muerte.

Hizo después una explicación sobre los planes y el complot de Neuber, del daño a la humanidad con el fin de enriquecerse y ser la persona más poderosa del mundo.

Contó entonces el origen del virus AN1 en los laboratorios de la Neuber S.A. y de su desarrollo.

Nadie podía creer lo que estaban escuchando.

Desde la platea acalorada se alzó un fragor en signo de revuelta contra el grupo industrial y la familia Neuber. Estaban acusados de ser los artífices de una catástrofe sanitaria que costaba ya más de cuatro millones de decesos, víctimas de la cada vez más difundida y temida "epidemia del siglo XXI", como venía ya definida también en la jerga periodística y no solo coloquial.

Después de quince minutos de confusión y desórdenes en la sala donde tuvieron que intervenir los agentes para sedar las protestas y los males humores, el detective italiano reanudó el discurso.

Esperó a que los ánimos de los presentes se aplacaran y recordó que los otros dos colaboradores implicados en aquella maquinación malvada, David Roth y Nathane Shapira, estaban ya en manos de la justicia. En aquella ocasión desveló por primera vez que la causa de la detención de ellos era su complicidad en los crímenes contra la humanidad y en los graves delitos de genocidio y desastre medioambiental múltiple y con agravante de los fútiles motivos perpetrados por Neuber.

Informó también que el italiano Mauro Motta: –... involucrado en el proceso de realización del AN1, fue eliminado en los mares del Caribe por voluntad del mismo Neuber y de sus cómplices antes de la emisión en el medioambiente del microorganismo elaborado en el laboratorio.

–Tenemos también la certeza de que Igor tiene un hermano gemelo. Las correspondencias de las huellas dactilares y del

ADN con aquellos revelados en Cuba han confirmado la incompatibilidad, o sea, se trata de dos hombres diferentes y no de la misma persona, como se pensó en un primer momento. Además hemos encontrado en la habitación del convento donde se escondía, una foto en blanco y negro, descolorida, con dos niños gemelos de un año, atribuible a ellos. No obstante la semejanza física, el colaborador de la Mundofam de La Habana, bajo el falso nombre de Stepan Pedrov, no era "Igor el eslovaco". Con toda probabilidad debería ser Iván Militov, del cual ignorábamos la existencia.

Alexander continuó en el desconcierto de los periodistas.

—Fuentes atendibles conjeturan que se trata de un hermano gemelo, objeto de selección, reclutamiento y capacitación por parte de los servicios de seguridad de la ex Unión Soviética. En el marco experimental la creación y formación de agentes físicamente idénticos, asociables a varias identidades y tendría la ventaja de crear el efecto de la ubicuidad.

Aumentó el runrún entre los presentes maravillados por aquellas revelaciones.

—Iván es actualmente fugitivo, pero nuestro compromiso será el de entregarlo a la justicia cuanto antes.

Después explicó que actuó como un infiltrado al servicio de Neuber dentro del laboratorio cubano para hacer espionaje empresarial, acerca de las actividades y descubrimientos, incorporando y valiéndose del venezolano Luis Dante Álvarez que sojuzgaba bajo chantaje.

—Martin Neuber se aprovechó de la posición de Iván en el laboratorio cubano contratándolo para robar las ámpulas cubanas usadas para envenenar a Olivier.

Alexander quiso puntualizar que, aunque Olivier murió mediante la sobredosis de la vacuna CONTRAAN1 producida por la cubana Mundofam, los cubanos eran ajenos al homicidio. Después aclaró que no tenían ningún plan de producción de armas biológicas, contrariamente a las acusaciones procedente de cada rincón del mundo. Por fin precisó que fueron víctimas de un complot urdido por Martin con el solo fin de descreditarlos e inculparlos, aprovechándose de la rivalidad entre el director Rodríguez y Olivier y de los orígenes cubano-rusos de Iván.

—Ahora les explicaré el móvil del asesinato de Olivier Neuber.

El fragor, dejó lugar al silencio, que invadió toda la sala de conferencias en espera de la verdad.

El comisario hizo ante todo una premisa sobre los vínculos parentales entre Olivier y Martin, y después comenzó contando de la carta manuscrita por la madre dirigida al primo Olivier.

Describió primero la obsesión de Martin en el intento de acercarse al padre y de conquistar el amor paterno. Después presentó su odio y deseo de venganza hacía Rodríguez y los cubanos. Los consideraba responsables del fracaso de su por desarrollar un fármaco capaz de combatir el letal microorganismo.

—Martin estaba seguro de que el virus y la vacuna que había realizado representarían la única posibilidad de conquistar al padre. A su aviso, el inimaginable éxito que habría logrado la cura contra la epidemia mundial habría permitido a Olivier realizar el sueño de volverse el hombre más rico e influyente del mundo. Estaba convencido que Olivier habría estado orgulloso de él, pero no había "sacado la cuenta" de las capacidades de los competidores, en este caso el doctor Rodríguez y su equipo de investigadores.

Los presentes no lo creían, más bien alguien creyó haber mal interpretado algún elemento.

—Rodríguez y su equipo con su nueva vacuna desvanecieron los intentos. Y para Martin también las últimas esperanzas se acabaron. Así, para vengarse, Martin concibió y puso en práctica el plan del envenenamiento con el fin de acusar a los cubanos.

Los oyentes tuvieron dificultad en creer la intriga que el comisario italiano acababa de describir, algunos comenzar a protestar contra los Neuber.

—La eliminación de Olivier Neuber fue ideada por Martin de manera perversa, detallada y ejecutada con los "mejores" recursos y con "profesionales" del crimen, así se podría definir. Nuestros psiquiatras confirman que la premeditación son la consecuencia de sentimientos conflictuales entre amor incondicional y odio perverso hacia la figura paterna.

–Detrás de todo eso hay un error de fondo, un pecado original: haberse dejado impulsar por el convencimiento obsesivo y equivocado de que Olivier era su padre, como también estaba erróneamente convencida la madre, Sophie.

Los presentes aún no entendían lo que quería decir el comisario con aquellas palabras, hasta que se los reveló de forma directa.

–Tenemos evidencias científicas que Olivier Neuber en realidad no era el padre biológico de Martin. Las pruebas del ADN efectuadas en los cuerpos de Olivier y Martin lo demostraron con certeza científica.

Por todas partes llegaban comentarios, y el murmullo atronador que se formó no permitía al detective italiano continuar.

En efecto, Martin estaba tan convencido e ilusionado que, a pesar de ser ingeniero en genética molecular, no hizo, o nunca quiso, un examen comparativo de ADN. Tal vez tenía miedo de romper aquel hechizo prefirió seguir creyendo su verdad distorsionada por los sentimientos.

Probablemente, por primera vez en su vida, gracias a esas revelaciones científicas, se habría sentido libre, sin tener que ser esclavo de la búsqueda del amor paterno, hasta entonces renegado. Se habría sentido más ligero, sin el peso del desprecio de Olivier. Pero su gesto suicida se lo impidió.

Después Alexander cruzó la mirada con el cubano.

–Antes de cerrar quisiera darle las gracias a mi colega cubano y gran amigo Eduardo Machado Ortega, aquí con nosotros. Gracias por su inconfundible testarudez y por el aporte en la investigación sin el cual probablemente ahora no estuviéramos aquí reunidos comunicándoles la solución del caso.

La misma obstinación de Pablo pensó Eduardo mientras, complacido por las felicitaciones públicas de parte de Alex. Lo escuchaba satisfecho por ayudar a hacer justicia a su querido amigo y a su pueblo. Para él aquella era tal vez la última investigación, pero seguramente la más importante de toda su carrera de detective.

Mientras se perdían las huellas de Iván en el continente europeo, desde Cuba llegaban confesiones importantes. Después de haber recibido la noticia de la muerte de Igor Militov y de Martin Neuber, al recibir una atenuación de la pena, el espía británico Ted Becker confirmó que Martin era la fuente que comunicó a los servicios ingleses las presuntas actividades de experimentación de armas bacteriológicas y químicas.

Admitió que el mismo SIS, y después la CIA, fueron engañados por Martin Neuber. Confesó que creyeron en sus soplos de pura fantasía, a sus falsas informaciones y a las teorías engañosas aparentemente creíbles según las cuales el gobierno cubano estaba ya produciendo armamentos de exterminio masivo en sus laboratorios químicos.

–Desde el principio creímos el hecho de que los cubanos habían ordenado el asesinato de Neuber porque temían que pudiera obstaculizar sus proyectos bélicos contra los países occidentales –había admitido Becker durante su confesión.

–Nuestra organización fue la primera en caer en el pérfido y "genial" plan que creyó el mundo entero.

David Roth y Nathane Shapira fueron acusados, por ciento dieciocho estados de los cinco continentes, delante de la Corte Internacional; decidida a reducir los tiempos técnicos para emitir la sentencia de las acusaciones.

Las acciones del grupo tuvieron una caída irreversible. La Neuber S.A. se habría pulverizado en pocos días si el grupo Farprom, que Olivier tanto había temido y despreciado, no la hubiese adquirido por un valor irrisorio respecto al precio de mercado. Este era el epílogo del imperio de Olivier, que no lo hubiese imaginado ni en la peor de las películas de terror.

Mientras tanto el científico cubano-ruso Iván Militov, con su apariencia inocentes, seguía circulando en plena libertad por los países de América Latina. Para él, un nuevo disfraz gracias la cirugía facial, y tal vez una nueva vida.

EPÍLOGO

La Habana, 8/01/2023, treinta y cinco días después del cierre del dossier Neuber, a un año exacto de la celebración en el yate de Olivier Neuber de la realización del virus AN1

Después del éxito y de las promociones recibidas gracias a la resolución del enmarañado caso en el cual tuvo que trabajar por casi tres meses, Alexander enseguida regresó a Cuba junto al amigo Eduardo.

Para el cubano, cumplida su misión, ese viaje significaba simplemente volver a casa, donde lo esperaba su perro fiel, también veterano de la policía cubana.

Para Alexander en cambio representaba un desvío imprevisto de la trayectoria de su vida privada.

Antes de partir preparó todos sus documentos e hizo preparar los de Yadira para el inminente matrimonio, que celebrarían al día siguiente de su llegada.

Ahora la pareja se encontraba nuevamente unida.

Alexander se lo prometió y había vuelto puntual, con la seguridad de que su vida había cambiado inevitablemente. No sería más el don Juan, mujeriego, el "zorro" como sintetizaba Yadira en una simple palabra. Se le planteaba una vida nueva y completamente diferente, siempre en primera fila en las investigaciones más complicadas, pero con una figura femenina a su lado. Por primera vez, tendría a una mujer que lo esperaría en casa al regreso del trabajo. Tendría una mujer que lo amaba realmente desde que era una jinetera y actuaba como una cubanita enamorada. Los tiempos en que Yadira andaba a la búsqueda de extranjeros, o "yumas" como los cubanos los apodaban en su jerga, eran ya superados y lejanos.

Ella lo estaba esperando en el aeropuerto insólitamente tensa; él también estaba impaciente por bajar del avión y tocar la tierra isleña y abrazar a su futura esposa. Hasta el amigo Eduardo no veía la hora de volver a su casa.

El día de la boda, familiares y amigos estaban listos para el acto matrimonial en la Consultoría Jurídica Internacional de La Habana.

Los testigos eran la abuela y la madre de Yadira, Eduardo y el doctor Pablo Rodríguez, que todavía no sabía cómo agradecerle a Alexander por su ayuda y capacidad en demostrar su inocencia y liberarlo de las acusaciones contra él y su país.

Después de la firma, la ceremonia continuó con una alegre fiesta organizada en el llamativo restaurante "1830" en el Malecón habanero; en esta participaron varios colegas de la policía y del laboratorio Mundofam.

A la mañana siguiente, antes de partir para su luna de miel en Cayo Largo del Sur, la pareja se presentó en la embajada italiana. Tenían cita con el embajador para la entrega de todos los documentos necesarios para el otorgamiento a Yadira de la visa de entrada en el área Schengen.

Ahora se encontraban en aquel islote en el sur de Cuba, en una franja de arena en el medio del Mar Caribe de menos de veinte kilómetros de largo y en algunos puntos hasta menos de un kilómetro de ancho.

Estaban cómodamente sentados a la orilla del mar, uno al lado del otro en la fina y blanca arena coralina de Playa Paraíso con la única compañía de algunos flamencos rosados endémicos de Cuba. En aquella playa entre los paisajes más paradisiacos del mundo, como el mismo nombre sugería, no se oía ni el ruido del agua del mar.

Eran ya las seis de la tarde y contemplaban las últimas luces del sol, de límpidos matices de amarillo, rosado y naranjado. Alrededor de ellos solo arena, mar y poca vegetación espontánea, alternada por las altas palmas reales, emblema de la isla. Había solo una carretera y ningún edificio en la zona.

Después de unos pocos días de luna de miel en aquel encantador rincón del mundo, lejos de la cotidianidad, regresarían a la caótica Habana para retirar la visa de entrada y viajar hacia Italia.

Para los dos comenzaría una nueva aventura en Europa o en cualquier otra parte del mundo. Se acercaba el atardecer. Todos los turistas, incluida la pareja viajó con ellos en el taxi desde el hotel hasta la playa, había regresado.

Lejos de ellos un custodio conversaba con dos guardacostas. El taxista que los había llevado los esperaba impaciente en la calle, cerca de la orilla de la playa. Este, a una centena de metros de la pareja de esposos, los observaba detrás de una palma de coco doblada hacia el suelo. Apoyó los brazos arriba del tronco casi horizontal, apuntó y disparó un tiro, en el mismo momento en que una hoja de la palma movida por la brisa le obstaculizó la visibilidad. Observó a su objetivo quedarse de pie y a la esposa caer entre los brazos de Alexander, herida por error.

– ¡Maldita palma! –dijo en español.

Keeric por instinto se tiró en el suelo con su esposa entre los brazos en busca de amparo.

El custodio y los dos guardacostas, todos armados, necesitaron algunos segundos para entender lo que había acontecido y de donde había salido el tiro. Miraron hacía la calle y vieron al falso taxista con la pistola en la mano que corría hacía el único coche parqueado en la orilla de la carretera, única vía de acceso para los coches.

El marcado acento habanero y el disfraz eran tan convincentes que ni el detective se percató de que el chofer era el fugitivo Iván Militov. Gracias a sus contactos mantenidos en Cuba, logró llegar armado al cayo con el fin de vengar a su gemelo.

El custodio extrajo su arma y le disparó. El parabrisas del coche detrás del cual Militov estaba buscando protección se hizo trizas, pero no logró golpearlo.

Iván respondió al fuego e hirió en plena frente al anciano custodio que cayó en el piso por el golpe. Fue más suerte que capacidad de tiro; de hecho, era el intelectual de los dos gemelos, no tenía las dotes físicas y militares del hermano.

Entró en el auto para intentar la fuga. El antiguo Lada Moscovich amarillo tardaba en arrancar y en el rato que perdió para intentar de encenderlo los guardacostas ganaron terreno. Los dos lo habían casi alcanzado. Atrapado en el coche, era obligatorio intentar una improbable fuga a pie. Corrió lo más que pudo.

Un proyectil le perforó el femoral izquierdo. Tropezó a causa de los músculos cortados, pero siguió huyendo, arrastrando la pierna herida que dejaba una marcada huella de sangre sobre el asfalto aún caliente y luego en la arena coralina. Iván no cedía. Detrás de cada palma se abrigaba y disparaba contra ellos. Después vio la única vía de salvación: el mar. Así trató de llegar a la orilla virándose a cada segundo y disparando a tontas y a locas.

El segundo guardia fue herido en el hombro izquierdo por uno de los disparos casuales del cubano-ruso. No obstante al dolor de la herida pudo alzar el brazo, apuntar al hombre que ahora se encontraba sin abrigo y dispararle en el medio de la espalda haciéndolo caer en el agua. Fue así como a los dos gemelos les tocó un idéntico final.

El guardia ileso socorrió enseguida al colega y controló la herida. No estaba en peligro. Afortunadamente el proyectil le había cortado solamente los tendones y el deltoides anterior izquierdo sin perjudicar los órganos vitales.

Comprobaron que el cuerpo del hombre flotante en las aguas cristalinas estaba sin vida y corrieron a socorrer a los dos turistas atacados. Cuando se acercaron reconocieron al conocido detective italiano. Sostenía en los brazos a su esposa de un solo día, que luchaba entre la vida y la muerte.

– ¡Yadira! ¡Amor, no te vayas! –le dijo él llorando.

Ya privada de oxígeno en los pulmones, antes de exhalar su último suspiro bajo los ojos incrédulos de su esposo, pudo a tiempo susurrar: –Te amo…

INDICE

OTRAS PUBLICACIONES DEL AUTOR

✓ *PELIGRO EN LA HABANA: El virus al servicio del enemigo.*
(Thriller policiaco – investigativo italiano, publicado en junio 2019. Nueva edición abril 2020, versión original en italiano, y próximamente traducido a otros idiomas)

¿Qué une la muerte de un multimillonario suizo, en el restaurante italiano número uno en el mundo, con Cuba y la epidemia que está exterminando a la población del planeta? ¿Cuál es el papel del gobierno de la isla caribeña en todo eso?
La novela se desarrolla entre desapariciones misteriosas y apariciones imprevisibles, secretos familiares e intrigas internacionales, tensiones diplomáticas y espionaje comercial. En su interior se mueven espías veteranos y homicidas mercenarios sin escrúpulos, involucrados en presuntos complots movidos por ciegas ambiciones y planes de venganza.
Será Alexander Keeric, el comisario ítalo-griego que no cree en las coincidencias, el que debe enfrentar un caso de alcance internacional donde deberá moverse entre misterios e insidias que lo llevarán a viajar de Roma a La Habana y de La Habana otra vez a Europa. Le tocará a Alex encontrar las respuestas para aclarar los oscuros secretos que se esconden detrás de la muerte del tycoon helvético. ¿Existirá de veras un enlace entre esa muerte altisonante y el criminal virus? Y sobre todo: ¿Cuáles son los entresijos y el mensaje oculto tras la amenaza de nuevas armas secretas que alertan a los servicios de inteligencia?

✓ *NAMIBIA TIERRAS VIOLADAS: La maldición de los Orishas.*
(Misterio y suspenso original de corte histórico-psicológico, publicado en julio 2019 por LFA Publisher)

1946: El diario de a bordo de Frederik Smith, comandante de un barco negrero, el galeón holandés Mater, se desapareció desde hace rato dejando huella y testimonio de una misteriosa explosión del 1703 ocurrida en las actuales tierras del jefe de tribu Ntu Kamate. Es la legendaria catástrofe legada hasta él de padre a hijo a través de generaciones. Como sucedió más de dos siglos antes, con su ancestro Togu y su pueblo, también el sabio Ntu en la segunda posguerra es perseguido por las amenazas extranjeras. Esta vez amenazado por los objetivos expansionistas de un codicioso y cínico latifundista inglés sobre sus inmensas propiedades, bien áridas e infecundas. ¿Existe un enlace con el evento catastrófico del 1703? Hombres corruptos obligaran al anciano a un desesperado gesto suicida, no antes que él lance una potente maldición contra quien intente violar sus tierras sagradas. Mientras los efectos del maleficio empiezan a aterrorizar y a desencadenarse en la cercana y quieta ciudad de Lüderitz, Togute, el único nieto de Ntu, será involucrado en una verdadera batalla contra su familia para obtener las tierras heredadas. El joven tendrá que quitarse las vestimentas de abogado y batirse fuera de las aulas de tribunal en búsqueda de la verdad, de los motivos y de los responsables que indujeron al abuelo al suicidio. El ya fortalecido Togute, lanzándose en arriesgadas investigaciones personales, luchará hasta el final con tal de lograr justicia y la respuesta a la pregunta que lo atormenta desde hace demasiado tiempo: ¿Por qué nuestras tierras?

✓ **PETROLEAKS:** *El complot del oro negro*
(Thriller de acción y suspenso perteneciente al ciclo del comisario italo-griego Keeric, publicado en junio de 2020, traducido al español y pronto en otros idiomas)

Eco y *tecno-thriller* se combinan en una inusual mezcla de efectos adrenalínicos.
Navidad 2010: en un parque de la Costa Azul muere Margaret Cohen, viuda de un ingeniero de una compañía de hidrocarburos y autora de un libro-denuncia extrañamente perdido.
Septiembre 2011: otro trabajador de la misma sociedad petrolífera es víctima de un misterioso atentado.
2018: siete años después, cuando todo parecía haberse calmado en torno del coloso del oro negro, los cinco administradores empiezan a sufrir ataques y amenazas de muerte. Se trata de una despiadada cuenta regresiva declarada por enigmáticos mensajes. Estos, pero, contemplan una sexta e ignota persona ¿Quién? ¿Y cuáles misterios desvela entre sus líneas aquel libro uniéndolo al destino de los managers?
En sus investigaciones el comisario Alexander Keeric esta vez será respaldado por la joven Alessia Parisi y la exótica Tourria. ¿Será capaz de aprovechar el antagonismo entre las dos para parar antes de tiempo la cuenta criminal que parece destinada a detenerse a lo largo de los canales venecianos?

✓ *CAZADORES DE RELIQUIAS: El viaje secreto de Cristóbal Colón*
(Thriller historico desarrollado en dos líneas narrativa-
temporal: un viaje secreto de Cristóbal Colón y una historia
actual tras su estela. Novela perteneciente al ciclo del comisario ítalo-griego Keeric)

Siglo XV, Vaticano. Desde los archivos secretos comienza un
doble encargo para Colón: un viaje clandestino de conquista re-
ligiosa que incluye el transporte de una carga secreta con ruta
hacia el Oeste. Un plan divino hacia el ignoto, confiado por el
Papa Inocencio VIII y ocultado también a la realeza española.
Siglo XXI, Bahía de Baracoa. En las costas orientales de Cuba,
donde aún está presente la Cruz de la Parra clavada por Colón,
emergen a la luz huellas de esa misión secreta. A partir de ese
día, la quietud en ese rincón del mundo se verá interrumpida.
Sus aguas volverán a ser tan codiciadas y tormentosas como durante siglos, cuando las rutas comerciales causaban correrías de
corsarios, bucaneros y barcos de las marinas reales.
Ahora, en lugar de piratas hay espías, órdenes milenarias y mercenarios no menos peligrosos; traficantes y cazadores de reliquias dispuestos a todo para poner sus manos en la carga secreta. Tras la estela de ellos y del explorador más famoso de la historia, pero, el comisario Keeric y el oficial Machado no conce-
derán un momento de respiro.

AGRADECIMIENTOS Y CONTACTOS

Agradezco a los lectores, quienes me apoyan y me brindan sugerencias. Y si agradeciste el libro, te recuerdo que para mí sería muy útil la comunicación directa, y también virtual; si es posible, un breve comentario en Amazon, o simplemente una valoración atribuyendo el número de estrellas. Estaré de veras agradecido.

Si quieres estar actualizado o contactarme y seguirme a través de mis obras y los nuevos proyectos futuros, podrás hacerlo a partir de los siguientes canales.

- Sitio web oficial: www.roccoluccisanobooks.com
- Página autor de Amazon: www.amazon.it/e/B07W524781/ref
- Facebook: www.facebook.com/rocco.luccisano.books/
- Instagram: www.instagram.com/rocco.luccisano.books
- YouTube: Rocco Luccisano con los book trailer
- E-mail: rocco.luccisano@libero.it

Gracias.

Rocco Luccisano